예술,
그 끝없는 사랑

예술, 그 끝없는 사랑

발행일	2024년 9월 30일
지은이	등작
펴낸이	차석호
펴낸곳	드림공작소
출판등록	2019-000005 호
주소	부산광역시 남구 수영로 298, 산암빌딩 10층 1001호 드림공작소
전화번호	010-3227-9773
이메일	veron48@hanmail.net

편집/디자인	(주)북랩
제작처	(주)북랩 www.book.co.kr

ISBN   979-11-91610-16-1 03810 (종이책)   979-11-91610-17-8 05810 (전자책)

등작 예술에세이

예술,
그 끝없는
사랑

인간의 정신성에 관한 연구

영화 시나리오 에피소드

노래 작사

인간의
정신성에
관한
연구

미묘한 차이
nuance 1

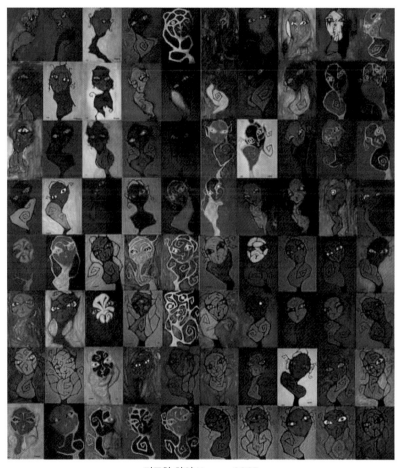

미묘한 차이 Nuance 2005

몇 번을 보아도 질리지 않고 사랑스러운 마음으로 애틋하게 다가가고 싶은 상대가 있다. 인간에 대한 예의는 모두 잊어버리고 순수함으로 다가가서 손을 꼬옥 쥐어주고 싶을 때가 있다. 육체를 벗어나서 정신으로만 탐닉하게 되는 부분도 있겠지만 무엇보다 진실로 깨어나지 못한 어린 영혼이 있다면 옆에서 자연스럽게 교육을 시킨다. 언어가 가진 특성을 살려서 대화를 나누고 자칭 지성적인 존재라고 스스로에게 되뇌고 교육을 할 때 상대방이 하고 싶은 일을 찾아주는 것에 중점을 둔다. 정신의 일탈성과 정신의 상대성, 정신의 통일성 이 세 가지만이라도 제대로 가르친다면 좋은 스승이 되는 것이다 먼저 몸으로 직접 보여주고 그 결과물들이 어떠하든지를 이야기하고 토론해보는 것이다. 이 사회가 흘러가는 것을 이해하기 위해서 중요한 몇 가지 경험이 필요하다면 사람들에게 민폐를 끼치지 않고 할 수 있는 것은 분명히 있다.

차분하게 주위를 둘러보아라. 인간의 정신성에 관한 것을 풀이하기 위해서는 우연인 듯이 인간이나 사물에 다가가서 대화를 할 수 있도록 하는 것이 필요하고, 실제로 우연으로 마주친 인간과 만나서 대화를 나누고 정신적인 교감을 나눌 때 기분이 무척 상쾌하거나 맑아질 것이다. 인간 탐구는 예술가가 아니더라도 누구나가 할 수 있는 권리와 의무를 지니고 있다. 인간에게 시달려서 '더 이상 인간을 만나는 것이 싫다'라고 말하는 인간이 있어도 결국엔 인간으로 태어났기에 인간의 선한 본성을 느끼게 해주는 것이 필요하다. 그러나 악한 마음도 있다는 것을 함께 느끼게 해주는 것도 필요하다. 신이 인간을 창조하였다면 인간 또한 인간의 정신성을 창조해낼 수 있다. 전 세계 모든 인간들이 진정한 자신의 크기 즉 정신성의 확장을 믿고 실천한다면 좀 더 나아진 환경과 개선된 미래가 눈앞에 펼쳐져 있을 것이다. 이 주제로 해서 연구를 계속해 나가겠다는 다짐을 바로 지금 이 순간, 따뜻하다를 느끼는 순간 인간의 몸짓은 어떠한가? 차갑다를 인지하는 동시에 나타나는 반응은 어떠한가? 적절한 온도를 유지하기 위해서 사용하는 기계들이나 옷의 유용성을 가지고 인간 문명의 발달이 유익하다고 말할 수 있을까? 엄청난 먼지가 풀풀 나는 공장에서 일하는 노동자들의 폐는 어떤 상태일까? 온전할까? 굉음과 같은 소음이 빚어내는 음률에 평온함이라는 것이 존재할 수 있을까? 삶의 질을 가지고 이야기를 할 때에는 사회적인 성숙도와 사회복지 시민의 사회참여 사회적인 분배 등을 바탕으로 한 조사를 기본으로 차분하게 논의가 진행되어야 한다.

　노동자들의 고단한 인생은 어떤 보상을 받기 위해서 유지되는 것일까? 그냥 사는 것일까? 파괴를 향한 인간의 몸부림은 환경붕괴를 일으켜서 그 어떠한 결과를 낳을지 모른다. 내가 좋기 위해서 아무런 제약 없이 살아가는 것이 올바른 것인가? 찾고 싶을 때에만 신을 부르짖고 죄를 사하여 달라고 하는 것이 무슨 의미를 가지고 있을까. 믿음을 탓하는 것이 아니다. 오히려 신실한 믿음은 영혼을 맑게 하는 데 도움이 된다. 영혼의 무게는 가볍지도 무겁지도 않은 중간치를 가지고 있다. 떠있을 때도 있고, 가라앉아 있을 때도 있는 유영하는 모습을 본 적이 있는가. 상승할 때에는 기분 좋음에 종을 울리고 하강할 때에는 기분 나쁨에 종을 '때~앵' 하고 울리는 것이다.

　영혼이 없다면 정신을 대체해서 부르는 이름이라고 해도 좋을 것이다. 정신의 항상성은 그 누가 자신의 존재를 불러주지 않아도 스스로 움직이고 사유하는 자유를 지니고 있다. 자유 얼마나 아름다운 말인가 인간에게 있어서 태어날 때부터 주어진 성별 신체의 자유가 없다고 해도 정신의 자유는 어떤 교육과 환경에서 길러지는가에 따라서 무한한 가능성을 지니고 있다. 인간의 자유의지는 그 어떤 것에도 구속될 수가 없는 것이다. 시간 시간은 하루로 나누어지기도 하고 한 달 일 년으로 나누어지기도 한다. 한 인간의 출생으로부터 사망에 이르기까지 시간은 구속에 가까운 힘을 행사한다. 문명사회에 태어났다는 것이 자랑스러운 일인지는 모르겠다. 어떤 이를 밟고 일어서는 생존의 법칙을 이야기한다면 평화라는 것은 어디에서 찾아야 하는 것일까.

보인다. 눈을 뜨지 않고도 경험할 수 있는 인지능력 영혼의 흐름이 어디에서 오는지를 보게 되는 날이 점점 다가오고 있다. 인간의 두뇌 사용이 시들해지는 환경이 무너지고 활발한 움직임의 끈을 놓치지 않고 제대로 조응할 수 있는 미래가 다가오고 있다. 완벽한 시뮬라크르의 현상은 존재하지 않는다.

복제물의 홍수가 범람해도 인류의 복제가 가능한 현실이 다가오고 있다고 해도 정신의 복제는 참아야 되는 일이다. 정신의 복제 그 얼마나 가증스러운 일인가. 인간 개개인에게 깃든 고유한 바코드가 '삑, 삑' 하는 기계음에 정신의 사용내역과 생성 과정을 담아내는 시대가 올지도 모른다.

상상하는 자유가 억제되고 전체주의 국가를 위해서 희생해야하는 개인으로서의 정체성이 과연 올바른 길로 나아가는 것인지를 의심하고 또 의심해야 한다. 지구촌이라는 개념으로 국가 간의 장벽을 좁혀간다고 해도 현실에서는 더욱 심화되는 차별을 국가가 국가에게 행사한다. 아예 국가의 개념을 버리고 정신병에 얽혀 있는 애국정신을 훌훌 털어버려야 된다. 자신이 태어나고 살아온 나라가 소중하지 않을 사람이 몇이나 되

겠는가. 다만 자신의 조국이 소중하듯이 상대방의 조국 또한 존중하고
아껴줘야 한다.

스포츠의 이면에 있는 총성 없는 애국 타령은 이로운 것이 없다. 미래
에는 각 국가 간의 정치, 사회, 문화의 배타성이 사라져서 사랑이라는 넓
은 테두리 안에서 서로가 서로를 돌보아주는 품앗이 제도가 오히려 시
대를 짊어낼 수 있다는 것이다. 미래의 구조가 어떤 방향으로 흘러갈지
는 많은 학자들이 논의하고 토론해서 만들어놓은 좋은 결과물들이 있을
것이다. 그 결과물들을 어떻게 사용할지를 가지고 힘을 가진 자들만의
논의를 통해서 행사된다면 민주주의의 근본정신은 훼손된 것과 같다. 시
민사회의 광장정신이 존재하지 않았던 대한민국의 현실은 뒤쳐지고 낡은
전체주의의 거센 광풍에 말려 들어가 있는 상태이다. 유럽연합의 힘이 어
디에서 나오는지를 유심히 살펴보고 장단점을 연구하고 시행해야 하는
시점을 놓치고 있는 것이 안타깝다. 남북한이 갈라져 있는 현재를 넘어
서 한반도 통일로 나아가야 하는 것을 막는 세력의 광분한 현실을 어떻
게 후손들에게 설명할 것인가.

인간이 밥을 먹을 때의 표정은 어떠한가. 기분이 좋을 때 먹는 속도와
기분이 우울할 때 먹는 속도가 차이 있는가. 소식할 때와 과식할 때의
차이는 분명 존재한다. 가벼움과 무거움 무엇인가를 마시고 먹고 소비하
는 형태의 인간사회는 존속되어야 하는가.

타인의 고통에서 쾌락을 느끼는 변태들이 세상을 암울하게 만들어간
다. 죽음의 형식에서 자살은 스스로 죽기의 의미보다는 사회로 인한 타
살에 무게중심을 두는 것이 올바르다고 느껴지는 않는가. 사랑을 담은
카드가 상대방에게 전달될 때 마음을 움직이는 뜨거운 고동소리가 그대

에게도 들리는가. 나에게로 와서 열정적으로 포용해 달라고 외치는 무언의 몸짓이 선명한 자국을 남기고 나에게로 와서 신선한 눈물 한 방울 떨어뜨려 달라고 외치는 입모양이 보이는가. 보이지 않는 손이 나를 움켜쥐고 나의 정신을 망가지게 할 때 개인의 권리는 어디에서 숨을 쉬고 개인의 자유는 어디에서 숨 막혀 하는 걸까?

자본주의의 거대한 식성은 개인을 거리로 내몰고 사회를 병들게 하고 국가를 파산시킨다. 신자유주의, 자유주의가 누구를 위한 것인지를 생각해 본 적이 있는가. 가진 자를 위한 테이블은 예약이 이미 끝난 상태이고 예약을 못 한 자들은 공원에 둘러 앉아 커다란 트럭이 실어다 주는 찌꺼기를 파헤쳐 쓸 만한 것을 찾아야 한다. 치열한 경쟁 누구를 위한 경쟁인가. 개인을 위한 경쟁은 이미 존재하지도 존재했던 적도 없다.

사회를 이루는 요소는 무엇인가. 노동의 땀방울인가, 노동자의 울음소리인가. 노동자의 탄식인가. 배가 고프다고 해서 누가 던져주는 음식에는 목매지 말자. 곱게 싸서 고운 마음으로 주는 음식에는 고마움이 배어 있다는 것은 사실이다. 다만 '배려 없는 계산이 깔려 있는 선물에는 독이 숨어 있다'라는 것은 분명하게 밝히고 싶다. 전생은 현생을 흘러 후생으로 나아갈 때 이루지 못한 꿈 하나씩을 간직하게 해서 나아가게 한다. 등불을 켜서 고이 따르고 싶은 자의 앞날에는 무엇이 펼쳐져 있을까? 예술은 밥을 주는 역할도 선물을 주는 역할도 하지 못할 때가 있다. 가난한 사람에게는 예술은 머나먼 이국땅의 화려하고 아름다운 풍광에 지나지 않고 배가 주린 자에게는 그리스도의 가르침도 흘러가는 유행가이다.

순종
obedience

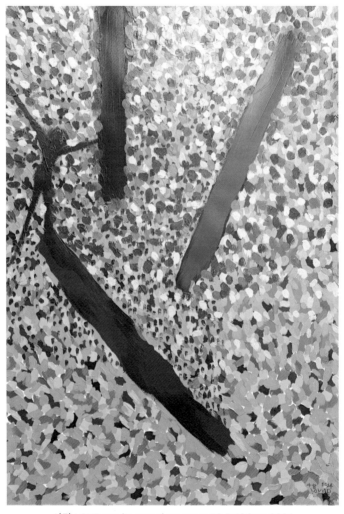

사랑 LOVE acrylic, pencil on paper 70.5x100cm 2024

바람이 분다. 서쪽 하늘을 넘어 동쪽으로 바람이 분다. 남에서 북으로 가는 기차에는 내가 타고 있고, 그녀도 타고 있다. 아주 고운 선율이 공간을 수놓고 고만고만한 아이들이 왔다 갔다 한다. 이마에 666이라는 숫자를 새긴 사나이가 여성의 옷을 입고 옆을 휘익 지나간다. 바람이 부는 창가에는 코스모스 꽃이 놓여져 있다 아픔이 없는 사람은 없을 것이다. 고통에 찬 시간이 인간의 심성을 변화시킨다. 어떤 방향으로 어떤 모양으로 변화할지는 그 자신도 모르게 진행되는 사항이다. 부웅, 하고 열차가 공간을 떠서 날아간다. 북으로 가는 열차에는 시간을 앗아가는 검표원이 동승해 있다. 어떤 시간을 가져갈지는 알 수 없다.

부처님에 대해서 생각해 본다. 석가모니는 어떤 사람이었을까. 미래에 오신다는 부처님이 연꽃을 받쳐 들고 있는 현상이 눈앞에 보이는 듯하다. 염불 하나 외울 수 없는 스님 한 분이 노동자의 손을 가지고 내 옆을 지나간다. 그분의 미소가 어디에선가 본 듯하다.

열차는 날아가고 있다. 북으로 날아가는 열차는 금세 목적지를 도착할 듯하다. 모스코바에 가기 위해선 이 열차를 타야만 한다. 첼로 소리가 공간을 위아래로 움직인다. 은하를 나는 우주선이 직각으로 솟구쳐 올랐다가 슈웅, 하고 지나간다. 네모난 창으로 보고 있던 아이가 웃는다. 나도 따라 미소를 짓는다 공간을 점유하던 짐승들의 뿌리가 옆으로 나아가더니 한곳으로 모이기 시작한다.

서정적인 바이올린 선율이 귓가를 타고 흘러 흘러 앞으로 나아간다. 그녀가 희고 고운 살결을 문지르기 시작한다. 검푸른 흑인 한 명이 짙은 음영의 녹색 눈동자로 의자를 응시한다. 철컹철컹 소리를 내며 땅으로 내려 앉은 열차는 눈보라가 휘날리는 풍경 위에 몸을 누인다. 그리스도에 대해서 생각해 본다. 그의 사랑은 인류를 위한 사랑이었을까? 신이 되어 버린 한 사나이의 고독이 밀려온다. 스르륵 엷은 잠이 밀려든다. 십자가가 훤하게 교회당 위를 솟구쳐 올라서 쳐다보인다. 수녀님 한 분이 옆을 지나간다. 묵주가 들려진 손등에는 여인의 눈물이 담겨져 있고 신을 향한 믿음이 기쁨으로 충만하다. 코란 구절을 외우던 아랍인이 맑은 미소로 수녀님께 인사한다. 여자아이 한 명이 창에다가 사랑이라고 적었다가 지운다.

산타 할아버지가 나타났다. 루돌프 사슴을 타고 날아왔다 하늘에는 눈이 펄펄 내리고 공기는 상쾌하다. 크리스마스 캐럴이 라빰빰빠 라빰빰빠. 주 예수 그리스도가 태어난 날에는 온 세상이 하얗게 변한다. 크리스마스를 준비하던 사람들이 거리로 나와 신나게 춤을 추기 시작한다. 경쾌한 리듬이 연인의 숨결을 밀착시키고 꼬마 아이들에게는 복슬복슬한 눈송이들이 즐거운 장난감이다. 자장자장 잠을 자는 아기에게도 평온함이 공간을 따뜻하게 한다.

인간의 선함만이 세상에 깃들기를 가만히 기도하는 사람들에게 해맑은 노랑이 눈을 맑게 한다. 홀로 고독으로 몸부림치는 사람에게도 고운 심성이 들어와서 깊은 꿈속에 들게 한다. 목소리가 들린다 한참을 들어 보니 무슨 뜻인지를 알 만한 목소리가 들린다. 사랑하라, 사랑하라, 다시 사랑하라.

두려움은 사라지고 밝은 빛깔이 새벽을 누르고 아침 해를 솟구치게 한다. 촘촘하게 박힌 상쾌한 기운이 살갗에 닿아 하얗게 부서진다. 온전하게 보관되어 내려오는 보물 상자에는 인류의 꿈이 들어있다. 어떤 내용인지는 상상에 맡긴다. 약간 추측하자면 인류가 꿈꾸는 것은 무엇일까? 평화일까? 자유일까? 무한한 평온함 의식주에 자유로운 삶을 꿈꿀까, 아니면 피를 부르는 전쟁 혹은 사랑 알 수가 없다. 점점 미궁에 빠져드는 인류의 앞날에 어떤 등불이 켜질지 두고 볼 일이다.

다시 캐럴이 울려 퍼진다. 가슴이 시리다. 이 노래가 끝나면 세상은 다시 제자리로 돌아와서 전쟁을 하고 인간이 인간을 죽이고 인간이 인간을 기만하고 인간이 인간을 놀려대는 짓들이 홍수처럼 차오를 것이다. 인간이 인간을 믿고 의지하고 사랑하고 행복을 구가하는 데에 어떠한 조건들이 붙어야 하는지 막연하고 빈약한 현실이 조악하게 스물스물거리며 다가온다. 따뜻한 사람 옆에서 온기를 느끼며 뜨거운 입김을 들이마시고 싶은 욕망이 고개를 든다. 어떻게 할 것인가, 동정녀 마리아의 이름이 갑자기 떠오르는 것은 왜일까. 인간의 무지가 만들어내는 사건 사고들을 들여다보면 생각의 흐름이 빈약한 존재들의 슬픔이 느껴진다. 강한 자에게 더욱 약한 현재의 날씨는 흐리고 춥고 바람이 분다. 신 앞에 엎드려 두 손을 모아 중얼대며 무어라 빌기 시작한다.

팽글팽글 몸이 돌아가고 쪼로록 다가오는 감성에 얇은 회색을 한 번 바르고 다시 겹쳐서 발라본다. 어디에서 오는지 알 수 없는 존재의 무거움은 이른 새벽 거리를 나서서 걸어가는 사람에게 밝은 광채를 비추어준다. 홀홀 털어버린 세상의 먼지는 우주로 넓게 퍼지고 오고가는 신의 숨결은 살며시 코끝을 스쳐 지난다. 어리석은 순간의 망상이 고개를 쳐들고 시시각각 변하는 인간의 심성을 부드러운 마음씨로 토닥여 준다. 기회가 왔다. 얼른 잡아서 회생의 기회로 삼아야지, 하는 찰나에 모든 것이 옷을 갈아입고 전혀 다른 모습으로 변화한다.

두리번두리번 어디에 갔는지 궁금한 여인의 뒷모습이 눈꺼풀을 살짝 뒤집어서 다가온다. 반가운 형상의 그림자가 짙은 푸른색에 살짝 몸을 담갔다가 쪼로록 마주하기 시작한다. 진행 중인 일이 어디서부터 잘못되었는지 알 수 없는 부호들로 가득 차 버린다. '해독불가'라는 모니터가 깜빡깜빡. 두뇌의 회전이 빨리되며 다가오는 위험의 냄새를 재빨리 맡으며 작은 공간으로몸을 낮추어 숨는다.

'지금 시각은 몇 시 몇 분입니다'라며 라디오에서 흘러나오는 시각에 나의 시계도 함께 움직이며 기쁜 삶에 대한 믿음을 꿈꾸며 소원을 품어본다. 무엇을 하기 위해서 어떠한 삶을 꿈꾸며 놀라운 의지를 이끌어내고 있다. 마음속 깊은 곳에서 벌어지는 혼돈의 일렁임은 인간의 역사에서 흔하게 벌어지는 일이다. 그 혼돈 속에서 성숙되는 깊이감은 인류의 역사에 포함되어 달콤한 향기를 뿌려대고 소외받은 영혼의 십자가에 채색을 한다. 어떤 색으로 채색이 되는지는 본인만이 느낄 뿐이고 스스로가 만들어내는 색깔은 고유한 이미지가 되어서 남들과 섞여 있어도 불빛이 깜빡거리듯이 출렁인다.

모두에게 기쁜 날이 되기를 바라며 오늘 하루도 즐거운 연가를 부르고 하늘을 향해 기도를 올린다. 소박한 일상의 차분함 속에서 움직이는 모든 소망은 이루어지고 모든 꿈은 이루어진다. 변화하는 땅의 움직임의 흐름을 읽어내고 대기의 기운을 체험하며 초라했었던 과거의 낯가림을 이제는 화려하면서도 개성있는 모양으로 나타내는 삶의 분위기를 차분하고 당당하게 보면서 손을 모으고 고개를 숙인다.

별
a star

그런 게 인생이에요 That's Life C'est la vie acrylic on paper 100x70.5cm 2024

자신의 얼굴을 가만히 들여다 본 적이 있는가. 그 누구의 얼굴도 아닌 자신의 얼굴이 주는 감흥을 제대로 느껴 본 적이 있다면 한번 그려 보길 권유한다. 자화상, 스스로 그리는 얼굴에는 미묘한 차이가 존재한다. 잘 그리고 못 그리고의 차이가 아닌 발견했는가, 못 했는가의 차이가 존재한다.

어떤 삶을 살아가고 살아갈 것인지를 엿보려면 솜씨 좋은 화가에게 자신의 모습을, 얼굴을 맡겨도 좋을 것이다. 나는 각 인간의 개성있는 얼굴에서 고유한 색채를 발견한다. 그리고 그린다. 비슷하든 닮지 않았든지 그것이 중요하지 않다. 중요한 것은 잠시 동안 나와 그대는 무언의 대화를 나누었고 그 대화의 결과가 형상으로 표현된 것일 뿐이다. 무채색의 인간도 있을까? 아직 그려 보지 못했다. 분명 존재할 것 같은 무채색의 인간을 한번 그려보고 싶다.

오로지 한 가지의 색채만으로 표현해 내지 못할 것은 없다. 연필 하나만 있어도 풍부한 양감과 조형성, 색감을 만들 수 있다. 자신의 색깔은 자신이 만들어 내고 처해 있는 환경이 만들어낸다. 억눌려 있는 색채를 표현하기란 쉽지는 않다. 그렇다고 어렵지도 않다. 다만 미끄러운 것이다. 인물화 중심으로 작업하는 나로서는 다양한 사람과의 만남과 조응이 필요하다. 다만 요즘 현실은 그러하질 못하다. 혼자 있는 시간이 절대적이고 그래서 단순한 형상을 창조하고 있을 뿐이다. 간혹 어디선가 본 듯한 모양의 그림이 그려질 때도 있는데 그것은 지속적으로 상상해 왔던 형상이 구현된 것일 뿐이다.

최소한의 형태로 풍만하고 조화로운 그림을 그릴 때, 그때야말로 거장의 길로 들어가는 시점이리라. 최소한의 형태란 아주 많은 양의 물감을 필요로 할 때도 있고 많은 선을 요구하기도 하고 사실화된 표현을 요구하기도 한다. 단순화 작업은 쉽게 만들어지지 않는다 얼마만큼 진지하게 그 표현물에 접근했고 다가섰는지에 달려 있다. 지구상에는 수많은 작가들이 활동하고 있으며 작업을 진행하고 있다. 스스로 최후의 순간까지 어떤 내용과 형식을 모두 버리고 순수하게 고착된 화면을 어떻게 구성하고 몰입했는가가 중요하다.

세상에는 표현할 것도 표현하고 싶은 것도 많고 많다. 진실은 사라지지 않는다. 어떻게 살아가고 살아왔는지 작품들이 설명해 줄 날들이 있을 것이다. 활발한 정신의 활동이 알파가 될지 오메가가 될지 그것은 아무도 장담할 수가 없다. 현실에 매달려 눈앞에만 보이는 것만을 고집한다면 이미 그 진정성은 훼손된 것이며 올바른 역할을 하지 못한다.

나의 정신과 육체는 어디로 흘러가는 것일까? 인류의 역사에서 수없이 많은 전쟁이 일어났으며 일어나고 있다 모든 것을 초토화시켜 버리는 그 현장에서도 희망은 꽃을 피웠고 사랑은 평화로움을 갈구하게 했다. 흐린 날엔 마음도 흐려진다. 밝음이 있으면 어둠이 있듯이 한 인간의 영혼에는 자신도 모르는 색채와 형태가 있다. 버릴 것은 없다. 인정해야 하는 순간은 아픔이 따르지만 일단 당당하게 바라볼 때에는 그 무엇도 당신을 흔들리게 할 수가 없다. 깨어나자. 미명의 허상에서 벗어나자. 자신을 사랑하고 타인을 사랑하고 신을 사랑하자. 박수를 치자. 자아가 일어설 수 있도록 박수를 치고 춤을 추자.

꿈을 꾸는 권리. 인간의 권리 중에서 으뜸가는 권리이다. 누구나 자신만의 꿈이 있을 것이다. 무엇이 되기 위해서 어떤 일을 하기 위해서 삶을 정진시켜서 걸어 나가는 것이다. 어느 신부님이 계신다. 하나님 앞에서 한없이 나약한 인간의 영혼을 위해서 기도하고 기도한다. 인간의 삶이 현재보다 나아지기를 기원하면서 거리에서의 미사를 집전하신다.

용산참사와 같은 일들이 벌어지는 대한민국의 땅과 하늘은 노랗다 못해 검붉은 색채이다. 거리로 내몰리는 사람들, 그들의 집은 어디에 있으며 터전은 어디에 있을까? 자본주의 사회에서 돈이 없으면 바보이고 약자일 수밖에 없다. 가진 자들을 욕하는것도 위험한 일이다. 가진 자와 못 가진 자의 차이는 어디에서 오는 것일까? 사회 안정망이 부족하고 열악한 탓이라고 생각한다. 누구든지 잘 살기 위해서 노력하고 싶지 않은 자가 어디에 있을까? 하지만 현재의 대한민국 땅에는 패배자라는 딱지를 붙인 사람들이 가득하다.

말로 설명할 필요가 있을까? 오늘날 인터넷 신문만 봐도 알 수 있는 자본주의의 피의 노래는 계속되고 있다. 누군가를 밟아야만 살 수 있는 현실. 이 현실의 벽을 바꾸기 위해서 끊임없이 노력하는 자원봉사자들과 사람들을 나는 지지한다. 또한 부끄러울 따름이다. 그림으로, 글로, 영상으로 올바른 사회로 나아가는 견인차 역할을 하는 예술가들을 나는 좋아한다. 그러나 예술은 개인적인 것이 너무도 많고 많다. 그렇기에 인류를 위한 예술을 하기 위해서는 포기해야 할 것도 있으리라. 다른 한편으로 존경하는 국민의 모습을 위정자들은 제대로 보기는 하는 걸까?

인권이 살아 숨 쉬는 나라가 되기를 바라고 바라지만 현재의 상태로는 역부족이다. 예를 들어 경찰서에 한번 가보아라. 과거의 망령에 휩싸여 있는 몇몇 경찰관이 어떻게 시민을 대하는지를 보라. 인권이라는 것이 제대로 되어 있는 나라가 법치국가이다. 법과 질서 그보다 우선되는 법과 예술도 있다는 생각도 해본다. 국민 모두가 풍부한 감성과 운치를 가지고 삶을 예술로 바라보게 만드는 사회. 그 사회는 질서를 조화롭게 움직이고 부드럽게 만들어서 누구나 와보고 싶은 국가가 될 수 있는 기틀이 될 것이다. 꿈을 꾸는 사회가 되기를 기도한다.

책을 읽는 행위는 자신 안에 있는 자아와의 대화를 위한 매개체 역할을 할 수 있다. 어떤 책을 읽는가에 따라서 인간의 사상이나 생각에 영향을 받을 소지가 있기에 좋은 책의 선택은 중요하다. 한 권의 책이 한 사람의 일을 바꾸기도 한다는 점에서 글을 쓰는 사람이 어떤 마음으로 그 글을 썼는지도 간과할 수 없는 것이다. 책을 쓴 사람과 읽는 사람 간의 무언의 교감, 황홀한 정신의 일치를 느껴 본 적이 있는가? 매우 드물게 그런 현상을 경험하기도 하는 나로서는 모든 인간이 나보다 우월한 입장에서 책을 읽고 느끼고 감성을 정화하기도 할 것이라고 생각한다. 만일에 추천할 만한 책이 있다면 주저 없이 주위 사람들에게 권하고 함께 읽어보는 것이 하나의 즐거움이 될 만하지 않은가. 위대한 사상가, 철학자의 저서를 읽어보는 것이 한 편의 영화를 보는 것과는 분명 다른 행복감이 있을 것이다.

인간의 정신이 어디에서 비롯되어 어디로 흘러가는 것인지를 정확하게 파악하고 분석한 자료는 없을까. 나 아닌 모두가 타인인 세상에서 불평등 없이 함께 살고자 노력하는 사람들이 점점 많아지고 있다. 정신적인 불구는 그 어떤 영향으로부터 나오고 또한 행위를 하게 하는지 알고 싶은 순간이다.

나는 정신적인 장애자이다. 이 장애를 극복하고 살아가야 하는 나로서는 어떤 방법으로 위기를 이겨내야 할지 잘 알지 못한다. 세상의 모든 인간들의 생각이 어떻고 어떤 방식으로 정신이 형성되어 가는지 알지 못한다. 다만 바로 보기 위해 노력할 뿐이다.

인간의 일탈성에 관해서 글을 써볼 마음이 있다. '그 일탈성에 관해서는 제대로 된 글을 쓸 수 있을 것 같다'라는 믿음이 든다. 아! 어쩌면 이 믿음도 헛된 망상일지도 모른다. 세월의 흐름을 그 어떠한 힘으로도 막지 못한다. 인간으로 살아가기에 인간에 대한 믿음이 있었지만 그 믿음이 헛되지 않기를 바란다면 내 안에서부터 제대로 된 시각을 가져야 한다. 부러진 다리만큼이나 부러진 정신의 아픔은 그 아픔이 덜하지도 더하지도 않다. 있는 그대로의 시선. 느껴볼 만한 쾌락과 느껴야 했을 슬픔. 이 두 가지의 울타리 안에서 뱅글 뱅글 도는 아련한 불안감. 누구의 잘못도 아닌 자신 안에서의 잘못을 인정하고 바로 보고 또한 고쳐나가는 것. 불쌍한 것은 인류가 살아가는 데 내가 하등의 도움도 되지 못한다는 것이 아닌가 싶다.

부유한다. 둥실 둥실 떠다니며 인간의 믿음이라는 것에 대하여 생각을 해본다. 작은 믿음, 큰 믿음, 소망하는 것. 믿음의 크기는 어디에서 비롯되어 시작되는 것일까? 신에 대한 믿음은 과연 맹목적으로 올바른 것인가? 예수님은 인자라고 했었다. 인간의 자식. 그렇기에 그는 죽어서 신이 되었다. 삼위일체, 인간이 신이 되는 것은 올바르다거나 부정한다거나 하는 문제가 아니다. 예수는 그의 업적으로 신의 반열에 올라서 지금도 기독교인들의 마음속에 커다란 등불로 존재한다. 인자의 가르침은 사랑이었다. '다른 그 무엇보다도 사랑하라.' 이 말로 모든 일의 우선을 정하셨고 행하셨다. 그래서 인간의 자손이 신이 될 수 있는 기반을 마련했던 것은 아닐까. 이미 하나님의 아들 예수가 아니라 하나님 그 자체가 되지는 않으셨는지 좀 더 두고 보아야 할 것이다.

　　종교를 가진 사람들에게는 미안한 말이지만, 자신의 종교만이 우월하고 오로지 믿음이라는 바탕에서 모든 일이 이루어지고 일어난다고 생각한다면 그건 약간의 오산일 수도 있다. 종교의 큰 틀은 무엇인가? 그것은 사랑이라고 예수님이 말씀하셨다. 나의 적까지 사랑할 수 있는 날이 오면 한반도의 통일도 그리 멀지 않았다는 생각을 한다. 하지만 현실은 어떠한가? 약간만 나와 다른 의견을 가지고 있으면 분파해서 새로운 교회를 짓는다. 교회의 역사는 잘 알지 못하지만 교회 사이에도 많은 분파가 존재한다는 것은 사실이다. 꿈과 사랑과 희망 그리고 평화에 대해 좋은 영향을 끼칠 수 있는 종교가 분명 기독교라면 현실은 왜 그러지 못하는가? 인자의 말씀을 들어보면 틀린 말이 없고 조리 있게 현명하시다는 생각이 절로 든다. 현자라고도 불러도 될 것이지만 이미 신으로서 하늘에 계시는 예수님은 무슨 생각으로 이 지구를 바라보고 계실까 싶다. 바로 지금 이 순간 나를 비롯해서 이 지구상에 존재하는 모든 인간들을 어떻게 바라보고 계실까 스스로에게 물어보아야 할 것이다.

태어나다
诞 be born 1

키스 Kiss acrylic, oil pastel on paper 100x70.5cm 2023

인간은 두 발로 걷는다. 그리고 두 개의 팔이 있다. 정상적인 사람의 기준은 무엇일까? 외모로 판단하는 것 말고도 정신적으로도 판단할 수 있는 기준이라는 것이 있을까? 팔이 하나 없는 사람, 발이 하나 없는 사람이 존재한다. 불구의 몸. 만일 시각을 잃어 버렸다면 어떠할까? 그들의 고통을 나는 알지 못한다. 다만 짐작해볼 뿐이다.

인간의 정신이 맑음과 탁함을 오고 갈 때 몸의 어느 부분이 반응할까? 사람의 일생이 행복했다, 혹은 불행했다, 이 두 가지로만 이야기할 수는 없을 것이다. '그는 불행하게 태어났지만 행복한 삶을 이루었다.'는 명제 하에서 불행은 타인이 보는 관점에 그 초점이 맞추어져 있다. 스스로 느끼기에 행복하지 않다고 했을 때 그 사람의 기분은 어떨까? 타인의 고통에는 무디어져 가는 현실은 냉혹하고 잔인하다. 개개인의 행복을 추구하기 위해서 도움을 줄 수 있는 국가가 있는가.

우리나라는 빈약한 상상력의 국가이다. 개인의 행복이 곧 공동체의 행복으로 이어진다. 그래서 필요한 것이 복지정책이다. 능력이 있고 없음에 따른 차별이 일반화되어 있는 자본주의 국가에서는 어떤 복지정책이 필요한가. 전문가는 많은데 정책이 따라가지 못하는 것인지 의문스럽다. 이 땅에는 하루 먹을거리를 걱정하면서 살아가는 사람들이 너무도 많다. 단 한 명의 국민도 돌보지 못하는데 어떻게 전체 국민을 돌보겠는가.

부족한 것이 많다고 해서 포기하면 안 된다. 하나씩 천천히 국민의 복지를 최상급으로 끌어 올려야 한다. 부익부 빈익빈, 부자로 사는 것은 대다수가 원하는 것이 아닐까. 하지만 그 부라는 것이 약한 자, 가난한 자의 등골을 빼앗아서 얻는 것이라면 무슨 소용이 있을 것인가. 인간의 탈을 쓴 늑대가 넘치는 세상은 보기가 민망하지 않을까. 그대 안에 숨 쉬는 그리고 내 안에 숨 쉬는 선한 마음을 일깨워야 한다. 부끄러운 과거는 모두 지나간 과거일 뿐이다. 현재가 있고 미래가 있지 않은가. 슬픈 인간의 하루하루는 그 세월을 먹고 점점 자라난다. 기쁨이 넘치지는 않아도 소박하게 자리 잡는다면 좋을 것이다. 나를 통해서 타인을 본다. 그 거울에 비치는 인류의 미래는 밝아야 하지 않을는지 생각해 본다.

오늘은 예쁜 초승달을 보았다. 달이 반짝하고 빛을 발하는 동안 의식은 지구 건너 우주의 저편으로 건너가고 있었다. 외계인을 나는 믿는다. 우주선의 실체라고 생각하는 것을 실제로 경험한 적도 있다. 옥탑방에 살 때 구름을 가로지르며 빙글빙글 돌며 빛무리가 원형으로 두 개가 되었다가 다시 세 개가 되는 모습을 보았다. 그러다가 다시 하나로 합쳐져서는 펑, 하고 사라진 빛의 잔해들을.
그 다음날 이름 모를 새 한 마리가 겁에 질린 채 방 안에 들어와 있었다. 창문을 활짝 열고 그 예쁜 새가 나갈 수 있는 통로를 마련해 주고 바깥으로 나갔다. 초자연적인 현상을 믿는가. 외계인의 정신은 어떻게 형성되고 어떤 방식으로 그 정신의 구조를 이해할 수 있을까.

인간은 아직까지 인간의 정신이 어떤 방식으로 형성되어서 어떤 모습으로 방향을 설정하는지 완전하게 이해하지 못한다. 그래서 정신병이 존재하는 것이다. 인간의 정신병에 다만 약물치료가 우선은 아니다. 적절한 상담이 우선되어야 하고 스스로의 정신 상태가 어떠한지 말할 수 있는 상대방이 필요하다. 대한민국의 정신병원은 무지함에 그 기초가 있는 듯하다. 제대로 된 대화가 이루어지지 않고 다만 환자의 병에 적절하다고 판단되는 약물치료만을 우선시하기 때문에 하루에 약을 먹는 훈련만을 해주는 역할이 거의 전부이다. 물론 환자에 비해 의사 수가 모자란다는 것이 문제가 될 수도 있지만 정신 상담사의 수가 증가한다면 해소될 문제들이다. 아침에 일어나서 밥을 먹고 약을 먹고 저녁에 밥을 먹고 약을 먹고 잠을 자는 것이 전부인 것이 정신병원에서의 생활이라면 그 누가 자신의 정신이 바른 방향으로 나아갈 수 있다고 믿겠는가.

　인간의 의지로 되지 않는 것이 정신의 일탈이다. 술을 많이 마셔서 정신이 끊긴 경험을 예로 생각해 보자. 아무런 기억이 나지 않는 그 순간순간에 자신의 의지가 들어 있겠는가. 혹자는 술이 악마적인 성격을 가지고 있다고 한다. 범죄자들이 재판을 받을 때 그 죄명에 상관없이 만취되어 있었다면 정상 참작을 받는다. '죄는 미워하되 사람은 미워 말라.', 아동 성폭력을 저지른 사람의 정신 상태를 어떻게 이해할 수 있을까. 인간은 극단적인 상황에서도 판단력을 제어하도록 훈련 또는 교육을 받았는지 아닌지에 따라서 그 상황을 모면하거나 그렇지 않을 수 있다. 예외적으로 정신병 환자의 경우 제어가 불가능하기도 하다라는 것에 그 문제가 있다. 그래서 올바른 치료가 필요한 것이다.

　음악 요법이나 미술 요법, 문학 요법을 치료 과정에 넣는 것은 예술이 인간의 삶에 풍부한 감성을 자극시키고 좋은 호르몬을 분비하는 데 효과적이라는 것에 그 의미가 있는 것이 아닐까. 인간의 정신을 치료하는 데에 약물치료와 상담 그리고 예술치료의 적절한 분배가 필요하다. 빠질 수 없는 것이 있다면 주위의 따뜻한 배려와 사랑이다. 사랑 그 얼마나 아름다운 것인가. 인간은 사랑 받는다는 그 느낌만으로도 살아갈 희망을 얻는다. 서로서로를 사랑하자.

죽음을 처음 목격한 것은 중학교 1학년 때 학교를 마치고 청소를 안한 친구들을 잡으러 갔을 때이다. 부산 전포동 산동네 버스정류소에 우르르 몰려있던 학생들이 버스가 오자 그 버스를 타기 위해 몰려가던 순간 같은 반 학생이 밀려 넘어지면서 버스 바퀴에 깔린 것이다. 그때 모두가 당황해 했고 버스 기사분이 병원에 같이 갈 학생을 찾자 서슴없이 내가 동승을 해서 병원으로 갔었다. 그때까지 큰일이야 있겠냐란 생각을 했었는데 의사 선생님이 죽음을 확인해 주었을 때의 그 순간 멈칫거렸던 하얀 벽의 억울함이란 나에겐 큰 정신적인 충격을 주었던 것 같다. 그 후 얼마 뒤 연탄가스 사고로 초등학교 동창인 여자아이가 동생과 함께 죽은 사건이 있었다. 그 당시 연탄으로 죽는 사례가 빈번히 있었고, 그런 일이 내 주위에서 일어난다는 것에 상처를 받았던 것 같다. 인생을 논하기에는 아직도 짧은 사고와 사상을 가지고 있지만 그때 죽음 앞에서 인간의 외로움과 홀로 죽는다는 사실 앞에서 삶이 공허하고 헛되다는 생각을 했었다.

그 무렵 술과 담배가 나의 헛헛한 심장을 쓰라리게 달래어 주었고 시에 대한 환상으로 물들었던 중학교 시절에는 기성세대에 대한 반항의 한 방법으로 글을 썼다. 그때에는 글을 쓰는 것이 무엇을 하는 것보다 편했고 즐거웠다. 그리고 고3이 되기 전 겨울 방학 때 진로에 대한 고민으로 머리가 막막했을 때 나는 시를 버리고 그림을 선택했다. 그림을 그리는 10년 뒤의 모습이 그려졌고 지금까지 그림을 그리고 있다. 시를 적고 그림을 그리는 것이 동행할 수 있는 일인데 한 가지에 몰입해야 한다는 생각으로 시를 멀리했었다. 그림과 시의 역할이란 함축적인 표현이 가능하다는 점에서 동일 선상에 있다. 사회 관계망 서비스를 통해서 시에 대한 가능성을 하나씩 타진해 보고 있는 중이다. 인간의 삶과 죽음에 대한 관심은 나의 작품을 통해서 계속해 나갈 것이다. 지금 열네 살 짧은 인생을 어이없이 죽음으로 부딪혔던 영혼 둘은 의미 있는 작업을 하라고 나를 타이르고 있다.

두 눈을 뜨고 가만히 아래를 응시한다. 고요하게 가라앉은 시간의 유동성은 공간을 감싸고 천천히 바다로 향해서 여행을 한다. 죽음에 대한 결심은 추락하는 상상에서 벗어나서 약물에 의한 혹은 가스에 의해서 절단 나는 삶을 손으로 가리킨다. 펄쩍펄쩍 뛰는 물고기의 힘에 생명력의 움직임을 느껴본다.

절망하여 죽는 순간의 빈곤한 마음은 어디로 향할까. 인간은 자살을 하는 동물이다. 스스로의 목숨을 끊는 행위가 자유를 향한 것이라면 무엇이라 할 수 없다. 그러나 살아 남은 자의 안타까운 심정은 이루 헤아릴 수 없다. 어떻게든 살아야 한다. 그대의 무거운 현실의 짐을 덜어주지 못하지만 따뜻한 손을 쥐어 줄 수 있다.

이 세상에는 잘난 사람 못난 사람 이 두 가지로 나뉘어 극단적인 삶의 모습으로 비춰지기도 한다. 부자로 사는 사람이 가난한 사람에게 꼭 도움을 주라는 것이 아니다. 하지만 가진 것을 더욱 많이 소유하려고 새빨간 혀와 몸뚱아리로 타인을 압박하고 못살게 구는 행위를 하는 사람들에게는 허망하고 쓸쓸한 미래가 있는 현재가 되어야한다. 자본주의 국가에서는 돈이 없으면 한 발자국도 움직이질 못한다. 모든 것이 돈으로 통해서 돈으로 흘러가는 사회가 올바른 역할을 하는 사회인가를 곰곰이 생각해 봐야 한다.

혁명의 시대는 지고 평범한 일상의 시대가 지속되고 있다. 급변하는 미래로의 삶, 어떤 인간으로 살아야 할지는 그대와 나 사이에 있는 거리만큼이나 다양하게 펼쳐져 있다. 선한 마음으로 살아가고 악함을 꾹꾹 누르며 살아가는 인간의 본성을 가진 사람들을 존경한다. 편온하고 따뜻한 입맞춤이 가득한 여정이 되기를 바라본다. 그러나 악의가 없다는 구실로 입을 잘못 놀리거나 마음을 잘못 다스리면 그 죄의 값은 스스로에게 짐이 되어 아플 것이다. 인간의 정신에는 우리가 상상하지 못할 힘이 숨겨져 있다. 정신을 바르게 일깨우는 행위들이 삶을 풍부하고 밝게 해주리라. 슬픔과 절망에 잠겨 있는 그대여, 그대의 마음에 호응하는 나의 마음도 아프고 쓰라리다. 밝은 빛을 쬐어 낡은 시대의 허상인 지금의 현실을 당당하게 함께 벗어나자. 미래의 문이 누구에게나 공평하게 열려 있는 것으로 만들기 위해 자라나는 아이들을 위해 함께 노력해보자.

태어나다
诞 be born 2

사랑에 빠진 눈 Eyes in love acrylic, oil pastel on paper 100x70.5cm 2023

떠돌아다니는 개에게 인사를 건넨다. 정처 없이 흘러가는 것이 나와 똑같구나. 아니 어쩌면 나보다 나은 삶을 살고 있는지도 모르지. 쫄쫄 굶어본 사람만이 음식의 소중함을 안다고 말하지 마라. 음식이 넘쳐나면 망각의 동물 그 본성으로 자신이 주린 배를 붙잡고 이웃을 찾아 헤맸었다는 것을 잊을 테니 말이다.

배고픈 자에게 음식을 나누어 주는 고마운 사람들이 세상에는 생각보다 많이 존재한다. 따뜻한 배려가 묻어나는 인심이 흥겹게 노래를 부르는 곳도 있다. 누군가를 위해서 봉사한다는 것, 인간의 행위 중에 위대한 것임에 틀림없다. 더딘 생각의 흐름이 정신을 일깨울 때 사람 고유의 특성들이 전체를 이루어 나갈 때 홀로 있는 개인이 아니라 무리를 이룬 집단으로서의 개인은 그 힘이 막강하다. 그래서 인간은 집단을 이루려고 노력하는지도 모른다. 혈연 지연 학연 등으로 자신을 감싸서 포장하는 행동에는 그 누구도 무엇이라고 할 수 없다. 단지 선택의 문제일 뿐 그 이상도 그 이하도 아니다. 보다 튼튼한 연줄을 가지려거나 유지하려는 것에서부터 인간의 욕망은 커다란 오류를 범하기도 한다는 점이 문제될 뿐이다.

힘은 그 힘을 올바르게 사용하고 제어 할 수 있는 자가 가져야 하지만 현실은 그렇지 않다. 힘이 사람을 부리고 인간을 기만하는 도구로 사용되는 것이 현재라고 생각해 볼 수도 있지 않을까. 막강한 권력을 자랑하는 독재자의 창은 언제나 민중의 붉은 피가 뚝 뚝 흘러내리고 있다. 인간의 의식을 조정하는 것에는 유년의 기억이나 청년기의 기억을 바탕으로 구성해 놓은 장치로 가능할 수 도 있다. 세계 유일의 분단국가에서 하나로 묶어진 어떤 사상이나 개념은 유치한 것이 될 소지가 있다. 통일로 향하는 것에 개인의 소망들이 커다란 물결을 이루어 나타날 때 다양한 욕구들과 욕심이 혼재된 상태가 뿌리를 내릴 소지가 있다. 물론 인간 개개인의 특성이나 소원들이 막힌 정의를 향한 것이 아니라고 믿어 보지만 신뢰할 수 없는 것이 아직도 많은 사법부 입법부 행정부를 가졌다는 생각은 변함없기에 통일 문제에 있어서는 보다 신중하고 열린 자세로 나아가야 하고 국민들의 동의가 있어야 한다는 것도 의식한다.

좋은 사회에서 정신 연구를 하고 싶은 욕망이 꿈틀거리지만 현재가 나에게 고통스럽다고 다른 이에게도 그러하리라는 보장은 없기에 개인적인 생각은 잠시 놓아두고 밝은 미래에 대한 꿈을 한바탕 꾸어 본다. 인간의 무의식에서 떠오르는 것은 무엇을 말해주는 것일까. 윤회에서 이야기하는 머나먼 과거에서부터 내려온 기억의 조각들일까 인간으로 태어나서 인간으로 죽는 삶은 짧다면 짧고 길다면 긴 시간의 집합체이다. 어떤 삶을 꿈꾸고 살아가는지에 대해서 모두가 고민하고 힘겨워 했었던 시간이 있었으리라.

인생은 진행형이다. 예를 들어 극악무도한 범죄를 저질러서 교도소에 있는 사람도 그만의 삶을 사방이 막힌 작은 감옥 안에서 규칙적이고 반복되는 일상을 보내면서 하루하루를 살아가는 것이다. 그 죄를 뉘우치고 아니고는 본인이 결정할 문제이다. 사회 안정망이 인간을 자유롭게 할 수도 있고 그 자유를 옥죄는 데 사용할 수도 있음을 역사에서 보지 않았는가.

자유를 꿈꾸는 것은 인간 고유의 희망이다. 모든 동물에게 자유가 허락되는 것이 아니지만 인간은 의식의 자유를 누려야 한다는 게 나의 생각이다. 육체는 비록 일터에서 묶여 있더라도 사고의 흐름은 막힘없이 그 본래의 자유로움을 한껏 누려야하지 않을까. 인간이 인간을 사랑하는 것의 자유, 그 대상이 누구가 되었던지 마음속으로 사랑하고 이루어지지 않는 대상이라 할지라도 절망하지 말고 고요하게 스스로의 마음으로 상대방에게 다가설 수 있는 극히 자연스러운 행위들이 존재하고 있지 않을까. 세상 모든 사람이 선하고 그 선함에서 우러나오는 즐겁고도 유쾌한 만남들이 있다면 좋겠지만, 악이라는 것이 간혹 인간의 삶을 지배하기도 하고 악함을 본인조차 깨우치지 못하는 경우가 종종 있다.

종교의 자유가 가져다주는 유익함을 이해하지 못하는 사람들이 존재하는 것에 슬픈 감정을 느낀다. 자신 안의 종교가 중요하듯이 다른 사람의 종교 또한 인정하고 열린 마음으로 보아야 한다. 나는 천주교에서 가브리엘이라는 세례명을 받았었다. 7살 때 일이지만 참으로 기뻤었다. 하지만 나이가 들어감에 따라 기독교를 접해 보기도 하고, 불교를 생각해 보기도 했으며 이슬람을 믿는 사람들을 만나 보면서 종교의 큰 테두리는 사랑이라고 생각을 정하게 되었다. 모든 종교가 바르게 설 수 있는 것은 사랑이라고 말하고 싶다.

인간의 무의식에 다른 존재에 대한 경험이 바탕이 되어 하나의 상상과 사상을 이끌어 낼 수 있으며 이상향에 대한 꿈을 원 없이 꾸기도 한다. 현재 지구는 정신을 맑게 일깨우는 작업이 필요한 시점이다. 지구가 아파하고 있다면 그 아픔을 치유하도록 인간이 도와야 한다. 지구의 병은 인간이 만들어 낸 것이다. 개인적으로 4대강 사업은 지구를 더욱 병들게 하는 데에 앞장을 서는 것이라고 생각한다. 자연을 있는 그대로 보존하고 아픈 곳을 고치는 것이 올바른 일일 것이다. 정치적인 이유로 몇 년 뒤 만들어진 4대강의 모습에 우리는 익숙해지고 모든 것을 잊게 될 것이라는 점에 심각성이 있다. 현재 대통령 이하 정치인들 공무원들이 원하는 방향은 망각에 대한 믿음일 것이다.

봄바람이 살랑살랑 불면 가벼운 옷차림으로 마실을 나갈 것이다. 따뜻한 기운의 씨앗들이 싹을 틔우고 다시금 자라나는 자연의 신비로움에 기도를 할 것이다. 인간이 자연에서 숨을 쉬고 자연과 함께할 때 부끄럼 없는 자연스러움이 솟아날 것이다. 보드랍고 촉촉한 잎새들의 향연, 봄. 울창하게 꽃을 피우고 시원한 입김으로 명상을 도울 것이다.

인간이 인간을 사랑하는 데에는 그 이유가 따로 있는 것이 아니다. 죽을 만큼 사람을 사랑하는 일이 현재에도 존재한다. 실제로 사랑하는 사람을 위해서 죽음을 선택하기도 한다. 나는 사랑하는 사람을 위해 죽을 수 있을까. 감히 바라건대 그럴 수 있다면 좋겠다. 악마의 검은 입속에도 사랑의 불길은 훨훨 타오르고 있다. 악마도 외로운 존재이다. 그 외로움을 이기면서 인간을 꼬드기고 있는 이 순간 인간이 악마보다 더욱 가열차고 모질게 인간화된 눈물로 위장하고 있는지도 모른다. 눈물을 흘린다고 해서 모든 것이 용서가 되는 것은 아니다. '죄는 미워하되 사람은 미워 말라.', 죄는 미워하되 인간은 사랑해야 하는 아이러니한 상황에서 어떻게 하면 바른 인간상을 세울 수 있을까. 거짓말이 없고 진실함이 그득한 곳 따스한 마음씨가 먼지 하나 없는곳을 만드는 것을 생각해 본다.

인간은 누구나 잘못을 저지르기도 한다.

하지만 잘못을 반성하고 새로운 밝음에 대해서 깨달을 때 인간 고유의 심성이 고운 목소리로 노래를 부른다. 천지를 울리는 합창으로 천국은 바로 이곳이라는 믿음이 자리할 때 거짓된 허상으로서의 천국과 지옥은 하늘에 있는 것이 아니라 현실에 있다는 것을 알게 될 것이다. 한 사람을 사랑하고 그 사랑이 뜨거운 열정과 욕구에서 나올 때 사랑은 어떤 색깔을 지니고 있을까. 순수함이 더해진다면 하얀색이 그 색채를 더욱 안아줘서 파스텔 톤으로 만들어줄 것이다.

파스텔로 그린 사랑에는 색채가 튀는 것도 없고, 가라 앉는 것도 없이 균형 있고 조화로운 색감으로 안정된 따스함이 존재할 것이다. 파스텔 사랑, 나이가 들면서 좋아지는 것이다. 젊은이의 사랑에서 느낄 수 없는 만인에 대한 사랑을 구현하기 위해서 선구자들이 어떤 삶을 살아 왔는지 공부할 필요가 있다. 하지만 이름 없이 살다간 수많은 영혼의 사랑 또한 보고 배워야 하지 않을까 싶다. 아버지가 되고 어머니가 되는 일이 어떤 일인지 나는 알지 못한다. 알 수가 없는 것이다. 다만 미루어 짐작할 뿐이다 봄이 되면 만물이 피어나듯이 단 하나의 사랑 또한 피어나길 바라본다. 건투를 빈다.

해변에
be the sea

사랑 LOVE acrylic, pencil on paper 70.5x100cm 2024

인간의 두려움은 어디에서 나오는 것일까. 외부에서 오는 두려움이 있을 것이고 내부에서 오는 두려움이 있을 것이다. 외부에서 오는 것은 현대 사회에서는 인간에게서 아니면 사회에서 오는 불편한 두려움일 것이다. 촘촘하게 뿌리를 가지고 있는 현대 사회에서 인간이 사라지기란 힘든 일이다.

과거에는 인신매매라는 것이 활개를 치던 때가 있었다. 어느 날 갑자기 사라지는 소녀들, 여성들이 존재하는 현실이 지금도 있다. 어디로 그들은 사라졌을까? 인간의 극악하고 못된 습성이 만들어낸 것은 아닐까. 돈으로 팔리는 여성의 성, 여자의 성이 무엇이기에 돈으로 주고 파는 것일까? 매춘을 가지고 무엇이라고 하는 것이 아니다. 원치않는 사람을 붙잡아서 억지로 강요하는 사회 또는 돈으로 묶어서 아무 곳도 가지 못하게 하는 사회의 어두운 단면을 가지고 이야기하는 것이다. 사라진 여성들을 찾고자 하는 노력을 기울여야 할 정부의 의무를 가지고 노여운 한마디를 할 권리를 누구나가 가지고 있다.

지금처럼 한 개인의 정보를 가지고 어디에 있든지 쉽게 찾을 수 있는 사회에서 사라진 사람들을 찾지 못할 이유가 없다. 시간이 지나면 지날수록 잊히는 사라진 사람들에 대한 관심이 필요하다. 자신이 갑자기 사라질지도 모른다는 두려움은 인간들이 만든 두려움이다. 그렇다면 내부에서 오는 두려움은 내면의 목소리라고 가정하고 살펴본다면 내부의 두려움 또한 인간에게서 비롯된 두려움일 경우가 많지는 않을까.

인간 불신의 시대가 만들어 내는 현재의 숨쉬기가 편안하고 안락한가. 신이 만들었다는 지구의 모습이 과거에도 이러했을까. 인간이 태어나서 평화로움을 맛보고 평화를 누리는 시간이 얼마나 될까? 경쟁을 해야 하는 사회에서 인간은 과연 행복한 존재인가? 인간의 행복을 보장하고 유지시켜 주는 데에 국가의 책임과 의무는 없는 것인가. 국민은 세금을 내고 유무형의 봉사를 국가에게 한다. 남자는 의무적으로 군대를 가야만 하는 대한민국의 현실 앞에서 의무를 다한 인간으로서 불필요한 전쟁 준비를 하는 군대에서의 생활들이 지옥과도 같았을 수도 있는 것이다.

대체 복무를 다양화시켜서 국민으로서 불이익을 받는 일이 사라지기를 바란다.

정신의 양극화가 진행되는 동안에 진실된 만남은 제약되고 혼탁한 공기가 휩쓸고 가는 공간에 몸을 뉘인다. 진정 가까이에서 호흡하고 마주할 대상은 없는 것일까? 일말의 진정성이 없는 대화와 마주함은 어색하고 불편하다. 사람들을 만나고 이야기를 나누고 함께 느끼는 공유가 없는 삶의 연속성은 힘들고 지친 하루를 더욱 심란하게 한다. 누군가가 나를 구속하고 억압할지도 모른다는 생각은 부질없는 현실의 도피에서 나오는 것일 수도 있다.

편안하고 달콤한 약속은 가슴을 뛰게 하고 머리를 맑게 한다. 언제부터인가 인간은 외로운 나날을 자신만의 공간에서 인터넷이나 텔레비전으로 채우는 시간으로 물들어 가고 있는지 모른다. 그런 자신만의 공간이라는 것도 살펴보면 온전한 자유의 삶이 아니다. 인생의 참 뜻이 어디에 있는지에는 개인차가 존재하고 자신만의 살아온 이유들이 분명하게 있을 것이다. 그러나 부당한 결정을 스스에게 강요하거나 강요당할 때 서서히 올바르지 않은 결정이 익숙해져서 무엇이 옳고 그른지에 대해서 무디어져 가는 것이 얼마나 무서운 것인지를 알고는 있는지 알 수 없다.

홀로 길을 걷고 산책을 할 때에 보이지 않고 들리지 않던 자신 안의 목소리가 점점 보이고 들려온 적은 없는가. 인간이 된다는 것은 참으로 외롭고 지루한 싸움의 연속일지도 모른다. 그러나 그 내면과 더불어 정신의 싸움을 멈추어서는 안 된다. 조금씩 조금씩 천천히 조용하게 자신의 길을 걸어갈 때 비로소 무거운 짐이 가벼워지기 시작할 것이다.

그렇지 않은가. 스스로에게 물어보면 해답이 나올 것이라고 생각한다. 지금 이 순간 어떤 이는 죽음으로 달려가고 있고 실제로 죽어가는 사람들이 존재하며 반대로 새로운 생명이 태어나는 중이다. 누구는 인간의 범죄에 시달릴 수도 있으며, 반대로 누구는 범죄를 일으키는 도중이기도 하다. 죄의 속성은 인간이 인간에게 해를 입히는 것일 수도 있으며, 인간을 제외한 자연과 모든 유무형의 사물에게 피해를 입히는 것을 모두 포함한다는 것이다. 스스로에게 죽음을 강요하는 것도 죽음을 이루는 것도 죄이다.

좀 더 자세하게 이야기하자면 기물파손이나 상해죄가 어떤 누구와 무엇을 대상으로 했는가에 따라서 그 중요성이 부각되기도 한다. 죄의 처벌 수위가 달라진다는 점과 어떤 자세로 범죄를 보는가에 따라서 이해의 관계가 분명해지기도 하며 불명확해지기도 한다. 유무형의 범죄가 일어나고 그것을 막으려 하고 그러는 와중에 피해가 생기면서 피해자와 가해자가 생기며 죄가 때로는 돌이킬 수 없는 강을 건너기도 한다. 인간이 인간을 죽이는 행위가 만연한 것은 전쟁이라는 개념이 존재하기 때문일지도 모른다. 평화라는 이름하에서 해결되어야 할 부분들도 정치적이고 경제적인 이유로 때로는 사회적, 종교적인 이유로 전쟁이 일어난다는 점에서 어떻게 하면 평화를 불러보는 나지막한 목소리가 사람들 사이를 이어줄까.

'나는 왜 사는가?'에 대한 물음은 '내가 왜 존재하는가?'에 대한 물음과 연결되어 있다. 인간의 존재가 세상에서 어떤 역할을 하고 있는지에 대해서는 제각각의 모습에서 발견될 것이다. 나는 '인간은 사랑하기 위해서 태어났다.'에 많은 공감을 하면서 그렇게 살기를 원하고 있다. 사랑하면서 살아가기를 원하고 있는 것이다. 그렇다면 예를 들어 예술은 사람이 사람을 사랑하는 데에 필요한 것일까? 음악을 듣고 그림을 보기도 하고 문학책을 읽기도 하면서 커져가는 생각의 깊이를 무시할 수는 없을 것이다.

'정신의 넓이가 커져가고 보이는 것이 전부가 아니다.' 라는 것을 인정하게 되는 정도의 마음이 자라 있을 때. 타인이 타인이 아니라 본인과 똑같은 인간이라는 점을 인정하게 되고 더불어 상대방을 존중하게 되는 그러한 때가 있다면 세상의 크기는 무한할 것이고, 우주는 곁에서 숨을 쉴 것이라는 생각을 한다. 혹여 지금 이 순간 두려움에 떨고 있거나 불안하고 혼란스러운 정신의 흔들림을 느끼고 있다면 조용하게 자신과의 연결을 시도하기를 바라본다. 그리고 인간과의 대화를 해보기를 바란다. 직접적인 대화가 이루어지는 곳이 아니라 가상이 현실화되어 직접현실이 되어 있는 인터넷에 연결된 세상 이야기들과 사람들이 오고가는 대화창에 자신을 맞추어 넣어 보라.

허구의 삶이 아닌 아주 구체적이고 직접적인 소통을 위한 자리는 늘 그대의 곁에서 머뭇거리고 있다. 그 무엇이 그대와 나 사이를 멀어지게 하고 어지럽게 하는지에 대한 답변은 더 이상 필요가 없을 때가 올 것이다. 평화로움을 추구하고 자유를 원하는 사람들이 진정 세상의 구차하고 좀스러운 틀을 깨고 바로 마주하고 웃음을 짓고 부드럽게 속삭일 그러한 시절이 올 것이라고 믿는다.

그대를 향해 열려 있는 창들을 열린 마음으로 받아들이고 자신 있게 마주쳐 보자. 이 세상 모든 사람이 똑같은 생각과 똑같은 것들을 추구하지는 않지만 비슷한 행복을 추구하고 있을 것이라는 생각이 든다. 그 비슷함이라는 것은 인간 고유의 선에 기초하고, 인간이 살아가면서 습득하는 악을 염두에 두고 말하는 것이다. 만약에 자신만이 볼 수 있고 느낄 수 있는 것이 있다면 그것을 상대방에게 이야기하는 것이 불필요하기도 하겠지만 그래도 그것을 이야기해주길 권유한다. 인간은 외로운 존재라고들 하지 않는가? 외로움을 극복하고 따스한 자기극복을 위해서는 공유라는 것이 필요하다. 그러니 '제발 나를 홀로 내버려둬.' 보다는 '제발 나를 사랑해줘.'에 인간의 본질이 더욱 강하게 느껴진다.

해 질 녘
sunset

마지막 미묘함 Last Nuance acrylic, water colour, pencil on paper 70.5x100cm 2023

명품을 두르고 신나게 활보를 하며 상큼한 시선을 느끼는 것이 좋은 걸까? 저렴하고도 만인이 입을 수 있는 당당한 디자인의 옷들과 액세서리, 가방들이 만들어져야 한다. 저렴한 가격에 뛰어난 품질을 가진 디자인 물품을 사용한다면 얼마나 좋을까?

인간의 정신성에도 고급적인 소재의 옷감이 잘 재단되고 디자인된 것이 도움을 준다. 노동을 할 때에는 작업복으로 일관하지만 일이 끝난 후 각양각색의 디자인을 입어보고 거리에 나와 친구를 만나고 연인과 데이트할 때 기분이 좋지 않을까. 사람은 어떤 옷차림을 했는가에 따라 시선을 받기도 하고 무시당하기도 한다. 명품이라는 기존의 것들을 엎을 수 있는 획기적인 디자인과 원가절감을 통해서 한 달 월급이나 용돈으로 적절한 가격으로 살 수 있는 패션이 있다면 삶의 질도 함께 올라갈 것이다. 그 누가 해볼 생각이 없는가. 디자인 부분은 내가 맡아서 새로운 것들로 채워줄 수 있다. 다만 사업 수단을 가진 사람이 필요한 것이다. 기다리다가 안 되면 혼자서라도 작은 부분부터 디자인을 해서 옷을 만들어 보겠다. 옷의 제목은 미묘한 차이 Nuance 실크스크린으로 뜬 옷을 만드는 것부터 시작할 수 있다. 기존에 나와 있지 않는 선과 색채로 승부를 할 수 있다.

자신을 표현하는 데에 당당하게 어울리고 멋있는 옷을 입었을 때 지치고 피폐했던 과거는 훨훨 날아가버리고 변신한 당신이 존재하는 것이다. 우선은 108점의 그림을 그려서 실크스크린용으로 만들 계획이다. 108번 뇌의 표정들을 재치 있게 포착하여 심플하고 깊은 색감을 넣을 생각이다. 천천히 준비해서 해 나갈 계획이고 기존 회사와 협력하거나 아니면 새로운 회사를 창업하는 수밖에 없다. 등작 미묘한 차이 회사 DUNG-ZAK Nuance Company의 계획은 인간의 정신성에 관한 연구 속에서 만들어 질 것이며 점차적으로 유무형의 확장을 할 것이다.

자신이 만든 옷을 입고 사람들이 길을 걷거나 연인과 만남을 가지거나 활기차게 움직이는 것을 본다면 더 이상 바랄 것도 없으리라. 재고품이 남는다면 모두 기부할 것이다. 사업상 가치를 높이기 위해서 소량생산하거나 재고품은 남기질 않는다지만 나는 박리다매로 승부할 것이다. 많이 팔릴수록 가격을 내리고 좀 더 질 좋은 디자인을 내놓기 위해 노력할 것이다. 전문 디자이너들도 함께 참여해서 보다 풍부한 옷의 스타일을 만들어 낸다면 좋겠다. Nuance는 국내용이 아니다 외국에서도 충분하게 통할 수 있도록 할 것이다. 옷 안에 그날 그날의 글이 담긴 편지가 담겨져 있고 작은 사진이 담겨져 있다면 어떨까. 따뜻한 삶을 공생하고 상생하기 위해서 시작해 보려는 일이다.

삶의 사건
life affair

사랑 LOVE gouache, pencil, oil pastel on paper 70.5x100cm 2023

아주 늦게 일어나서 두통과 공복감을 느끼며 단조로운 일상을 마주할 때 인간이라는 가치를 얼마만큼 자각하고 있는지 스스로에게 물어본다. 평가가 아주 낮게 측정되어 있을 때 그 이유는 본인의 문제인가, 아니면 인간 전반의 문제인가? 또한 일어나지 않을 듯하던 그런 일들이 현실에서 벌어지고 있을 때 그 대책은 누가 하는 것일까? 시민들에게 알아듣기 쉬운 설명으로 정확하게 사건의 내용을 밝히고 그 대책을 강구할 때 국민 여론을 따르고 좋은 방향으로 사건의 마무리를 위해서 노력을 기울여야 한다고 생각한다.

누군가가 나를 때렸다고 해서 나도 그 사람 때릴 이유는 없는 것이다. 처벌을 원한다면 경찰서가 있고 그곳에서 판단을 내려주는것을 기다리면 된다. 어떤 사건이든지 그 사건을 해결해줄 기관이 존재하고 있고, 처벌을 하는 것을 당연하게 여기면서 앞뒤 가리지 않고 권력으로 타격을 가하려는 것도 있을 것이다. 평화로운 방법을 원했다면 나를 때린 사람과 대화를 시도해서 그만두게 하는 방법도 있다. 그러나 말이 통하질 않고 일방적이라면 방법은 사법기관에 넘기는 것이다. 그곳에 들어간 후부터는 가해자의 인권은 너덜너덜해질 것이고 벌금형을 받을 확률이 크다. 천안함 사건 같이 사안이 중대한 경우는 정치적인 고려가 있을 것이고, 진상조사에 보이지 않는 외부의 손이 접근하지 말라는 법도 없다. 철저하게 진상을 규명하고 투명하게 결과를 공개해서 국민의 의혹을 없애야 한다.

인간은 악한 존재도 선한 존재도 무익한 존재도 아니다. 선악이 내재되어 있으며 끊임없이 선과 악의 싸움에서 견뎌내어야 하는 것이다. 그 싸움에서 이긴 사람은 선한 존재로서 빛을 발하며 죽음을 맞을 것이고, 진 싸움에서는 악이 활개를 치며 죽음을 일깨울 것이다. 인간의 정신을 갉아먹는 것들에는 무엇이 있을까? 사람들일까? 존재하는 모든 것일까? 종교일까? 공부에서 비롯된 잘못된 지식들일까? 사람 관계에서 정신의 밝음도 나오고, 정신의 어두움도 나온다.

인간은 홀로 살지 않기에 무리를 이루어서 집단을 이루어서 사는것에 익숙하다. 회사를 다닌다거나 공장을 다닌다거나 하면서 노동자의 신분에서 집단을 이루고 있는 정체성을 쉽게 포기하지 못하는 것이다. 문화 예술계 안에도 끼리끼리 모여서 놀고 폐쇄적인 부분들을 간직한 사람들이 많다. 정신의 해방을 위해서는 자신이 속하는 자리에서 내려와서 서로가 서로의 손을 맞잡고 웃으며 한바탕 축제를 벌릴 때 가능하다. 그 축제의 주인공은 아이들이며 장애인들이며 노인들이다 그리고 열심히 놀아야 하는 것은 10대 20대 30대 40대 50대의 연령층이다. 축제의 주인공과 함께 신나게 한바탕 놀다보면 가슴에 있던 답답함이 확 날아갈 것 같지 않은가? 놀이문화가 부족한 현재를 바꿀 준비가 되어 있는 사람들이 각 연령층에 포진하고 있으리라는 믿음을 가진다. 얼쑤, 한없이 한번 놀아보세. 가슴을 열고 속 시원하게 자신의 꿈을 이야기하고 다른 사람들의 꿈을 듣고 실현할 수 있도록 도와주기도 하고 미래에 대해서 긍정적인 메아리를 들을 때 바로 그때 우리들의 정신은 시원한 숨을 쉰다.

벼락이 휘몰아쳐서 서걱이는 소나기를 부어대는 공간에 인간이 갇혀있다. 법의 이름으로 검찰권을 행사하는 사람의 이름은 무엇일까? 그 사람의 머릿속에는 온통 술과 여자 그리고 권력이 가져다주는 달콤함이 가득하다. 배우지 못한 자들 앞에서, 힘이 없는 자들 앞에서 근엄한 행위를 하는 자의 버릇은 어떨까? 사람들이 좌우로 높여주는 권위에 만족하고 오늘도 가열차게 달려보는 힘의 피라미드 앞에서 시시각각 눈치가 빠른 동물로 존재하는 그 사람의 앞날이 눈앞에 선하다.

인간은 법이 없이는 한 치 앞도 못 보는 형태와 색채를 가진 것이 아니다. 그러나 법이 없이는 움직이는 것이 불편할 정도로 나약하게 길들여지는 형상을 가지고 있기도 하다. 하나님의 10계명을 보면 인간이 저지르지 말아야할 것들이 나온다. 인간은 인간의 죄를 용서하고 죄를 참회하게 하는 방법을 알고 있다. 인권을 지켜주면서 오목조목 죄를 따져서 적절한 죄의 대가를 받게 하는 것도 중요하겠지만, 무엇보다 인간이라는 것이 왜 인간인지를 알게 해주는 것이 필요하다.

신과 동일한 인간의 형상을 가지고 태어나서 점차 많은 유혹과 범죄에 노출되는 심성을 바르게 잡아 주어야 한다. 현실은 녹록하지 않기에 범죄의 순간순간이 곳곳에 있으며 그릇된 판단을 할 여지가 있다는 것을 고려해서 인간을 바라보아야 한다. 인간의 정신성에는 환각과 환상이 버무려져서 일어나는 행위들이 실존한다. 병적으로 정신이 아픈 사람들은 치료가 우선되어야 하며 재범을 막기 위해서 올바른 교육이 필요하다.

기를 쓰고 그릇된 방법으로 돈을 벌어서 떳떳하게 쓰는 것이 가능은 하겠지만 자식을 키우는 사람이라면 제대로 된 생활을 자녀에게 교육할 수 있을까 싶다. 인간은 환경에 의해서 변화하는 존재이다. 좋은 환경을 마련해주는 것은 국가의 몫이 크다. 가정의 환경이 좋지 않다면 국가가 앞장서서 살기가 편안하고 정신이 쉴 수 있는 터를 마련해 주는 것이 시급하지만, 현실은 낙후되어 있고 정치계는 좌우파로 분열되어 있고 국민들은 이념을 구분지어 와해되어 있다. 한 사람이 성장하고 꿈을 이루게 도와주는 시스템이 없다는 것이 큰 약점인 나라라는 것을 인지하지 못하는 한 국가의 발전은 더디고 힘들 것이다. 제대로 된 사람이 사회에서 목소리를 가지게 되고 부족함이 있는 사람들이 분발할 때 분명 변화는 일어날 것이다.

탄생하다
be born

사랑 LOVE acrylic, oil pastel, pencil on paper 70.5x100cm 2023

교육에 대한 열망은 개인적인 것보다 집단적인 것이 크다. 사회에서 인정을 받고 본인이 크기 위해서 선택하는 학벌의 사회는 어떤 모습으로 현실을 바라보고 있을까? 대한민국의 교육은 내가 학교를 다닐 때 주입식이었다. 나이가 들수록 주입식 교육이라도 열심히 해서 좋은 대학을 가지 않은 것을 후회하고 스스로 답답했던 때가 있었던 것 같다. 그러나 어렸을 때부터 스스로 나만의 공부를 하는 것이 좋았고, 직접적으로 표현하지는 않았지만 공부를 잘하는 학생들의 유연하지 못한 것 같은 사고를 은근하게 무시하기도 했었다. 창작을 하는 삶을 살기로 결심한 18살 때부터 좋은 교육은 직접 깨우치는 것이었지 타인을 통해서 배우는 것이 아니었다.

그러나 한계가 곧이어 있었고 책을 통해서 조금이나마 극복할 수 있었다. 어쩌면 책이 준 공부가 그 누구의 가르침보다 더 큰 것이었던 것 같다. 대한민국의 현실은 어떤 대학을 나와서 어떤 인맥을 가졌는가가 중요한 것이 사실이다. 나에게는 내세울 만한 학벌도 인맥도 없었다. 간헐적으로 만나온 사람들은 좋은 학벌에 좋은 인맥을 가지 사람들이 많았지만 관심이 없었던 나로서는 긴 만남을 지속하지는 못했다. 인간에게 있어서 교육이란 무엇인가를 가지고 생각해 본다면 사람마다의 특성이 다르고 본래의 바탕이 다른 것이기에 어느 한 잣대로 가르치는 것은 불필요하고 각자의 개성에 맞는 교육이 선행되어야 한다는 믿음을 가지고 있다. 어느 특정 대학을 가기 위해서 노력하는 것은 개인의 몫이지만 사회현상으로서의 따라감은 개인의 행복을 가져다 주는 것에 반대될 수도 있다.

사회가 가르치는 공부가 가져다주는 행복감은 맛보지 못했지만, 개인이 하는 공부에서는 행복감을 느꼈다. 창의성을 가지는 것은 끊임없는 노력에서 나오지만 개인의 특성에서도 나온다고 생각한다. 그 특성을 가지기 위해서는 각 개인만이 할 수 있는 공부를 통해서 나온다고 생각하지 않는가? 그리고 학문은 그 가르치는 선생님이 누구인지에 따라서 배움의 큰 차이가 난다. 어떤 스승이 가르쳤는지에 따라서 좋은 성과를 가질 수도 못 가질 수도 있다. 그만큼 선생의 자질은 중요하다.

직장인으로서의 선생님이라는 개념과는 분명한 차이를 가져야 한다. 세상에는 인터넷을 통해서 얻을 수 있는 해답이 많아지고 있으며 책을 통해서 공부할 수 있는 것도 많다. 학습의 성과를 평가할 때 어떤 학교의 출신이 중요한 것이 아니라 어떤 공부를 했고 어떤 성과를 냈는지가 중요하다. 어떤 사람의 가르침을 받았는지도 중요하겠지만 결국은 본인 스스로가 어떤 스승의 가르침을 올바르게 소화했는가가 중요한 것은 아닐까 싶다. 뛰어난 자질을 가진 학생들이 잘못된 교육행정으로 비뚤어지는 것을 막아야 한다. 인간은 누구나가 각 특성에 맞는 뛰어남을 가지고 있다. 그 뛰어남을 개발을 하는 데에 현실의 저울질은 가식적이며 녹이 슬어 있다.

바꾸어야 한다. 누구나가 대학을 가서 교육을 받는 사회가 되어야 한다. 그것도 무료로 배워야 한다. 선진국이라고 부르는 몇몇 나라들은 무료 교육을 해서 잘사는 것이다. 그 나라들이 잘살아서 무료 교육을 시작한 것이 아니다. 대학을 모두 국유화시켜서 교육해야 한다. 그 재원에 대해서 걱정을 하는 것은 미래를 보는 마음이 탁해서라고 볼 수 있다. 교육에도 빈부의 차이를 집어넣는 나라에는 미래가 불투명하다.

꿈의 영역은 어디에서 비롯되어 어디에서 멈추어 설까? 마음이 썩어가는 것을 본인은 모르고 있지만 조금 예민한 사람이라면 얼마든지 알아챌 만한 상황들이 현재에 벌어지고 있다. 정치인들 경제인들 법조인들 직업의 높낮이를 떠나서 일부 사람들의 마음에는 독이 들어가 있어서 그것을 전파하고 있다. 묵묵하게 일을 하고 소소한 즐거움을 즐기는 사람들은 상관이 없다는 듯이 관망하고 있지만, 영향력 있는 사람들의 비뚤어진 시각과 사상이 얼마 지나지 않아서 일반인의 삶에 타격을 줄 것이다. 그 타격은 교묘해서 달콤한 거짓말을 포함하고 있기 때문에 많은 사람들은 영향력을 가진 사람들에게 무한한 존경과 감사를 전하며 하인이나 시녀가 되는 것을 인지하지 못한다.

꿈의 영역에서는 모두가 주인공이다. 상하의 차이가 존재하지 않으며 자신만이 주인공이고, 행복한 모든 것을 소유하고 있으며 늙거나 죽지 않는다. 때때로 신이 되어서 온갖 결정을 내리고 그 결과를 보고 웃기도 하고 눈물을 흘리기도 한다. 꿈의 영역에서는 모두가 평등하고 평행하다. 상상의 모든 것은 꿈에 녹아들어서 한 인간을 인간 이상의 존재로 숨 쉬게 하는 것이다. 소박한 꿈을 가지고 살아가는 현실에서의 삶은 거칠고 답답하고 어지러울 수 있다. 그러나 우리는 믿어야 한다. 인간의 선의를 세상에는 좋은 사람들이 당신을 기다리고 있다는 것을.

좋은 사람의 범주에 들어가는지는 걱정할 필요가 없다. 인간의 사랑을 원하고 평화를 사랑한다면 그것만으로도 충분한 자격을 가진 사람이다. 비뚤어진 인간상에서 볼 수 있는 타락은 멀리에서 천천히 불어오는 정화라는 불길이 있기에 그것에 맡기면 된다. 크게 웃으며 활짝 핀 봄꽃을 마음껏 감상하고 파란 하늘에서 비취는 햇살을 양껏 받아 들여도 좋다. 꿈의 영역에는 없는 높낮이의 지위를 가지고 있는 사람들의 모습에서 진정 인간의 해방은 멀고 멀었다는 생각을 해본다. 계급사회에서 억압받는 쪽은 언제나 낮은 계급의 사람들이다. 그래서 악착같이 높은 지위에 올라가려고 죽을 둥 살 둥 노력하는 것이다. 높은 지위에 올라갈 노력을 살기 좋은 사회 만들기에 힘쓴다면 사회는 변화하고 따뜻해질 텐데 아쉽다.

걱정은 하지말자. 과거에도 그러했고 현재에도 그러한 빈부의 격차와 학력의 격차 지위의 격차에서 오는 일반 시민들의 대우가 어떠하든지 미래는 착실하게 변화를 맞이하고 있다는 것을 잊지 말아야 한다. 강력하게 말해서는 제거되어야 할 대상이 있었던 혁명의 순간에 제거할 대상들도 껴안아서 함께 가야 한다. 그들도 인간이다. 인간의 언어와 인간의 습관에 젖어있는 똑같은 인간이기에 약간의 벌칙을 주고 난 다음에는 함께 나아가야 한다. 보다 나은 밝은 지구 안의 인권이 트이는 인류의 길을 향해서 계속 가야 한다.

자유롭다
be free

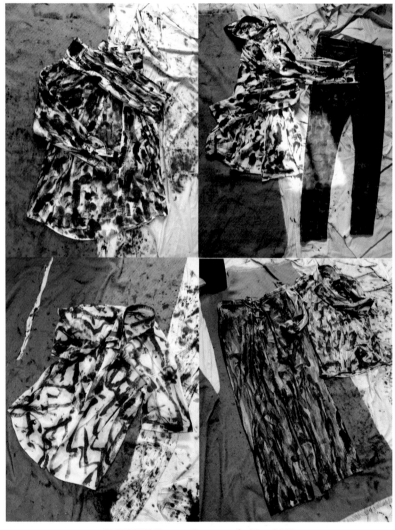

DUNGZAK Nuance Company fashion 2021

가슴을 울리는 눈물이 흘러내려 침묵의 강으로 건너가는 사람의 뒷모습을 부여잡으려 하고 있다. 떠난 사람을 잊지 못해서 마음 가득하게 슬픈 감성이 온 몸을 두드릴 때 일상의 온전한 느낌은 시간을 멈추어서 정지된 화면 가득 사모했던 사람의 잔향을 들이키고 있다. 만남이 있으면 이별이 있는 것이 이치이지만, 그 이치에 저항하고 몸부림쳐도 이별은 이별로써 하나의 기억을 지닌 정신성을 만들어 낸다.

유난하게 별빛이 두 눈에 번지면서 찬란할 때, 전생을 건너온 인연자락들이 뭉게뭉게 가슴을 후벼 파고 미래에 만날 이들을 기다리는 일시적인 정적을 준다. 잠시간의 멈춤이 끝나면 외로움에 한 줄기 바람이 불어 밝은 연두색 꽃을 왼손 위에 살며시 올려둔다. 몽환적인 하루가 지나고 불면의 고통이 육체를 타고 정신을 갉아 먹을 때 대낮의 태양빛은 검은 발을 하얗게 물들인다.

살면서 잊지 못할 이름이 누구에게나 있을 것이다. 좋은 의미에서든 나쁜 의미에서든 정신을 교란시키고 멍하게 하는 이름의 주인은 어디에서 무엇을 하는지 궁금할 때가 있지 않은가? 지나간 과거를 넘나들며 이리저리 가슴에 차오르는 후회는 없는가? 자신의 삶에서 타인이 되어 버린 존재들을 향한 애정과 증오는 모두 있는 그대로 묻혀지고 사라지고 편집되어서 스산한 한 올의 실로 뇌를 감싸기도 한다. 인간의 기억에서 편집되어서 남아 있는 존재에 대한 환영은 실체하는 현상이 아니라 비현실적인 현상의 한 부분이다. 인간을 사랑하고 사랑해서 얻는 고통과 슬픔이라는 것은 사랑으로 얻는 기쁨에 비해서 오랫동안 한 개인을 괴롭히고 아프게 한다.

정처 없이 길을 걷는 한 사람을 관찰해 보자. 그 사람의 정신은 구름 속에 숨어 있으며 감각의 접촉은 절단된 채 마음은 허공을 걷고 있지는 않을까? 인간으로 존재한다는 것은 끊임없이 갈등하고 존재 이유를 물으며 세상과 화합하기 위해서는 아닐는지 생각해 본다. 우주를 꿈꾸기 위해서는 주변과의 화해가 필요하고 사람들에게 정신이 열려 있어야 한다. 또한 자연과의 교감 또한 중요한 부분이다. 하지만 도시에서 살면서 바쁘게 지나쳐가는 수많은 사람들과의 교감은 힘들기만 하고 자연과의 일치는 불가능에 가깝다. 도시에는 공원이 있지만 그 공원은 인공적으로 만들어졌으며, 산이 있다지만 발길은 산으로 닿는 것이 어렵기만 하다. 그렇다면 어떤 방법이 있을까?

인간은 스스로를 자신의 환경에 맞춰서 치유하는 경향이 있다. 마음으로 명상하는 것도 하나의 방법이 되겠지만 가까운 공원에서, 놀이터에서, 벤치에 앉아서 몇 그루의 나무와 친밀하게 눈길을 주고받는 것도 하나의 방법이 되지는 않을까 싶다. 아니면 하늘을 자주 보면서 하늘의 변화를 읽어내는 재미를 붙이면서 책을 들고 읽는 것도 방법이 될 것 같고, 자신의 집에 화분이나 나무를 가꾸는 것도 좋을 듯하다.

아스팔트를 좋아하거나 콘크리트 벽으로 만들어진 건물 안에서 지내는 것이 답답한 사람들도 많겠지만, 도시에서 사는 사람들은 일을 하기 위해서 직장이 있는 콘크리트 건물에 들어가서 자신이 가진 대부분의 시간을 보내는 것이 사실이기에 회사 복지가 잘되어 있고 인테리어가 자연 친화적인 분위기로 되어 있어야 한다. 물론 회사 자체에서 인테리어에 들이는 비용을 절감하고 딱딱한 분위기의 개인 칸막이들이 있어야지만 되는 줄 아는 사람들이 회사 대표인 경우도 많을 것이다. 그러나 직장생활로 대부분의 시간을 회사에서 보내는 직장인의 정신 건강을 생각한다면 어떻게든지 자연과 어울리는 분위기를 연출해야 한다. 이미 인공적인 인테리어가 판을 치고 있기 때문에 자연스러운 연출은 무엇보다 중요하다. 인간의 정신이 늘 피곤에 젖어 있고 딱딱하고 익숙한 현재의 일상에서 머물러만 있다면 개인으로서도 불행하고 국가적으로도 불행한 것이다.

창작한다는 것은 무엇일까? 인간은 누구나 자신의 삶에서 자신만이 할 수 있는 힘으로 만들어내는 결과물이 있다. 공장의 노동자나 조선소의 노동자가 매일같이 기술을 습득한 상태에서 단순 반복적인 일을 하더라도 그 안에는 변화가 있는 하루가 있을 수 있는 것이다. 항공 노동자가 비행기 안에서 서빙을 할 때에도 고객들의 입맛에 맞추어 단순하게 서빙만 하는 것은 아닐 것이다. 정해진 매뉴얼대로 행동하기도 하겠지만 때로는 기지를 발휘해서 행동할때도 있지 않을까? 컴퓨터관련 일을 하는 노동자들은 어떤가? 좀 더 많은 창의성을 가지고 창작에 다가서는 것은 아닐는지 위의 예들이 부적절하게 느껴질지도 모르겠지만 나의 생각은 인간 개개인 모두가 창작의 나날을 보내고 있다고 생각한다.

창작은 예술가만의 전유물이 아닌 것이다. 그러나 단순하게 과거의 것을 베끼거나 습관에 의해서 단순 동의반복적인 작업을 하는 예술가에게는 미안하게도 창작의 힘은 빛을 잃어가고 있다고 해야 할 것이다. 옷을 고르거나 물건을 살 때에도 번뜩 떠오르는 결정의 힘은 창작의 연속이라고 한다면 과장된 것일까?

인간의 정신에 고유하게 부여된 행위의 시작과 결과는 과정이라는 중요한 덕목을 가지고 있다. 과정에 의한 결실물 없이는 당도하지 못하는 곳이 있는 것이다. 바로 나아간다는 뜻을 지니기도 한 진보이다. 진보 없이는 인간의 삶은 후퇴하거나 정지하거나 둘 중의 하나이다. 자신의 삶에서 진보하기 위해서는 사회적인 지원이 필요하다. 바로 사회복지가 그것이다. 무료 의료, 나이에 상관없는 평생교육을 위한 무료교육, 일시적인 생계비 곤란을 도와주는 지원, 주거지를 저렴하게 제공해주는 주택지원 등이 없이는 인간이 인간답게 살아가는 데에 국가는 필요가 없는지도 모른다.

민주주의를 외치는 법치국가라고는 하지만 대한민국의 현주소는 법치국가가 아니라는 데에 한 표를 던진다. 힘이 있는 자는 법의 심판을 받지 않고 힘이 없는 자는 변호사의 구체적인 도움도 받지 못하는 곳이기 때문이다. 이런 국가에서 살아가기 위해서 정신의 힘은 필요가 없어지고 육체적으로 안락할 수 있는 돈의 위력만이 인간의 인생을 지배한다. 인류에 대한 관심은 없고 오로지 자신과 가족의 안녕만이 유일한 목적이 되는 사회에서 희망을 찾기란 어렵다.

이 땅의 보수라고 하는 보수주의자는 진정한 의미에서 보수주의자가 아니며 단지 자신의 안위를 위해서 자신의 것을 더욱 불리기 위한 노력을 기울이는 자들의 이름일 뿐이다. 만약에 당장이라도 북한이 붕괴하면 돈을 싸들고 가서 북한의 땅들과 인력들을 노예화시킬 자들이 보수주의자들이 아닐는지 생각해본다. 자신이 보수주의자라고 생각한다면 그것은 착각이다. 보수주의자들은 국가의 부를 대다수 차지하고 있는 부자들이며, 종교 사업을 하고 있는 대형 교회의 목사들이며, 불교 종단의 스님들이며, 학교재단을 가진 사람들이며, 언론을 가장한 언론사들인 것이다. 자신이 보수주의자의 근처에도 못 간다는 것이 억울하거나 불행할 필요는 없다. 이 세상에서 보수주의자는 죄를 짓고 있는 사람들이며 그들이 좋아하는 돈을 지켜주는 거짓 종교의 수혜자일 뿐이다. 진실로 예수님이나 부처님이 말씀하신 가르침을 따르자면 진보적인 사회주의가 완성되어야 한다. 예수님은 철저한 사회주의자는 아니었는지 생각해 봐야 한다. 예수님이 빵과 물고기를 수천 명의 사람들에게 무료로 나누어 주었던 것을 돌이켜 봐야 한다.

고통의 문제
the problem of pain

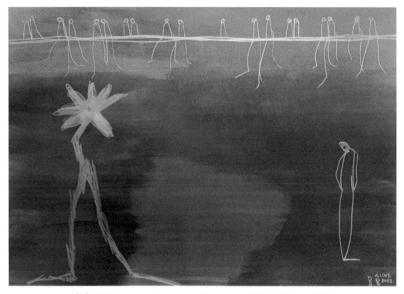

사랑 LOVE watercolors, pencil on paper 70.5x100cm 2023

마음을 편안하게 충만하게 했던 봄이 가고 뜨거운 태양 아래 햇빛의 강렬함이 쏟아지는 여름이 다가오고 있다. 계절의 변화에 민감한 사람은 보다 가벼운 옷차림으로 산책을 나가거나 피서를 나간다. 수많은 사람들이 밀집된 해운대 해수욕장에서 각양각색의 패션으로 돌아다니는 사람들은 무엇을 느끼고 무엇을 갈구할까? 성적인 매력을 찾아서 돌아다니는 사람들도 많을 것이고, 성관계를 맺기 위해서 열심히 미팅을 하는 남녀들이 많을 것이다. 쾌락의 지수와 여름의 관계는 어떠한 사이일까? 부유하는 정신성을 잃어 버려서 찾지 못하는 사람들은 멍한 눈빛으로 술과 성의 탐닉에 몰두하게 된다. 그들을 탓할 이유가 전혀 없다.

그러나 올바르게 작동하지 못하는 정신으로 살아간다면 그 고통의 누적을 어떻게 감당해 낼 것인가? 소비하는 문화에 익숙하고 돈을 주고 서비스를 받는 것이 당연하게 생각되는 이 시대는 주인과 노예가 존재한다. 돈을 받는 노예, 돈으로 부리는 주인 이 둘 다 고쳐져야 할 심각한 문제이다. 어떻게 하면 이 문제가 해결될까? 당당하게 서비스를 하고 부드럽고, 현명하게 손님을 접대하는 문화가 있고, 서비스를 받는 사람은 당연하게 받는 것이 아니라 고마운 마음으로 받는 문화가 정착되면 얼마나 좋을까? 현실은 돈을 위해서 서비스를 하는 한 웃음과 싫은 마음까지 팔아야 하고, 사는 사람은 당연하게 돈의 가치만큼 이라는 이상한 논리로 최상의 서비스라는 개념의 웃음과 친절을 사는 것이다.

'서로가 공손하게 대화를 나누면서 수평적인 입장을 가지고 옷을 살 때나 음식을 먹을 때나 조금 천천히 서비스를 받더라도 여유를 가지고 행동을 하는 것이 좋지 않을까' 생각해본다. 여유가 있으면 허겁지겁 음식을 만들거나 서빙하지 않아서 좀 더 편안한 마음으로 손님의 입장에서 배려할 수 있는 여지가 생길 것이다.

이 세상에는 대부분의 사람들이 쇼핑을 할 때나 음식을 먹거나 술집에 갔을 때에는 주인이 된다. 그러나 그 상황을 벗어나면 돈을 받고 일을 하는 노예가 된다. 주인과 노예의 입장을 그 누구보다 잘 알고 주인으로서의 행동과 노예가 되었을 때의 행동을 비교하면서 자신이 부당한 처우를 받고 일을 하고 있다면 다른 사람들도 인격적으로 부당한 처우를 받으며 생활하고 있다는 것을 이해하고 행동을 할때 기다려주거나 상대방을 배려하는 마음을 가져야 하지 않을까 싶다. 빠른 서비스, 훌륭한 미소, 정확한 응대 매뉴얼로 무장된 백화점의 서비스가 인간성의 메마름으로 세워지고 있다는 것을 알아야 한다. 또한 백화점 서비스를 따라하는 음식점들이나 술집에서의 서비스는 손발이 빠른 인형이 정확하게 말을 하고 손님의 말을 정확하게 이해를 하는 것처럼 느껴지는 건 왜일까?

서비스는 부담없이 과하지도 부족하지도 않을 만큼 적절한 수준으로 손님이 원하는 상품을 전달하면 되지 않을까? 웃기도 싫은데 억지로 웃어야 하고, 동작을 빨리하고 싶지 않은데 빨리 해야 하고, 그럼으로써 인간의 정신성은 점점 망가지고 있다는 것을 느끼지 못하는가? 손님은 왕이라는 말은 사라져야 할 악의 말이다. 손님은 손님으로서 가져야 할 예의와 태도가 있다. 서비스를 제공하는 사람은 서비스를 제공하는 사람으로서의 태도와 예의가 있다. 태도와 예의는 꾸며져서도 안 되고 또한 과대포장 되어서도 안 된다. 다양한 성격을 가진 각개인의 취향과 개성 그리고 삶에 따라서 적절한 서비스를 맞춰 준다는 것은 또 다른 사업적인 구상일 뿐이고, 근본적으로 패스트푸드점과 같이 시간이 생명인 양 흘러가는 점포들과 똑같은 서비스와 질을 자랑하는 프랜차이즈점 같은 곳이 사라지고 인간성이 묻어나고 여유를 무기로 하는 점포가 많아져야 한다.

기다리는 것을 당연하게 생각하고 자신의 차례가 되면 웃음으로 주문을 할 수 있는 것을 자랑스럽게 생각하는 사람들이 많아져야 한다. 강요된 서비스는 인간을 병들게 한다라는 것을 생각해 보았으면 한다. 서비스를 하는 입장에서 강요된 서비스는 굴욕과 인간성의 상실 그리고 정신성의 병이 진행이 된다는 점을 알아야 한다. 인간을 병들게 하면서 까지 정해진 매뉴얼대로 거짓 웃음과 친절한 응대를 하는 사람들의 접대를 받아야 하겠는가?

입장을 바꾸어서 생각을 잘 해봐야 한다. 각자가 맞는 옷이 있듯이 각자가 가진 재능이 있다. 그 재능을 서비스한다면 다양한 서비스가 나올 것이다. 말투가 딱딱한 사람, 말이 빠른 사람, 말이 어눌한 사람, 생각이 깊은 사람, 예민한 사람, 예민하지 못한 사람 등등 다양한 특징을 가진 사람들이 서비스를 할 때 불편해하는 사람도 있을 수 있겠지만 인간과 인간의 교류라고 생각하고 열린 마음으로 서비스를 받는다면 보다 삶은 윤택해지지 않을까 싶다.

인간이 살아가는 데에 국가라는 큰 틀이 필요할까? 행정부, 사법부, 입법부를 바탕으로 하는 제도를 가진 국가가 경찰력을 국민들의 자유를 제한하고 사고를 억압하는 데에 쓴다면 국가의 존엄성은 포기해야 한다. 진정 한 국가가 국민을 위해서 바른 정치를 펼친다는 것은 헌법이 보장하는 국민의 자유와 의무를 존중하고 보살펴야 한다. 국가를 선택해서 태어날 수 없는 현실에서 인간의 정신성이 맑게 유지되는 데에 국가의 책임이 중요하며 국가를 구성하는 국민의 의식이 중요하다. 어떤 교육을 받았고 어떤 공부를 했는지가 중요한 것이 아니다.

인간은 살아가면서 잘못을 저지를 가능성을 가지고 있다. 과오를 저질렀으면 반성하고 되풀이 하지 않도록 노력할 수 있는 여건이 주어져야 한다. 스스로의 노력도 있어야 되지만 관심을 가지고 국가가 교육하고 상담할 수 있는 창구를 만들어야 한다. 범죄자들의 재범죄가 많은 것은 교도소에서 인성교육이라는 것이 전무하고 정신 상담이 없기 때문이고, 사회에 나가서 할 일이 마땅치 않기 때문이다.

인간이 살아가면서 활발하고 생기 있게 지낼 수 있는 사회적인 요소들이 없다면 불편한 정신이 자살을 생각하게 하고, 또한 실행하게 한다. 자신만 잘살면 된다는 생각으로 뭉친 사람들이 많은 것은 병든 사회의 전형적인 예다. 인간이 가진 다양한 성격을 고려하지 못하고 오로지 특정 집단에 어울릴 수 있는 사람만이 올바르다고 생각하는 사람들이 많은 것은 그들의 삶이 인간에 대한 예의가 결여되어 있다는 것을 의미한다.

인간의 성격은 외향적이 되었다가 내성적이 되기도 한다. 어떤 성격이 올바른지에 대한 편견은 사라져야 하고 각자의 성격을 존중하는 사회가 되어야지만 진정한 의미에서의 자유 의식은 강해질 것이다. 인간이 살아가면서 어떤 종교를 가지고 어떤 집단에서 활동을 하는가에 따라서 인생의 방향이 결정되기도 한다. 속박이 없는 곳은 없으며 저마다 규칙과 제한적인 사고가 있기도 하다. 진정한 종교를 믿는다는 것은 신에 대한 믿음이지 종교 자체에 대한 믿음이 아니다.

특정 학교, 특정 혈연, 특정 지연을 가지고 우월한지 아닌지에 대해서 비교하는 것은 인간 저마다에 대한 자유를 억압해서 보는 것이고, 자아가 불구인 경우를 자신의 입으로 자인하는 꼴이 된다. 물론 자신의 출신에 대해서 자부심을 가지고 살아간다는 것은 뭐라고 할 수 없다. 그러나 그 자부심이 자칫 균형 있는 사고를 제약하고 자유를 제한하는 경우가 되는 경우가 있을 수 있다. 세상에는 다양한 인종과 다양한 종교, 다양한 문화가 존재한다. 인간에 대한 배려심은 다양성을 진실로 인정하고 받아들이는 데에서 시작된다. 자신의 피부색과 다르다고, 자신의 종교와 다르다고, 자신의 문화와 다르다고 거부감을 느끼고 자신의 우월성을 증명하려고 하면서 상대방을 자신의 하위로 넣으려고 할 때 평화로운 균형은 깨어진다.

인간의 정치와 경제는 자꾸만 변해가면서 과거의 역사에서 되풀이되는 과오를 저지르기도 한다. 인간이 인간답게 살 수 있게 도와주는 정치와 경제는 꿈같은 이야기로 들릴 만큼 세계는 아프다. 그것도 중병에 걸린 환자와 같다. 아프면 그 아픈 원인을 치료하고 재생을 도와야 하지만 현실은 아픈 환자를 그대로 방치하면서 오로지 생명을 조금 연장시키는 데에만 몰두하고 있다. 인간의 정신성은 앞으로 나아가길 원하지만 현실에서의 혹독한 사회현상과 전쟁이 그것을 가로막고 있다. 무엇이 올바르고 무엇이 진실인지 알 권리는 주어졌다.

cestlavie
- nuance

사랑 LOVE acrylic, pencil on paper 70.5x100cm 2023

　자신의 손으로 자신의 목숨을 끊는다는 것이 어떤 의미일까? 많은 사람이 자살을 한다. 죽음에 관한 생각을 하고, 스스로 죽기를 감행하려고 구체적인 생각을 할 때가 있었다. 그러나 마음먹은 대로 죽음에 대한 실천은 쉽지 않았고, 인간 세상에 대한 미련이 남아 있었고, 마치지 못한 작품들이 생각나서 죽음에 뛰어들지 못했다. 정신적인 문제가 있다는 것을 미처 깨닫기 전에 환청과 환각 그리고 환시로 삶과 죽음을 경험했었다.

지금도 생생한 기억으로 남아 있는 사건이었다. 몇 날 며칠을 잠들지 못했으며 계속되는 환각과 환시에 정신성은 인간의 존재에 대해서 생각하게 하는 계기를 주었다. 하늘에 연꽃이 보이고 십자가가 보이고 귓속에 말하는 익명의 사람 소리에 귀를 기울이면서 고통스러운 시간을 보냈다. 무수히 많은 인간의 직업들을 간접 경험했으며 악한 사람들의 모습을 보기도 하고 선한 사람들의 모습을 보기도 했다. 실제로 살고 있는 현실이 지옥이라는 것이 나의 판단이었다. 그래서 죽음의 향기를 짙게 맡았다. 몸소 경험해본 바로는 세상은 악한 사람들이 많다. 스스로가 악하다고 생각하지 못할 뿐이고 타인에게 직접적인 피해를 끼치지 않을 뿐이지 이기적인 악이 성행하고 있다. 정신적으로 손해와 파괴를 끼치는 사람들이 얼마나 많은 줄 짐작하기 힘들 것이다.

겉으로 드러난 일상의 모습이 평범하다고 해서, 잘못된 사고와 생각을 가지고 타인에게 정신적인 피해를 주는 것이 올바를 수는 없다. 물론 선한 사람들도 존재한다. 타인을 향해서 열린 마음으로 정직하게 도움을 주는 사람들이 많다. 아무것도 바라지 않고 선한 마음으로 타인의 정신성을 풍부하고 아름답게 만드는 사람들이 있기에 희망이라는 말이 헛되지 않은 것이다. 현재가 천국이라고 느껴질 만큼 기쁨의 춤과 노래들이 절로 나오는 곳이 있다. 선택은 본인이 하는 것이지만 사회를 구성하는 구성원들이 어떠한가에 따라서 지옥과 천국이 갈린다. 지금 그대가 살고 있는 곳은 천국인가? 지옥인가? 곰곰이 생각해 보고 자신이 악한 사람이었다면 바꾸면 된다. 지옥이라면 천국을 만들기 위해서 노력하면 된다. 혼자서 할 수 있는 일은 없다. 생각과 마음이 맞는 사람들과 힘을 모아서 좋은 곳으로 만들어야 한다.

한국 사회는 과거에도 그랬고 현재에도 그렇고 지옥에 가깝지는 않는지 생각해 본다. 한 번도 천국에 가까웠던 현대사가 없지 않는가? 현재에도 자살하는 사람들이 매일마다 있다. 이곳이 견디기가 힘들고 어려운 것이다. 전 세계를 보아도 자살을 하는 사람들이 많다. 물질적으로는 풍족해도 정신적으로는 병들어 있는 사회에서 살아서 그런 것은 아닐까? 선진국이 되는 길만이 국가와 국민을 위해서 최선의 방법이고 오로지 그 길만이 살아남는 방법이라고 생각하는 마음을 버려야 한다.

정신적인 성장이 없이 물질만 앞선다고 선진국이 되는 것인가? 빈부의 격차는 심해지고 돈이 없으면 결혼을 할 수 없고, 돈이 없으면 자식을 교육시킬 수 없는 사회가 선진국으로 가는 사회인가? 사회적인 복지를 늘리지도 않고 부자 감세를 해주는 나라는 선진국에 갈 이유도 그 자격도 없다. 인간의 정신을 좀먹는 사회의 억압적이고 폭력적인 유무형의 깡패 정신은 그 갈 곳을 잃어서 스스로 목숨을 끊어야 한다. 타인의 위에 올라서고 위세를 떨치는 권위 정신이 자살해야 국가가 바로 선다. 사람이 자살하는 것을 막아야지만 보다 나은 사회로 가는 길목에 선 것이다.

정신적인 스트레스가 주는 피해는 본인 말고도 주변에까지 널리 퍼진다. 신체적인 장애를 가지고 있어도 정신적으로 건강한 사람들이 많이 존재한다. 자신의 장애를 부끄러워하거나 힘들어하지 않고 담담하게 세상의 편견에 맞서는 사람들을 존경한다. 정신적인 장애를 가진 사람들은 자신이 장애를 가졌다는 것을 인식하지 못하는 경우가 아주 많다. 그래서 비뚤어진 정신적 장애로 타인에게 피해를 주거나 타인을 괴롭히기도 한다. 그것도 정신적으로 힘들게 한다. 자신이 대단한 사람인 양 착각을 하고 가난하거나 배우지 못한 사람이거나 자신보다 위치가 낮게 보인다고 해서 타인을 무시하거나 억압하는 정신은 병들어 있는 것이다. 그것도 중병이다. 고치기 힘든 병일 수도 있지만 본인은 그것을 모르고 설령 안다고 해도 고칠 생각은 하지 않는 경우가 있다.

참으로 안타까운 일이다. 그런 사람들이 많은 사회는 불행한 사회로 가는 길에서 갈 곳을 잃고, 목적지 없이 헤매는 것이다. 정말로 우울증, 조울증, 조현병 등을 가지고 있는 사람들은 자신이 아프다는 것을 알고 있기에 타인에 대한 피해를 최소화하기 위해서 생각을 많이 하고 실제로도 자제하는 경우가 많다. 그러나 병에 의해서 본의 아니게 타인에게 정신적 육체적인 피해를 줄 경우 제정신이 돌아왔을 때는 엄청난 슬픔과 고통으로 자책한다. 정신적인 병이 있는 경우 약물치료와 상담 받는 경우가 있는데 약물치료 우선인 대한민국 사회현실에서는 제대로 된 치료가 불가능하다. 스스로의 노력에 의해서만 치료가 가능한 현실은 무엇인가가 심각하게 잘못되어 있다. 일상생활이 정상적으로 가능한 사람도 정신적인 스트레스를 받거나 고민이 있으면 쉽게 병원에 가서 상담을 받고 이야기를 나누면서 치료하는 것이 일상화되어야 한다. 예로 들어서 욕을 입에 자주 담으면서 사는 사람은 정서적으로 문제가 있으며 정신 치료를 받아야 하는 사람이다. 인격과는 별개의 문제로 정신 상담이 필요하고 치료를 받아야지만 주변 사람들에게도 피해를 주지 않고 본인 또한 나은 삶의 질을 느낄 수 있을 것이다.

인간은 누구나 살아가면서 실수할 때가 있고 크고 작은 잘못을 할 때가 있다. 그 모든 일을 정신적인 문제로 보기에는 무리가 있으나 일정 부분 정신적인 장애로 인해서 행위를 한 경우가 있을 것이다. 대학병원 같은 곳에서 하루에 70명 이상의 환자를 의사 혼자서 상담하고 약을 처방하는 현실에서 사실상 효과 있는 정신 치료는 전혀 없다. 오로지 약물에 의존한 치료만이 의사가 손쉽게 할 수 있는 치료 방법이고 사실상 유일한 방법으로 장기 입원으로 치료받는 정신병원에서도 가장 손쉽고 효과적으로 쓰는 방법이다.

현재의 모습으로는 올바른 정신적인 치료가 불가능하다. 물론 약물에 의존한 치료가 효과는 있겠지만 부작용 또한 만만치 않다. 약물 오남용을 하는 병원의 의사들은 정신을 똑바로 차리고 병원의 시스템 또한 의사를 늘리고 환자 수를 분산하는 방법으로 나아가야 한다. 자신은 건강한 육체와 정신을 가졌다고 자만하는 순간 어느새 병은 가까이에 있을지도 모른다. 타인의 인권을 생각하지 않는 정신적인 장애를 가진 사람들이 자신의 병을 모르고 무시해도 아무렇지 않게 돌아가는 사회는 불행한 사회이다. 분명하게 말할 수 있는데 사회의 혼란과 잡음이 끊이지 않을 것이고 무서운 범죄가 나타나서 사람들을 불안과 공포에 떨게 할 것이다. 그러나 지금이라도 바뀌면 늦지 않았다.

사람과의 만남은 어디에서 시작되어 어디쯤에서 그 끝을 맺는 걸까? 어느 한 사람을 만나서 이야기를 나누고 영적교감을 나누어도 그 순간뿐 시간이 지나면 그날의 즐겁고 기뻤던 감정은 사라지고 일종의 진공상태가 될 때가 있다. 어느 한쪽의 잘못이라고 하기에는 인간의 만남에는 진동의 폭이 넓고 다양한 인격과의 만남이기에 열린 마음으로 부딪혀야 한다. 한편 사람을 가려서 만나게 되는 경우에는 본인도 힘들어지고 인연의 끈이 짧아지기도 한다. 사람들과의 관계에서 실망감을 느껴서 그럴 수도 있고 본인의 마음을 그 누구에게도 내비치기 싫어서일 수도 있다.

인간은 관계를 맺고 싶어 하고 외로움과 고뇌를 나눌 상대를 찾는다. 현실적으로 자신을 이해하고 넓게 포용하는 사람을 만나기란 쉽지 않다. 그래서 절망한다. 그래서 실망을 하고 마음의 문을 잠그고 타인의 접근을 쉽게 허용하지 않는다.

일상에서 만나는 사람들과의 관계가 좋은 사람도 외로운 법이다. 그 외로움은 아무도 이해할 수 없다. 본인만이 그 외로움의 정체를 알고 있고 외로움을 극복하려는 마음을 가질 수 있다. 부모라고 해도 자식이라고 해도 그 관계에서 자신을 이해하고 감정의 울림을 받아주는 사람은 드물 것이다. 물론 이해를 하고 사랑으로 감싸 안는 사람들도 존재한다. 축복받은 일. 주변 사람들이 도움을 줄 수는 있다. 근본적인 해결 방법은 사랑에 빠지는 것이다.

사랑은 모든 감정을 우선한다. 세상의 모든 것이 아름답게 변해서 자신을 둘러싸고 있으며 보다 나은 삶을 위한 노력을 할 수 있는 동기가 되기도 한다. 인간의 감정이라는 것은 참으로 미묘하다. 그 미묘한 감정을 세심하게 돌보아 주는 사람이 몇 명이나 될까? 자신의 주변을 돌아보아라 드물 것이다. 대부분의 사람은 결혼을 해서 부인이나 남편을 얻고 자식을 가지지만 진정으로 자신을 이해하는 배우자를 얻기란 쉽지 않다. 세밀하고 정교하게 감정의 조절을 이끌어 내고 사랑의 조밀한 언어를 부드럽게 속삭여 줄 사람이 많지는 않다는 것이다. 처음에는 다정다감하더라도 시간이 지나면서 바뀌는 인간의 관계는 사람에 대한 실망을 하게 만드는 것이다.

상처를 주지 않고 상처를 받지 않으면서 살기란 불가능에 가깝다. 종교를 업으로 삼은 사람들도 고뇌하고 상처를 받고 상처를 준다. 알게 모르게 인간의 연결은 기쁨의 환함보다도 어두운 좌절의 그림자가 더욱 짙은 것이다. 그러나 두려워서 아무것도 하지 못한다는 것은 불행한 일이다. 부딪혀 보아야 한다. 세상이 자신을 기만하고 자신이 자신을 기만하더라도 있는 그대로의 모습으로 현재를 바라보고 미래로 한 걸음씩 나아가야 한다. 외로운 사람들은 그 외로움의 향기를 가지고 있는 사람들을 분간해 낸다. 동질감을 가지는 것이다. 그렇다면 외로운 사람들끼리 그 외로움을 극복하고 행복한 시간을 가져보는 것은 어떨까? 혼자서는 이룰 수 없는 일들이 두 명이 되고 세 명이 되면 많은 것을 가능한 일로 만든다. 회사조직에서도 그렇다. 서로의 호흡을 알고 분위기를 맞추고 솔직하게 자신의 감정을 드러내는 곳에서 일을 한다는 것은 좋은 일이지 않겠는가? 따뜻한 배려가 살아있는 공간에서 일을 한다는 것은 기분이 좋은 일이고 행복한 일이다. 사회가 나은 길로 나아가기 위해서는 인간의 외로움을 극복하고 따뜻함을 느낄 수 있도록 도움을 주는 장치들이 있어야 한다. 개인적인 지극히 개인적인 존재로서의 개인만 있다면 사회의 존재는 필요 없다.

maria

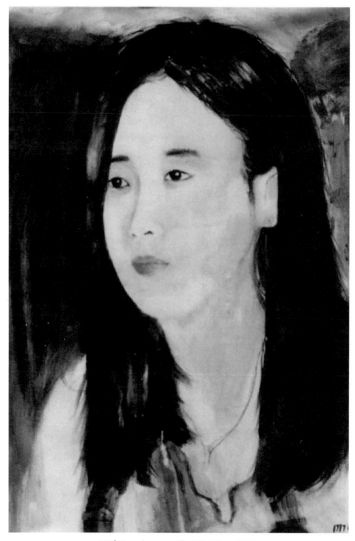

그녀 Her dye on silk 90x55cm 1999

작은 구멍이 무수하게 뚫려 있는 정신의 세계를 보고 있으면 복잡하고 어지러운 생각이 우선 들면서 선뜻 다가가기가 쉽지 않다. 그러나 인간이라는 존재에 대해서 믿음을 가지고 선량하고 맑게 지내는 사람들을 생각하면 '그 어떠한 사람의 정신세계라도 이해해보려는 노력을 기울여야 한다'라고 생각하게 된다. 인연에 따라서 맺어지고 인연에 따라서 헤어지는 만남에서 종교적인 의미를 떠난 친히 사귄다는 의미를 곰곰히 떠올린다. 친한 친구가 될 수도 있고 연인이 될 수도 있고 배우자가 될 수도 있는 인연의 고리에서 인간의 의지는 어디에서 오는 걸까? 분명한 것은 만남을 지속하려는 노력이 있어야지만 관계가 유지된다. 잘못된 만남이라고 생각해도 정에 이끌려서 어설픈 관계에 끌려가면서 생기는 문제에 관해서는 본인의 의지가 담기어 있기에 감수해야 한다.

사람을 좋아하고 사람을 믿으면서 살아간다는 것이 얼마나 어려운 일인지를 새삼 느끼면서 상처를 받고 상처를 주는 것이 두려워지기도 한다. 인간 정신성에 관한 글을 쓰면서 과연 나는 올바른 사고를 하고 있으며 정직하게 사물을 보고 느끼고 인간을 진실하게 대하고 있는가에 대한 의문을 품지 않을 수 없다. 진실된 만남을 가지고 정직하게 이야기하고 감정을 솔직하게 드러내고 서로가 상처가 되지 않게 이해하면서 관계를 가질 수는 없는가?

미리부터 포장이 되어서 만나게 되는 사람은 향기가 없다. 인조인간의 품성을 가지고 있기에 인간애를 느낄 수가 없는 것이다. 어느 곳에 가든지 중요한 혈연, 지연, 학벌은 진지하게 사람을 포장하고 보다 잘나고 우월한 성질의 정신세계를 가지고 있다고 착각하게 한다. 세상에는 잘난 사람들이 많다. 천재들도 많다. 나는 어렸을 때부터 천재라고 생각하면서 착각 속에 빠져서 지냈었다. 한 편의 시를 적지 않아도 시인이라고 생각했으며, 한 점의 그림을 그리지 않아도 화가라고 생각했다.

그 진실은 스스로가 알게 된다. 실력이 형편없는 감수성은 풍부함에서 점점 메말라 간다. 노력이 필요한 것이다. 노력 없는 천재가 만들어지지 않는다. 물론 한 분야에서 뛰어난 자질을 가진 사람이 다른 분야를 잘할 수 있을 가능성은 열려 있다. 그건 어느 사람에게서나 마찬가지이다 열려 있는 가능성을 막고 있는 것은 사회의 역할에서 벗어난 것이고 잘못된 사회가 가진 특성이다. 인간의 재능을 마음껏 펼치게 도와주면 학벌이 무슨 소용이고, 지연이 무슨 소용이고, 혈연이 무슨 소용이 되겠는가? 각자의 재능으로 편안하게 사람들을 만나고 관계를 가지면서 자연스럽게 작은 사회가 형성된다.

지연, 혈연, 학연을 거부하는 것이 아니다. 그러나 아무것도 가지지 못한 사람에게 기회조차 없다는 것은 심각한 문제이다. '오로지 자신이 잘나야지만 된다'라는 사고는 현대사회의 병폐 중 하나인 인간성 상실을 불러온다. 세상에는 잘나고 훌륭한 사람들이 존재했었고 또한 그들의 업적으로 혜택을 받으면서 살아가고 있는 것이 사실이다. 지위고하를 막론하고 평범하게 잘 지낼 수 있는 사회는 인간의 정신에도 도움을 준다고 생각한다.

어느 사회에서 성장하고 살아가는지에 따라서 인간은 영향을 받고 성장을 하거나 성장을 멈추거나 한다. 나에게는 이 사회가 성장을 멈추게 하는 곳 이라고 느끼게 한다. 정신적인 억압이 가져오는 불안감과 창의성의 말살은 죄가 되지 않는다고 생각 하는가? 시간이 흐른 후에 일정 대상에 대해서 재판을 할 수도 있는 문제이다.

한 명의 인간이 살아가는 데에 필요한 자원은 어디에서 나오는가? 노동을 통해서 나온다면 노동을 해야 한다. 노동의 방법은 다양하다. 몸으로서 노동할 수도 있고 정신으로 노동하고 있을 수도 있다. 육체와 정신 모두를 써서 노동하는 경우도 많다. 인간 노동의 신성한 가치는 어떤 일을 하느냐가 아니라 일을 하고 있다는 점에 초점이 맞추어져서 각자의 일에 대한 응분의 대가를 받아야 한다. 그러나 불평등한 노동의 대가는 일부 상위층에게만 집중이 되어 있고, 불공평한 삶이 지속된다. 정신적으로 육체적으로 불편한 사회에서 살아간다는 것은 많은 것을 감수하며 살아간다는 것이다. 언제까지 불편함을 이겨내면서 살아가야 하는가. 이 질문에 대한 답은 스스로가 판단하고 행동으로 나서야 된다. 지배하는 쪽에 붙어서 살아갈 것인가 아니면 지배를 없앨 것인가에 대한 생각은 각 개인에게 맡겨둔다.

굶주리고 지친 사람들이 존재하는 지구에서 과연 힘없고 착취당하는 사람들을 위해서 무엇을 할 수 있을까? 잔인한 전쟁으로 인해서, 먹을 것이 없어서 죽어가는 사람들이 있다는 사실이 인간의 선한 마음에 어떤 영향을 주는 걸까? 작은 도움이라도 되어주고자 노력하는 사람들이 각 구호단체를 통해서 이웃사랑을 실천하는 것을 보면서 세상은 나눔으로 아름다워진다고 생각하게 된다. 가난한 아프리카 대륙과 미국의 침략에 의해서 피폐해진 이라크와 이스라엘의 공격으로 살기 힘든 팔레스타인 그리고 동남아시아의 빈국들을 보면 하루에 먹을거리가 없어서 굶주리는 사람들이 있다는 것에 인간으로서 분노를 느끼거나 좌절을 느끼기도 한다.

먹을 것이 넘쳐나는 국가에서 사는 사람들은 육체적으로는 부유할지 몰라도 정신적으로는 가난하고 힘들다. 오히려 가난한 국가의 사람들이 환하게 웃는 모습을 보면 부끄러울 지경이다. 세상은 한 마을이다. 그것도 작은 공동체라서 누가 아픈지 누가 굶주리는지 아는 곳이다. 그렇다면 아픈 사람은 고쳐주고 굶주리는 자는 배를 채워줘야 한다. 말로만 이웃사랑을 실천하는 것이 아니라 진정으로 예수님이 실천하신 사랑을 조건 없이 따라해야 한다. 무한경쟁의 시대를 떠받드는 잘못된 사회에서 살고 있는 사람으로서 분명하고 정확하게 말을 하는데 이대로 가다가는 사회는 더욱 병들어서 고치기 힘들어질지도 모른다.

경제적으로 잘산다고 해서 정신적으로 행복한 것이 아니다. 몇 퍼센트의 사람들이 부의 대부분을 장악하고 있는 시대에 살면서 부유층을 따라간다는 것은 잘못된 판단을 하는 것이다. 물론 타인을 돕고 이웃사랑을 실천하는 부자들도 있다. 대다수의 부자들은 자신의 이익만 생각할 뿐 타인의 고통은 이해하질 않는다. 그런 사람들을 따라가는 것은 인간 실격으로 가는 지름길이다. 과거에는 사랑을 실천했으나 현재에는 그렇지 않은 사람들도 있다. 국가의 억압에 맞서서 부유층을 따라간다는 것은 잘못된 판단을 하는 것이다. 물론 타인을 돕고 이웃사랑을 실천하는 부자들도 있다. 대다수의 부자들은 자신의 이익만 생각할 뿐 타인의 고통은 이해하질 않는다. 그런 사람들을 따라가는 것은 인간 실격으로 가는 지름길이다. 과거에는 사랑을 실천했으나 현재에는 그렇지 않은 사람들도 있다.

국가의 억압에 맞서서 싸우던 사람들이 지금은 국가에 봉사하면서 국민의 정신을 피폐화시키는 경우가 있다. 그들은 역사의 배반자가 될 소지가 있다. 역사는 진보하지는 않고 되풀이된다고 할 때 여전히 친일파와 친미파의 옷과 정신으로 무장한 사람들은 국가의 반역자이다. 국가의 반역자를 처단하지 않고 그대로 내버려 두고 오히려 권력과 재력을 갖게 한 역사는 한없이 잘못된 것이다. 국가의 반역자는 반드시 처벌을 받는다는 것을 보여주어야지만 그러한 사람들이 생기지 않는다. 친일파가 목소리를 높여서 권력을 가지고 있는 현재 친미파의 옷을 함께 껴입은 그들은 역사의 심판을 받아야지만 국가가 바로 선다.

분명한 것은 그대로 놓아두면 이 사회는 썩어서 없어질지도 모른다. 다시 국가를 다른 국가에게 파는 행위를 안 한다고 누가 보장하겠는가. 일본에게 국가를 판 사람들이 역사의 심판을 받지 못했기에 그 후손들은 여전히 정치 경제 사회를 장악해서 언제든지 다른 국가에게 나라를 팔 준비가 되어 있는 것이다. 인간의 정신을 갉아먹는 사회는 사회의 이름이 지워진 채로 존재하는 것과 똑같다. 문제의 핵심은 기회주의자인 친일파와 친미파가 없어지지 않는 이상 국민들은 육체적 정신적인 공황에서 허덕일 것이고 세계를 향한 사랑의 실천은 실현하기가 힘들어질 것이다.

매일같이 먹을 것이 없어서 굶주리는 사람들이 눈에 보이지 않고 쓰나미나 지진으로 인해서 피해를 보는 국가의 국민들을 도와주지 않는다면 이웃사랑은 실현되지 못할 것이다.

외롭고 불안정한 정신을 가지고 있는 사람의 점심식사는 홀로이다. 불안정하다는 것은 고민을 한다는 것과 동일하다. 아무런 고민 없는 사람의 정신은 안정을 가지고 있지만 그 역시 바람직한 현상은 아니다. 오히려 인간의 존재에 대해서 물음을 가지고 자신에 대해서 물음을 가지고 있는 인간의 정신이야 말로 정직한 모습이 아닐까 싶다.

인간이 힘없는 동물을 학대하거나 죽이는 행위에는 뿌리 깊은 증오가 담겨져 있다. 인간에 대한 적의가 있는 것이다. 그러나 인간에게 화를 풀면 대가를 받는다는 것을 알고 있을 정도의 두뇌는 가지고 있으니 그 적의의 대상으로 동물을 괴롭히는 것이다. 인간성의 상실이 불러오는 사건들이 즐비하다. 인간이 인간을 죽이는 것 이상으로 인간이 동물을 죽이는 행위는 먹고살기 위한 것을 제외하더라도 이미 용서가 힘든 부분이 있다. 애완동물을 학대한다든지 반려동물을 죽이는 행위는 정신적인 문제가 심각한 것으로 정신적인 치료가 반드시 필요하다.

인간성 상실의 시대에 살고 있는 지금, 다양한 인간이 존재한다는 것을 인정하지 않고 다양한 가치가 있다는 것을 인정하지 않는 것은 불행한 일이다. 타인을 힘들게 하고 타인을 괴롭히고 타인을 죽이는 행위가 유무형으로 벌어지는 것이다. 배우지 못해서 타인의 입장을 알지 못하는 것이 아니라 관심이 없고 물질위주의 사회에 물들어 있어서 관심이 없는 것이다. 돈을 버는 데 인간의 정신성에 관한 연구가 필요하다고 하면 많은 사람이 관심을 가질 것이고, 인간에 대한 존중이 삶을 윤택하게 하는

데 도움이 된다는 것을 확실하게 이해한다면 불평등한 관계와 정신적인 스트레스가 줄어들 것이다. 그러나 학교에서 배우는 지식이 인격을 형성하는 데 있는 것이 아니라 오로지 어떻게 하면 경쟁을 해서 이기는가에 대한 교육이기 때문에 미래는 암울하기도 하다. 비관적인 미래를 가진 사회는 구성원들을 병들게 하고 지치게 한다. 그 책임을 사회에만 돌리는 것이 아니라 본인 스스로도 바뀌어야 한다. 좀 더 타인을 이해하려고 노력하고 타인의 존엄성을 지켜줘야 한다. 그런 움직임이 없는 사회는 죽어가는 사회이다.

희망이 없다. 희망 없는 사회에서 누가 살려고 노력을 할 것인가? 소수의 사람을 제외하고는 모두가 힘든 경제적 상황을 맞이하고 있다. 일한 만큼 노동의 대가를 받는 사회도 아니고, 일한 만큼 복지가 잘되어 있어서 혜택을 받는 것도 아니다. 당장의 현실을 생각하는 것이 아니라 100년을 내다보고 산다면 지금부터라도 조금씩 변화가 있어야 한다. 부의 재분배가 사회복지를 통해서 이루어져야 하고 인간 존중의 사회 풍토가 만들어져야 한다. 그렇지 않으면 범죄가 날로 늘어날 것이고 자살자가 끊임없이 나올 것이며 사회에 불만을 가지고 절망하는 사람들이 많아질 것이다.

인간답게 사는 방법을 찾아야지만 된다. 가까이에 노르웨나 스웨덴의 복지정책을 배워야 한다. 경제적인 성장을 할 때까지 기다려 달라고 하는 것은 명백한 거짓말이다. 지금의 경제 규모로도 충분하게 복지정책을 수행할 수 있다. 국가에는 자랑하는 똑똑한 사람들이 얼마나 많은가? 좋은 대학을 나와서 유학을 다녀온 잘났다고 하는 사람들이 얼마나 많은

가? 그 사람들이 생각하는 사회복지의 개념은 무엇인지 묻고 싶다. 개인의 영달을 위한 생각과 행위들만으로도 벅차다면 진실로 똑똑한 학자들에게 물어보고 연구해서 사회복지를 실현해야 한다. 그리고 인간의 정신이 얼마나 중요한지 알 수 있게 학습을 교육에서 시행해야 한다.

인간성 회복 교육을 해야 한다. 암기과목 하나를 공부하는 것보다 인간의 정신성에 관한 공부를 하는 것이 삶을 사는 데 도움이 된다는 것을 교육시켜야 한다. 인간의 다양성을 이해하고 동물의 생명이 가지는 중요성을 인식하게 하는 교육이 필요하다. 그렇지 않으면 동물을 학대하고 죽이는 행위를 아무렇지 않게 하는 사람들이 계속해서 생겨날 것이다. 인간의 행위에는 행위를 형성하는 과거의 생각들과 행위들 그리고 현재를 둘러싸고 있는 정신과 행위들이 모여 있다. 인간이 인간답게 살 권리를 주장하는 것은 당연한 것이다. 그러나 그것을 막는 사회의 정당이나 구성 단체나 기업들이 있다면 과감하게 그 수뇌부를 사라지게 해야 한다. 용서하다 보면 보이지 않는 곳에서 음모를 꾸밀 때가 있다. 때로는 존재 자체를 사라지게 하는 것이 올바른 길로 나아가는 데 필요하다.

모성애
mother love

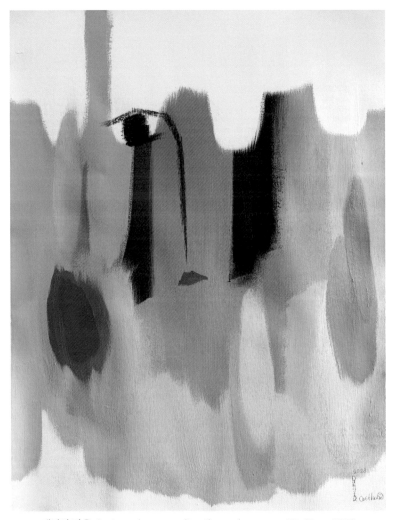

내면의 마음 the inner heart acrylic, oil pastel on paper 76x58cm 2023

개인 생활에 어떠한 꿈을 주고 어떠한 꿈을 접게 하는가. 꿈을 꿀 수 있는 권리를 보장해주는 사회야말로 지향해야 될 사회가 아닐는지 생각한다. 학교를 다니고 공부를 하고, 생각을 풍부하게 할 시점에 절망을 주는 교육을 하는 국가는 사라져야 할 교육을 하고 있는 나라이다. 지금 자신이 살고 있는 국가가 개인의 삶을 윤택하게 하는 교육을 하고 있는지 한번 생각해 볼 필요성이 있다. 인간을 위한 교육은 꿈을 꾸게 한다. 넓은 생각을 하게 만들면서 보다 자유로운 인생을 어떻게 하면 살 수 있는지를 스스로 고민하게 하고 길을 찾아가게 만든다

인간에게 있어서 사회제도가 가지는 구속력보다는 인간의 평등 자유 박애를 보장해주는 관용이 살아있는 사회제도가 인간에게 더욱 어울리지 않을까 한다. 인간의 사상을 억제하고 꿈 사랑 희망 평화를 저해하는 분위기를 가진 국가는 진정한 의미에서 인간을 우선시하는 국가가 아니다. 사회보장제도가 잘되어 있고 사회복지가 잘되어 있는 국가를 원하지만 그런 제도를 실현하지 못하는 국가는 뭔가가 잘못되어 있는 것이다. 충분한 경제력을 가지고 있어야지만 사회복지를 형성할 수 있는 것이 아니다. 모든 인간을 평등하게 보는 시각과 인간을 존중하는 사회 분위기가 형성된 국가라면 당장은 힘들어도 언젠가는 다른 국가들이 부러워할 만한 사회제도들을 만들 것이다.

그러나 현재 내가 살고 있는 국가는 인간에 대한 존중이 없으며 돈을 많이 가지고 권력을 많이 가진 사람이 존중을 받는 사회이다. 돈이 없으면 한 발자국도 옮길 수가 없는 사회에서 인간의 존엄성을 지키면서 살아가기란 참으로 힘이 든다. 그리고 무엇보다 현실을 제대로 파악하고 무

엇이 인간답게 사는 것에 옳은 길인지 무엇을 추구해야 되는지를 교육하는 곳이 없기 때문에 현재는 늘 불안하고 막혀 있다.

언론은 늘 거짓말을 하고 있으며 국가의 수장과 그 무리들이 국민을 기만하고 개인의 치부에 정신을 쏟아 붓는 상황에서는 희망이라는 것이 숨 쉬기가 어렵다. 조금만 돌아보면 비인간적이고 흉악한 범죄들이 넘쳐 나고 그 상황은 개선의 여지가 없는 곳에서 산다는 것은 불행한 일이 아닐 수 없다. 자신의 부를 사람들과 나누고 세금을 형편에 따라서 공평하게 잘 내는 사회, 그리고 사회복지를 개선하기 위해서 노력하고 인간의 삶에서 무엇이 중요한지를 교육시키는 사회가 형성이 되지 않는 이상 대다수의 국민은 왜 자신이 불행한지를 깨닫지 못하고 죽어갈 것이다.

자라나는 아이들이 어른들을 보고 있다. 느끼고 있다. 그들이 자라서 지금과 똑같이 돈이 사람을 대신하는 사회 권력이 모든 것을 우선하는 사회를 유지한다면 어떻겠는가? 그렇다면 많은 사람이 국가에 대한 마음을 접을 수도 있을 거란 생각이 든다. 세상은 넓고, 좋은 국가들이 존재한다. 아니 좋은 국가가 되려고 노력하는 국가들이 있다. 지금은 잘살지 못해도 잘살기 위해서 그리고 국민을 위해서 정치를 하려고 노력하는 국가들이 있는 것이다.

인간은 피부 색깔이 다르고 국가의 출신이 다르고 종교가 달라도 인간이라는 점은 똑같다. 인간은 그 자체로 존중받아야 하는 것이다. 자연을 존중하고, 우주를 존중하고, 인생을 존중하는 곳에서 살고 싶은 생각이 든다. 정신은 그곳에서 살고 있지만 마음은 늘 불편하고 육체는 늘 고달

프다. 혼자서 잘살기 위한 인생을 산다면 아무런 기대감 없이 아무런 희망 없이 오로지 자신만의 욕망만을 좇아서 살면 되지만 인간과 함께 있는 좋은 삶을 꿈꾼다. 인간이 인간답게 살기 위해서 스스로가 노력해야 되지만 사회가 그것을 장려하고 잘못된 것은 왜 잘못된 것인지를 알려주고 잘한 것은 칭찬을 해주는 사회가 좋지 않은가? 자유로운 표현을 하고 자유로운 사고를 하고 자유로운 꿈을 꿀 수 있는 사회를 바라본다. 가난해도 자신의 삶이 무엇을 향하고 있는지를 알고 절망이 찾아오더라도 희망을 버리지 말고 살아가기를 바라면서 현재의 인간이 미래를 어떻게 만들어 가는지를 관심 있게 지켜본다.

개인적이고 익명성이 보장되며 자유로운 발언을 하는 인생을 살기 위해서는 내가 살고 있는 사회가 어떤 사회인지를 정확하게 알아야 한다. 무책임한 익명성이 아니라 진정으로 자신의 신분을 드러내지 않고 넓은 시각으로 대화를 할 수 있는 공간은 이미 인터넷에 연결되어 있는지도 모른다. 그러나 현실은 정부의 입장과 대립되거나 사회의 일부 계층과 맞지 않는 생각을 표현하는 익명성을 가진 개인을 찾아내어 처벌하거나 불이익을 준다. 인간 스스로가 표현에 자정능력을 가지고 있다는 생각이 들지만 스스로가 자신의 표현을 검열하는 사회는 불편하고 잘못되어 가는 사회가 아닌지 한 번쯤 생각해야 하지 않을까?

세계에서 유일한 분단국가에서는 이념과 사상을 가지고 국가보안법이라는 법으로 개인의 사상이나 표현의 자유를 억압하고 있는 게 현실이다. 분단국가의 비애가 아닐 수 없다. 이미 책으로도 알 수 있고, 인터넷의 정보로 알 수 있고 현실로서 알 수 있는 자본주의와 공산주의의 장단점이나 사상과 현실의 괴리를 가지고 개인이 표현하는 것은 자유라고 생각한다. 체제의 우월성을 강조하는 것은 유치하기 때문에 재고의 여지도 없지만 자신이 살고 있는 국가의 잘못된 점을 비판하고 현재보다 나은 국가로 나아가기 위해서는 다양하고 활발한 토론이 있어야 한다. 그리고 토론의 주제와 범위는 제한 없이 이루어져야만 한다. 자신이 생각하는 표현의 자유는 무엇인지 사상의 자유는 무엇인지 체제의 장단점은 무엇인지 표현하고 타인의 생각을 듣고 반론하고 합의점을 찾기도 하면서 토론은 확장되어 간다.

그러나 분단국가에서는 인간에 대한 존중이 형성되어 있지도 않고 표현의 자유는 더더욱 제한적으로 생각의 범위를 좁히고 자기검열을 하게 한다. 문제가 심각하다고 생각한다. 세계는 빠르게 변화하고 있으며 그 변화에 맞추어 발 빠르게 나아가기 위해서는 개인 표현의 자유가 보장되어야 한다. 마음껏 표현하지 못하는 사람은 창의성이 결여되기 쉽다 창의성의 부족은 사회의 억압적인 분위기와 법적인 제약에 의해서 공공연하게 이루어진다. 개인의 행복은 뒷전으로 하고 공동체의 행복이라는 미명하에 개인의 표현을 억제한다면 발전의 가능성이 점점 사라지고 만다. '먹고살기도 힘든데 표현의 자유나 개인의 익명성이 보장되는 토론이 무슨 소용이냐'라고 생각하는 사람이 있다면 잘못된 생각을 하고 있는 것이라고 분명하게 밝힌다.

현재 자살하는 사람이 많아지고 사회불안을 야기하는 강력범죄가 계속해서 증가하는 것이 대표적인 예다. 표현의 자유가 억압되어 있는 교육이나 사회 분위기에서 비롯되는 부분이 분명하게 있다는 점에서 문제를 심각하게 보고 먹고사는 문제 못지않게 중요한 문제라는 것을 인식해야 한다. 디자인의 강국이 되고 국가 브랜드가 확고한 나라가 되기 위해서는 표현의 자유를 중요시하는 교육을 어렸을 때부터 해야 한다. 말로만 디자인이 뛰어난 국가라고 홍보를 해봤자 아무런 소용이 없다.

외국인들이 실제로 보고 자신들의 나라에도 있는 문화와 건물이나 도시풍경을 보려고 관광을 오지는 않는다. 스페인 바르셀로나의 가우디 같은 건축가를 키워낼 수 없는 국가라면 디자인에 대해서 말을 멈추길 바란다. 오히려 건물 외관이나 보기 좋게 다듬고 강이나 파괴하면서 비싸고 보기 좋은 조명이나 듬뿍 주면 될 일이다. 한 번 보기에는 좋으나 계속해서 보기에는 참기 힘든 풍경을 도시와 시골에 만들어 보았자 아무런 소용이 없다. 그건 돈만 있으면 어느 나라나 다 할 수 있는 것이다. 그 어느 국가나 돈을 가지면 할 수 있는 일을 가지고 국민을 세뇌시키는 행위는 멈추어야 한다. 그렇지 않는다면 계속해서 거짓말을 상습적으로 하는 국가를 누가 신뢰하고 믿고 의지해 갈 것인가?

스스로 올바르다고 믿는 행위도, 신념도 정말로 올바른지 생각하고 잘못된 것은 없는지 공부하면서 단점은 버리고, 장점은 취해야 한다. 개인도 그렇게 하는데 국가라면 말이 필요 없다. 국민의 생각이 무엇인지를 바로 알고 국민이 무엇을 원하는지 알고, 국민이 원하는 바를 이루려고 노력해야 한다. 국가 브랜드를 만들고 디자인의 강국이 되는 것도 중요하지만 무엇보다 중요한 것은 사회복지가 잘 이루어진 국가가 되는 것이다. 도시와 강에 조명을 주는 것이 당장은 보기에는 좋을지 몰라도 사회복지가 미루어질수록 자살을 하는 국민이 계속해서 생기고 많아진다는 것을 생각하며 무엇이 올바른 것인지를 알아야 한다. 개인의 표현과 행복을 보장하는 국가라면 좋은 국가 브랜드도 만들 수 있다고 믿는다.

사랑의 표현 방법은 다채롭게 펼쳐져 있으며 구애 방법도 그만큼 다양하게 분포되어 있다. 인간이 인간을 사랑하는 행위는 아름다우면서 동시에 슬픔을 준다. 자신이 아닌 타인을 한 몸으로 인식하고 좋아하고 자신의 안으로 받아들이는 행위는 자신의 사무쳤던 과거와 현재의 게으름과 안녕을 고하고, 풍성하고 밝은 미래와의 안녕을 고하는 행위와 동일하지 않을까 싶다. 사람이 사람을 사랑하는 것은 온 우주에서 단둘이서도 아픔을 이겨낼 수 있고 어떠한 고난이 있어도 헤쳐 나갈 수 있다는 것을 증명해 나가는 길이다.

인간의 사랑에는 여러 가지의 모습이 있다. 평생에 단 한 번 만나서 일생을 걸고 간직하는 사랑이 있으며, 매일같이 보아도 소중함을 느끼지 못하고 습관에 빠져서 하는 사랑의 형태가 있다. 그리고 한 사람만 다른 한 사람에게 빠져서 온 열정으로 갈구하는 짝사랑이 있을 수 있으며, 가슴을 치며 아파하는 사랑도 있다. 사랑의 파편들은 인간의 정신에 뿌리 깊이 박혀서 앞으로 나아가지 못하게 하거나 때로는 모든 것을 잊게 하고 정처 없이 앞으로만 매진하게 한다. 사랑의 노래들은 자신 안에서 한숨을 크게 들여 쉬며 추욱 처진 어깨를 위로 할지도 모른다.

사람이 사람을 사랑하는 행위는 아름다움이다. 그 어떤 형상으로 그 어떤 목적을 가졌든지 사랑은 아름다움을 가지고 있다. 추함도 아름다움이요, 예쁨도 아름다움이니 어떠한 사랑을 선택해서 자신의 삶을 영위

할지는 각자의 선택이고 권리이다. 인간이 인간을 바라보고 계속해서 육체와 정신을 소유한다는 것은 자신의 육체와 정신도 모두 내놓아야지만 가능한 것은 아닐는지 생각해 보아야 한다. '나는 너에게 짐이 되지 않고 하나의 날개가 되어 황홀하게 비상하게 할 수 있는 힘이 되리라.' 그렇게 생각한다면 오히려 만남을 그만두고 마음을 남겨 놓고 몸은 떠나는 경우도 있지 않을까 싶다.

한 영혼이 다른 한 영혼을 소유하는 행위는 그만두어야 한다. 소유는 없다. 그것은 착각이다. 인간의 정신은 고유하게 한 인간의 것이며 한 인간의 영혼은 오로지 그 사람만의 영혼이다. 그 순결한 영혼과 정신을 공유하고자 하는 것이 사랑이라면 인간은 보다 나은 생각과 삶을 이루어야 한다. 물질적인 것도 물론 중요하지만 무엇보다 정신적인 것이 중요하다. 물질이 정신을 소유할 수는 없다. 그러나 정신은 물질을 소유할 근거가 된다.

인간을 사랑하는 행위에는 육체적인 요소가 빠질 수 없다. 온몸과 온정신으로 성행위를 하는 것은 인간 행복의 근원일 수도 있다. 육체적인 만족감이 없이 정신적인 만족으로 사랑의 감정을 대신하기란 보통으로서는 힘이 든다. 그러나 정신적인 만족감이 육체의 욕망을 이겨내는 경우도 있다는 점에서 인간의 정신성은 무시하기 힘들다. 이왕이면 육체와 정신이 모두 충족되는 사랑을 하면 좋겠지만 그러기란 쉽지 않다. 육체는 육체를 갈구하고, 정신은 정신을 갈구하기도 한다. 그 어떤 사랑이라고 해도 자신이 선택한 사랑 앞에서는 당당해지길 바란다. 굴욕 없이 일어서는 굳셈도 사랑에는 필요한 요소이지 않을까 생각한다.

인간이 인간을 사랑하는 행위는 아름답다는 것을 잊지 말고 자신의 사랑을 찾아서 마음껏 자유롭게 사랑을 펼치길 바란다. 사랑의 행위에는 과거에 있었던 습관이 있을 수도 있고 현재를 담고 있는 부끄러움이 있을 수도 있으며 미래에 대한 불안한 절망이 담겨 있을 수 있다. 그러나 사랑을 하는 마음에는 모든 것을 우선해서 상대방을 바라보아야 한다. 상대방이 어떠한 생각을 하는지 어떠한 철학을 하는지 어떠한 정신을 이루고 있는지 솔직하고 정답게 바라보아야 한다. 사람을 사랑하는 것은 모든 과거와의 안녕을 모든 현재와의 안녕을 모든 미래와의 안녕을 고하는 것과 같다. 새로운 마음으로 새로운 사랑을 이루기 위해서 오늘도 힘이 들고 불면증에 시달리는 당신에게 격려와 응원의 박수를 보낸다.

미묘한 차이
nuance 2

그날의 소리 The sound of the day acrylic, oil pastel on paper 58x76cm 2023

한 사람을 만나서 그와 주고받았던 문자와 메신저에서의 느낌을 뒤로 하고 전혀 새로운 시각으로 움츠리며 한 인간에 대해서 반응할 때, 어색한 분위기가 두 사람의 사이를 흐르고 어떻게 하면 가깝고 내밀하게 사이를 좁힐까 할 때, 상대방의 이야기를 들어주고 상대방이 하고자 하는 것을 참을성 있게 들어 주면 보다 용이하게 관계가 형성될 때가 있다. 한 인간을 만나서 그 인간의 장점을 보려고 노력할 때, 인간적인 매력을 보려고 관심을 기울일 때, 그 사람은 조금씩 마음의 문을 연다.

하루가 지나고 다시 마음의 문을 꼭 잠그고 자신 안에서 타인을 배척하는 걸 느낄 때 정신적인 상처는 크게 다가온다. 진정 함께 호흡하고 은밀한 밤의 시간을 보낸 유대감은 아무것도 아니란 말인가? 이기적인 마음으로 먼저 다가와서 아무런 말없이 떠나가는 사람을 볼 때 그 사람 차라리 만나지 않았다면 좋았을 것이라는 생각이 든다. 한 인간이 다른 한 인간을 만날 때, 자신 안의 희망 불안감 꿈 절망 등을 조금씩 보여주지만 온전하게 남아 있는 자신만의 성 안에서 자꾸만 한 인간을 밀어낼 때, 그 영문을 모른 상태라면 참으로 인간적인 슬픔이 다가와서 하루를 삼키고 시간을 삼킨다.

자신만이 중요하고 자신 안의 욕망에만 충실하다면 상대방을 만나는 것을 삼가야 하지 않을까. '어떻게든 아로새기는 상처를 줄 바에는 자신의 욕망에 스스로를 파괴하는 것이 낫지 않을까?'란 생각이 들기도 한다. 어떻게 보면 참으로 불쌍한 인생을 만나고 온 것 같다. 자신 안에 매몰되어서 자신 안의 것들이 모두 진실이라고 믿어 버리는 상태를 가진 인간, 그 누구의 사랑도 받아들이지 못하는 이기적인 정신성을 가지고 타인에게 씻기지 않는 아픔을 준다는 것이 본인에게는 아무렇지도 않을지도 모른다. 그러나 이미 그 사람을 만났던 사람은 꼭 정신이 강간당한 기분으로 혼돈스러운 시간을 갖게 되는 것이다.

인간이 인간을 대하는 태도는 각 개인의 특성에 따라서 다르겠지만,

제발 한 인간의 존재를 자신의 존재만큼 이해하려고 노력하고 기쁨을 주려는 생각을 가지면 좋지 않을까? 인간은 정신적으로 아파하고 정신적으로 상처를 받아서 치유가 힘들 때가 있다. 정신적인 아픔을 가지고 있는 상대방을 한 번 더 죽이는 행위는 참으로 이해하기 힘들다. 자신이 그동안 살아온 대로 그대로 행위한다는 것이라면 더 이상 할 말은 없다. 그리고 한 사람의 영혼을 아픔으로 잠식시키는 태도를 가지고 한 인간을 만신창이로 만들고, 또 다른 사람들 앞에서는 웃으면서 아무런 일도 없었던 듯 태연하게 행동하는 사람의 정신성은 병이 들어서 그 깊이가 참으로 위험 수준이라고 말하고 싶다.

최선을 다해서 한 인간에게 마음을 연다는 것은 쉬운 결정이 아니었음을 알고나 있었을까? 과거를 비켜서서 관찰하다 보면 자신 또한 상처를 주며 지내온 시간이 있었음을 부끄러워하며 반성한다. 사람을 가려서 만나야 된다는 것이 참으로 안타깝지만 현재로서는 자신의 정신성을 지켜내기 위해서 기쁨이 충만해 있고 행복감이 묻어나는 사람의 영향이 더욱 끌린다. 너무도 오랫동안 아파하고 슬픔에 절망하던 정신을 돌보아 줄 사람이 곁에 필요한 것이다. 그렇다고 나의 아픔, 나의 상처를 그 사람에게 주는 것이 아니라 치유하면서 함께 웃고 싶은 것이리라 인간이 인간을 만나고 관계를 맺고 삶의 이야기를 만들어 나가는 행위는 아름다움에 가깝기에 추한 망령은 저 멀리 떠나가야 하리라.

자신 안의 괴물을 이제는 머나먼 곳으로 보내고 자신 안의 선량한 마음을 깨우고 맑은 정신을 세상을 향해 펼쳐야 하리라. 병들고 아픈 인간의 정신성은 자연적으로 치유가 되는 것도 있지만 부단한 본인의 노력과 주변의 따스한 관심이 절실하게 필요하다 사랑이 필요하다. 사랑은 그 어떠한 역경도 이겨내게 한다. 사랑의 이름으로 오늘 아팠던 당신의 정신을 포근하게 감싸 안아 주길 바란다. 자신에게 상처를 준 그 사람을 위해서도 마음을 열고 용서하자. 인간은 평등함을 인간은 똑같은 크기의 정신성을 가지고 있음을 말이다.

깊은 잠을 자고 즐거운 꿈을 꾼다면 하루도 즐거우리라고 생각한다. 불면의 시간이 새벽까지 남아 있고 정신적인 상처를 입은 자아가 계속해서 병들어 있다면 하루는 고통으로 시작하게 된다. 즐거움이 완연한 봄빛 같은 기쁨이 인생에 있었던 적이 더 많았던 삶을 살아 왔다면 아픈 지금의 시간도 극복할 수 있으리라고 믿는다. 인간이기에 살아가는 것이 행복임을 느낄 수 있고 인간이기에 살아가는 것이 고통임을 느낄 수가 있다. 한 인간으로 존재한다는 것이 외로움과의 싸움이라면 그 외로움은 평생을 함께하는 친구가 되기도 한다.

인간은 타인의 자존감을 상처줄 권리가 없다. 그러나 자존감에 타격을 주는 행위를 생각도 하지 않고 빈번하게 행할 때가 있다. 자신의 살아온 삶은 중요하고 살아갈 날들이 중요하다면 타인의 삶과 자존감 또한 무척이나 소중하다는 인지할 만도 한데 현실은 그러질 못하는 상황이다. 타인의 삶에 영향을 주는 입장에 서서 늘 고운 말과 바른 행위를 해야겠지만 인간이기에 실수할 때가 있고 그 실수를 곱씹으며 자책하기도 한다. 한 번도 타인의 자존감에 상처를 준 적이 없는가를 돌아봤을 때 여러 번 상처를 주고 정신성에 영향을 준 적이 있다. 반성하고 있다. 인간의 시각으로 산다는 것이 얼마나 큰 준비성과 철저한 자기비판을 통해야 하는지 느끼고 있다.

한 인간의 꿈이 비상하기 위해서는 사회의 이해가 필요하다 도움이 필요하다. 그러나 '지금 사회는 어떠한 모습으로 개인의 꿈을 접게 하는가'를 보았을 때 단지 능력의 차이라고 치부할 상황은 아니다'라고 생각한다. 꿈을 꾸고 그 꿈이 실현되도록 도움을 주는 사회가 만들어져야 한다고 믿는다. 어린아이가 사회를 통해서 보는 시선이 바르고 아름답기를 바라본다. 아이가 자라서 어른이 되어 자신의 날개를 펼치고 마음껏 날기를 소망한다. 인간이기에 저지르는 모든 잘못 또한 용서가 되어서 다시 기회를 주는 사회가 되기를 바란다.

한 개인의 꿈이 세상을 움직이기도 하고 세상을 바꾸기도 한다. 그 꿈이 인류를 향해서 자연을 향해서 곧고 바르다면 얼마나 행복하겠는가? 인간은 공부를 한다. 학교에서 배우는 공부 말고도 평생을 배우면서 지식을 쌓고 활용하기도 한다. 사람을 통해서 배우고, 책을 통해서 배우고, 예술을 통해서 배우고, 철학을 통해서 과학을 통해서 배우기도 한다. 그 중에서 책을 통해서 배우고 사람을 통해서 배우는 것이 진정으로 공부를 하는 데에 큰 도움이 된다. 위대한 업적을 쌓은 개인이든지 평범한 삶을 살아온 개인이든지 배울 점이 있다.

사상을 키우는 데 필요한 침묵과 명상은 참으로 귀중하기도 하다. 한 인간으로 태어나서 한 인간으로 죽는 일은 신에 대한 믿음이 있든지 없든지 그것에 상관없이 인간의 존재 외에도 인간을 구성하는 존재가 있다는 생각을 품게 만든다. 생명의 소중함은 전쟁으로 인해서 테러로 인해서 무참하게 깨어지기도 한다. 인간이 인간을 죽이는 살인의 경우 공인받은 살인인 전쟁은 사라져야 할 인류의 나약한 유산이다. 인간의 목숨을 대신할 수 있는 것은 아무것도 없다. 죽고 나면 모든 것은 사라지고 남아 있는 것은 그 인간이 행했던 정신성이다. 인간의 정신성은 그 무엇보다도 중요하게 다루어야 하고 깊이 있는 학문으로서의 연구가 진행되어야 할 것이다. 인간의 영혼은 믿지 않는다고 해도 정신성과 연결이 되어 있다고 생각한다. 보다 나은 미래를 꿈꾸고 자신의 삶이 바뀌기를 원한다면 인간의 정신성에 주목하여서 공부하는 것이 좋지 않을까 감히 권유해 본다

인간이 인간다울 수 있는 권리를 침해하는 모든 것에 반기를 들고 혁명적으로 살아가길 원한다면 지금 지상에서 펼쳐지는 전쟁과 테러를 막아야 한다. 이유가 어찌되었든 전쟁은 범죄 행위 중에서도 가장 잔인하고 인간성을 상실하게 하는 범죄행위이다. 그런 전쟁을 억제한다는 미명하에 군대를 만들어서 유지하고 살인하는 방법을 교육한다는 것은 참으로 안타깝고 있어서는 안 되는 것이라고 믿는다. 예를 들어 정신적인 상처가 갈수록 심해지는 사람은 그 아픔을 치유하기 위해서 병원이 필요하고 대화를 할 사람이 필요하다. 전쟁을 원하는 사람들은 정신적인 상처가 심한 사람들이다. 그들을 치유해야 한다. 인간이 인간답게 사는 권리를 가지고 의무를 행하는 것이 어렵다고 해도 살아나가는 것은 무엇보다 중요하다. 살아가는 것을 멈추지 말자.
사람들과의 관계를 영롱하게 비추는 별의 운행에서 바라보는 아름다운 만남은 어디에 있을까? 인간과 인간의 관계를 밝게 비추어 주는 햇살의 기운을 기분 좋게 받아들이며 하루를 시작한다면 얼마나 좋을까? 인간

의 정신은 사랑을 인지하는 순간 마비가 된다. 무엇을 이야기하는 줄도 모르고 무엇을 행동하는지도 모르게 된다. 이성이 마비되는 것이다. 그렇다고 사랑에 빠진 인간의 정신이 온전하지 못한 것이 아니라 오히려 투명하고 맑게 샘물이 되어 흐른다. 온갖 더러운 오물이 투척되어도 곧 맑아지는 샘물이 되는 것이다. 사람을 사랑하는 행위는 아름다운 것이다.

사람이 사람을 소유하는 것이 아니라 사람이 사람의 정신을 이해하고 부족한 자신의 정신을 깨우치는 행위는 참으로 인생에서 중요하다. 한 인간의 삶을 구성하는 기쁨이 절망을 이길 때 비로소 당당한 사랑은 그 가치가 빛을 발하는 것이다. 사랑하라, 단 한 번도 사랑한 적 없었던 것처럼. 사랑하라, 단 한 번도 이별한 적 없었던 것처럼. 인간이 인간을 사랑하는 동안에 부차적인 모든 아픔 모든 슬픔 모든 걱정은 아스라이 멀어진다. 그렇지 않은가? 사랑을 하는 동안 그 사람에 온 신경이 집중되어 있고, 한 사람에게 온 마음이 연결되어 있는데 절망이 숨 쉴 공간은 없는 것이다. 평화를 꿈꾸게 되는 것이다. 사람이 사람을 사랑하는 행위에 평화가 오는 것이 무척이나 중요하다. 전쟁을 일으키는 분노와 이익, 절감 그리고 크나큰 악의는 사랑으로 인해서 배려와 이익의 포기 그리고 기쁨 그리고 크나큰 선의로 대체된다. 사람을 사랑한다면 우주를 사랑하는 것과 동일한 현상이 일어난다. 우주와 호흡하고 우주와 황홀한 섹스를 하는 일은 인간이 인간을 사랑하는 행위에서 비롯된다.

이제껏 우울하고 슬픈 과거를 살아 왔다면 앞으로는 희망과 즐거운 현재를 살자. 미래는 그대 앞에 놓여 있고 미래는 그대와 함께하는 사람과 더불어서 존재하고 있다. 멈추지 말자. 인간을 사랑하는 행위를 멈추지 말자. 육체적인 쾌락을 벗어난 정신적인 사랑을 더욱 잊지 말자. 육체의 사랑도 중요하지만 정신의 사랑은 무엇보다 더욱 중요하다고 생각하지 않는가? 육체는 쓰러지고 병들지만 정신은 일어서고 결코 병들지 않는다. 정신은 병들 틈이 없이 사랑 안에서는 언제나 힘을 내어서 초롱초롱 빛나고 있다.

인간이 인간을 사랑하는 행위는 인간이 자연을 사랑하는 행위와 맞물려 있다. 자연을 사랑한다면 자연은 언제나 변함없는 자유를 인간이 누릴 수 있게 도움을 줄 것이다. 그러나 인간이 자연에게 파괴를 심어주고 훼손하고 임의적으로 판단하여 고통을 줄 때에는 자연은 결코 인간에게 일방적인 사랑을 베풀지는 않을 것이다. 자연의 본성은 다정다감하면서도 무섭다. 무서운 본성을 일깨우는 인간의 오만 앞에 자연은 사랑스러운 몸짓을 하지는 않을 것이다. 인간이 자연을 사랑하고 때로는 자연을 파괴할 때에는 그만큼의 겸손한 마음으로 미안함과 더불어서 용서를 구해야 한다. 지상에서 벌어지는 지구의 파괴는 사랑과는 그 거리가 너무도 멀다. 지구를 사랑한다고 말하면서 지구를 파괴하는 행위는 용서 받기 힘든 일일 수도 있다. 자연은 인간의 모든 것을 삼킬 수 있다는 점에서 참으로 무서운 존재이다. 그리고 인간을 돕고 사는 존재라는 점에서 참으로 고맙고 사랑스러운 존재이다. 자연을 사랑스러운 존재로 사랑할 것인가? 아니면 배반한 연인에게 고통을 주는 존재처럼 자연을 아프게 할 것인가?그 선택은 인간에게 달려 있다.

인간이 인간을 사랑하는 행위에는 자아의 성숙이 필연적으로 들어가기도 한다. 자아의 노력 없이 타인을 사랑하는 행위는 불가능하다. 일방적인 짝사랑으로 끝날 가능성이 높다. 일방적인 사랑에는 배려가 담겨 있는 듯하면서도 없다. 가슴 아픈 것이다. 서로가 서로를 사랑하는 행위가 인간의 사회에서 긍정적인 영향을 끼친다고 했을 때 그 긍정의 힘을 어떻게 하면 올바르게 사용할지는 각 개인의 몫이다. 고귀한 인간의 생명은 덧없이 쓰러지기도 한다. 한 번 죽으면 곧 잊히고 무덤가에서 홀로 서성인다. 영혼을 믿는가? 인간의 영혼은 정신성과 닿아 있다. 그것도 무척이나 가깝게 함께 있다, 인간의 정신성을 믿고 오늘을 살고 내일을 준비한다면 과거는 언제나 기쁨으로 충만하리라.

공상
fancy

뼈가 부스러져도 want rebone acrylic, pencil on paper 54x78 2023

인간의 과학은 인간의 삶에 도움이 된다. 그렇다면 인간의 정신성에는 어떠한 영향을 미칠까? 과학적 사고는 긍정적으로 인간의 정신을 맑게 해준다고 생각한다. 인간이 가지고 있는 과학의 열정은 풀리지 않는 것들이 하나씩 그 빗장을 열고 다가오며 인간의 삶을 풍요롭게 할 여지가 많다. 그러나 인간의 맹목적인 과학 맹신은 금물이라고 생각한다. 과학이 있기 전에 인간이 존재한다. 인간의 존엄성을 가지고 과학으로 풀려고 하는 난제들이 그 목적이 무엇인지를 잊으면 안 된다. 그 목적은 인간을 보다 이롭게 하는 것이다.

정신은 늘 꿈을 꾸고 그 꿈을 향해서 움직이고 있다. 과학에서의 정신성 또한 움직임을 멈추지 말고 계속해서 앞으로 나아가야 한다. 멈추지 않는 정신성을 위해서 인간이 생각하는 힘을 기르고 철학하는 방법을 깨달으면서 전진할 때 과거는 화석화된다. 부질없이 전쟁을 하고 소모적인 싸움을 벌이는 힘을 가지고 과학의 발전에 그 힘을 모두 쏟는다면 얼마나 좋을까? 전쟁을 막는다는 미명하에서 들어가는 비용이 너무나 많다. 그 비용이 훗날에 사회 복지비용과 함께 모두 과학의 새로운 발견을 위해서 쓰인다면 지금보다 훨씬 풍요롭고 풍족함으로 인간의 정신성을 위해서 도움이 되리라 생각한다.

과학을 숭상하는 행위는 아름답다고 생각한다. 과학이 없다면 인간은 힘든 생활을 하면서 살아갈지도 모른다. 그러나 목적을 잃은 숭상은 하지 말아야 되며 자연으로 돌아감으로써 아름다운 힘을 기를 수도 있음을 잊지 말아야 한다. 전기가 없는 세상을 생각해 보라. 깜깜하고 현대의 일상은 대부분 생활이 불가능해진다. 전기가 없던 시절을 겪어온 인류는 과거를 잊지 말고 지금과 다른 자연 친화적인 새로운 대체에너지를 찾으려는 노력을 게을리하지 말아야 한다.

인간이기에 숨을 쉬고, 인간이기에 웃고 때로는 눈물을 흘리고 때로는 아파한다. 행복과는 거리가 멀다고 생각하는 사람이 있다면 다시 한번 주변을 돌아보라. 자신과의 대화를 진지하게 해보았으면 한다. 인간은 살아가고 있다. 끊임없이 죽음으로 향하고 있으나 살아 있는 동안에 바르고 깨끗한 삶을 유지하려고 노력하는 것이다. 많은 사람이 현실에서 언론에 의해서 혹은 권력에 의해서 진정성 있는 사실들과 멀어지고 있다 해도 진실은 밝혀지게 된다. 무지하다고 느낀다면 책을 읽든지 컴퓨터를 켜고 정보를 찾으면 된다. 무엇이 올바르고 무엇이 진실인지 곰곰이 스스로 답을 찾아 나가면 된다. 세상에는 무엇이 진실인지를 알려주는 사람들이 많이 존재한다. 그들의 말을 경청하고 존중해서 들리는 사실을 가지고 공부하면 된다.

책에는 많은 사실이 존재한다. 현재 컴퓨터 환경으로 이루어지는 많은 진실도 존재하고 있다. 인간이 인간으로서 생각하고 진실을 알고자 하는 욕망은 채워져야 한다. 지금 이 순간에도 진실을 위해서 싸우는 사람들이 거리에서 자연에서 힘을 모으고 있다. 그들에게 힘을 나누어 주자. 힘을 이루면 거대한 권력도 무너진다. 권력이라고 해서 모든 것이 나쁜 것은 아니지만 대부분의 권력은 썩어있고 냄새가 심하게 진동한다. 그 권력이 사람을 지배하고 사람의 정신성을 지배한다면 발전이나 희망은 없어진다고 생각해도 좋다. 인간의 권력을 가지고 잘못된 결정과 선량한 시민들의 인생을 허망하게 만든 사람들은 모두 죽었거나 죽어가고 있다. 남아 있는 시간이 별로 없는 것이다. 젊은 사람들이 일어서면 사회는 맑아질 가능성이 높아진다. 물론 나이가 드신 어른들의 이야기 또한 존중해서 받아들일 것은 받아들여야 한다. 그들의 경륜이 힘이 되기도 한다 변혁을 위한 시간은 얼마 남지 않았다. 인간의 맑은 정신을 이루기 위해서라도 현재의 낡고 어두운 권력은 사라져야 한다. 아니 아프고 쓰라린 암은 말끔하게 제거해야 한다.

'종교가 무엇입니까?'라는 질문을 받은 적이 있는가? 살다 보면 종교가 무엇인지에 대해서 한 번쯤은 질문을 받을 수가 있다. 인간에게 종교는 어떤 역할을 하기에 그런 질문을 던지고, 질문에 답해야 하는가? 나는 세례명이 가브리엘이고, 스님이 되려고 절에 간 적이 있다. 종교적인 입장에서 바라보는 세상은 인간의 정신성에 어떠한 영향을 끼치고, 영향을 받게 하는가에 대해서 생각을 해보라. 그러면 종교는 인간에게 있어서 중요한 삶의 관점을 주고 철학에 영향을 주기 때문에 아주 신중하게 접근해야 한다. 또한 믿음이라는 것이 무엇인지에 대해서 스스로가 질문을 멈추지 말아야 한다. 믿음이 선행되어야지 신과의 대화가 진술하게 이루어진다고 생각한다. 그러나 막무가내식으로 무조건적인 믿음이 아니라 순종이라는 것이 무엇인지를 생각해야 한다.

순종을 이루는 삶은 아름답다. 그 아름다움을 퇴화시키는 인간의 일방적인 무지와 자신 안에 갇혀있는 믿음은 인류애를 실천하는 데 도움이 되지 않는다. 전쟁을 일으키는 표면적인 이유로 종교가 이용을 당하고 있으며 평화를 실천하고자 하는 종교의 큰 뜻은 그 자취를 인간에 의해서 감추고 만다. 인간이 믿음을 가지고 종교를 대할 때 신은 응답에 응하지만 믿음이 없이 간교한 생각으로 종교의 믿음이라는 미명하에 종교에 기댄다면 돌아오는 것은 자기기만이다.

인간이 종교를 만들었다면 인간에 의해서 종교가 설명되어야 한다. 그러나 인간 이전에 종교가 본질적으로 가지는 사랑이라는 이름의 따뜻함은 자연계를 형성하고 우주를 형성하고 있지는 않은가? 존재와 비존재 그리고 물질과 비물질 사이에서 인간이 흔들리고 인간이 깨달음을 가지는 데는 모든 것이 설명으로만 될 수 없는 것이 있다고 생각한다. 모든 것을 창조한 신과 대화한다면 인간은 무엇을 가지고 그 초점을 맞출까. 바로 삶과 죽음은 아닐까? 특히 출생에서 무덤까지의 일생을 뛰어넘는 영원한 존재를 꿈꾸지는 않는가? 지금 살아가고 있는 사람들이 현재에 초점이 맞춰져 있지 않고 후생에서 인정받을 것을 생각하거나 전생에서 이루어진 것을 짐작하고 현재를 바라보지 않고 오로지 죽은 다음을 생각해서 온 힘을 쏟아붓는다면 무엇인가가 빠져 있다고 생각한다. 인간의 전생과 현생 그리고 후생은 인류의 역사에서 도움이 되기 위해 살아왔거나 살아가거나 살았다면 좋은 점이 있다고 생각이 든다.

자신의 이득만을 위해서 후손들의 평안만을 위해서 많은 재산을 모으거나 권력을 심어 놓거나 하는 일 모두 인간의 정신성에는 큰 도움이 되지를 않는다. 자신이 살고 있는 현재와 미래를 위해서 과거를 내어 놓고 인간의 삶에 도움이 되는 행위를 하는 것은 선한 행동으로 존경을 받을 만하다. 또한 자연과 조화되고 우주와 조응하는 삶을 이룬다면 얼마나 행복한 사람인가? 인간의 부와 권력은 흔적도 없이 사라지지만 인간이 남기는 선한 행위와 정신성은 오랫동안 남아서 후손들에게 그 영향력을 가지고 도움이 된다.

그렇다면 종교가 가진 선한 행위는 무엇일까? 바로 사랑이다. 사랑으로 이루어내는 평화는 자연과의 화합을 전제로 과학과 철학을 발전시킬 수 있으며 궁극적으로 우주와의 대화가 이루어질 그 가능성을 활짝 열어 놓는다는 점에서 사랑은 절실하게 필요하다. 그리고 인간의 선한 마음은 경쟁적으로 나올 가능성이 열려 있다는 점에서 선구적인 역할을 한 예수님과 부처님 그리고 무함마드님은 인간의 정신성이 무엇인지를 알려주었다는 점에서 존경받을 인간이었고 신성스러운 존재였다.

사랑이 무엇인지를 몸소 실천했다는 점에서 예수님을 따라갈 사람이 드물다. 그래서 예수님은 신이 되었다. 하나님의 사랑을 받은 아들로서 예수님은 고난의 길로 스스로 들어서서 인간의 원죄를 대신해서 죽었다. 그래서 필자는 예수님을 사랑한다. 부처님은 천재이다. 그것도 첫째가는 천재이다. 인류의 역사상 가장 뛰어난 천재인 것이다. 신이 된 부처님 이전에도 부처님은 계셨고, 그 이후에도 부처님은 계신다. 석가모니 이후의 부처님이 오신다는 뜻에는 깨달음을 얻는 분이 또 한 분 오신다는 것이다. 무함마드님은 이슬람교를 창시한 예언자였다. 박애정신과 인도주의를 실천했다. 사랑으로 실천하신 세 분이 바로 예수님 그리고 석가모니 부처님 그리고 무함마드님이다.

인간의 정신성에 지대한 영향을 끼치고 있으며 믿음이라는 것이 무엇인지를 정확하게 알고 실천하신 분들이다. 물론 자신이 믿는 종교에 따라서 배척할 여지도 있겠지만 우상은 아니라고 생각한다. 지금 현재를 살아가는 인간들이 각자의 종교에 따른 믿음을 가지고 서로가 다툰다면 그것은 진정한 사랑이 아니다. 인간은 서로를 존중하고 인정해야 한다.

평화를 위해서는 꼭 필요한 자신만의 종교가 가진 사랑을 가지고 상대방의 종교를 존중하는 마음이 있어야 한다고 생각한다. 자신은 종교가 없다고 말하고 실천하는 사람은 본인 자체가 종교가 되는 것이기에 진실되게 인류를 사랑해야 한다. 인류애를 가지고 자연을 사랑고 우주와 대화하면서 자신만의 믿음을 회복하는 길이 인간의 정신성에 남은 숙제 중 하나라고 생각한다.

미묘한 차이
nuance 3

지금 어디로 가시나요? Where are you going now? acrylic, oil pastel on paper
76x57.5cm 2023

노동을 하면서 살아간다는 건 무엇을 뜻하는 것일까? 인간은 정신적 육체적 노동을 통해서 돈을 벌어서 살아간다. 정신적 노동은 그 강도가 세질 때마다 인간의 정신을 갉는다는 점에서 조심해야 한다. 육체적 노동은 육체가 버틸 수 있는 한계까지 노동한다면 그건 인간이 할 일이 아니다. 적절한 수준의 정신적 육체적 노동은 인간의 삶에 활기를 주지만, 지나친 노동은 인간의 삶을 피폐화한다고 생각한다.

현실을 돌아보면 노동의 대가보다 적은 돈을 받고 육체적으로 정신적으로 이용을 당하는 사람들이 의외로 많이 존재한다. 그들의 삶은 정신적 육체적인 여유가 없으며 삶의 질이 높지도 않아서 대책이 시급하다. 정당한 보수를 받고 일을 하고 또한 적절한 강도의 노동을 하면서 삶을 보다 여유롭게 지낼 수 있는 방안을 제시하지 않는다면 그것은 인간으로써 책임감을 다하지 않는 것이다. 부당한 노동을 하는 노동자들도 단합하여서 사용자에게 정당한 대가 지불을 요구하고 보다 여유로운 삶이 가능하도록 노동 현장의 질을 높이도록 노력해야 한다. 그러나 노동을 시키는 사용자는 적은 비용으로 강도 높은 일을 시키길 원한다. 그것이 현실이다. 무척이나 잘못되어 있는 것이다. 그들이 정신을 차리지 않는다면 그들의 부가 순식간에 사라질 수도 있다. 인간을 이용해서 노동을 시키는 행위는 어쩌면 서로가 합의하에서 이루어진 공정한 일인 것 같지만 사용자와 사용되는 자를 비교하여 보면 그들 사이에 얼마나 불공정한 일이 많은지를 알 수 있다.

모든 노동자가 단합하여서 주 5일 근무 하루 7시간 근무를 일상화시켜야 한다. 현실적으로 불가능한 것은 없다고 생각한다. 초과근무를 할 때에도 8시간을 넘지 못하도록 법으로 규정을 해야 한다. 인간이 8시간 이상 하루에 노동한다는 것은 그만큼 자신의 삶을 희생시키면서 살라고 강요하는 것과 똑같다. 아무리 많은 일이 있는 회사라고 해도 근무자를 늘려서 사용해야지 그렇지 않고 한 사람의 노동력을 최대화하여 근무 시킨다면 그것은 비인간적인 처사이다. 인간적인 대우를 하지 않겠다는 것과 같다. 그렇게 생각하지 않는가?

인간은 노동을 통해서 자신이 바라는 것을 얻는다. 그래서 노동이라는 것은 신성한 것이다. 그 누가 뭐라고 해도 자신이 하는 일이 세상에서 가장 아름다운 일이 될 수 있는 것이다. 그러나 현실을 보자면 지위가 높고 낮음에 따라서 일의 강도가 많이 차이 난다. 또한 일의 종류에 따라서 차이 나며 일의 중요도에 따라서 대우의 차이도 크다. 일의 중요도를 따지는 것은 인간이 하는 행위 중에서 참으로 한심한 일이다. 누구는 중요하고 누구는 중요하지 않단 말인가? 인간은 누구나 존중을 받아야 한다. 하는 일에 따라서 차별을 받는 것은 없어야 된다고 믿는다. 일의 현장에서 죽어라고 노동하고 받는 대가가 속된 말로 겨우 입에 풀칠하고 살 정도이면 누가 그 일을 계속해 나갈 것인가?

지금에야 사람들이 배우지 못하고 순응하는 자세를 가지고 있다고 친다면 앞으로는 그렇지 않을 것이다. 누구나가 자신이 받는 대가가 정당한 노동의 대가보다 적다는 것을 알고 있고, 그것을 개선하기를 요구한다면 사용자는 당연하게 개선해야 한다. 사용자의 좋은 시절은 끝났다. 과거를 붙잡고 과거 타령만 하기에는 현재의 사람들이 가만히 당하고만 있지는 않을 것이다. 부디 지금이라도 늦지 않았으니 정신을 차리고 국가가 앞장서서 미비한 법을 고치고 노동자가 제대로 인간답게 살 수 있는 곳으로 만들어야 한다. 또한 사회의 인식이 바뀌어서 노동하는 사람의 지위를 볼 것이 아니라 그 인간 자체를 보는 것이 형성되어야 할 것이다.

노동자도 자신의 권리를 되찾고 일생을 과다한 노동에 시달리지 않고 정당한 노동과 대가를 받고 좋은 복지 환경에서 노동할 수 있도록 목소리와 힘을 단합하여 국가와 사회에 보여주어야 한다. 선진국은 그냥 되는 것이 아니다. 인간의 정신성에 노동이 얼마나 중요한 것인지를 깨닫고 인간의 정신성이 긍정적인 요소로써 삶이 이루어지기를 바란다.

인간은 자유를 사랑한다. 그렇다고 믿는다. 그리고 정신이 추구하는 것이 본능과 이성 사이에서 갈등하는 것이 당연하다고 생각한다. 인간의 자유를 위한 의지는 그 누구도 침해해서는 안 된다. 그러나 그 자유가 방종이 되어서는 안 된다. 자신의 생각이 그릇되지 않고 올바르고 행해야 되는 타당성과 진실성이 있다면 그 누가 뭐라고 해도 앞으로 나아가야 한다. 때로는 방종을 자유라고 착각하고 사는 인간들이 있다. 그것은 진실이 아니기에 언제든지 스스로를 억압하는 도구로 전락할 위험성이 있다. 자기를 가두는 정신성을 가지고 타인에게 강요하고 무리하게 자신의 권리를 주장하는 것은 옳지 않다고 생각한다. 인간의 본능에 충실한 삶은 그것만으로도 아름다울 수 있으나 사회를 이루고 사는 인간으로서는 이성을 보다 우선해서 자신의 본능에만 충실하다면 그것은 부족함이 있는 것이다.

이성적인 삶을 사는 것은 인간의 몫이다. 동물들 중에서 이성을 가진 존재로써 자신의 본능과 잘 조화를 시켜서 살아간다면 얼마나 좋겠는가? 자신 안에 갇혀 지내는 사람은 이성보다는 본능이 앞서는 경우가 더 많을 수 있다. 상대방을 고려하지 않고 오로지 자신만의 본능에 사랑을 가진다면 타인과의 삶은 허구에 불과하다. 그렇게 생각하지 않는가? 인간이 인간답게 사는 방법은 이성과 본능이 합쳐져서 방종이 아닌 진정한 자유를 꿈꾸고 실천하는 길이 있다.

인간으로서 제대로 된 삶을 영위하고 정신성을 고양시키는 데 필요한 사랑은 혼자서만 이룰 수가 없기에 타인과의 관계가 실존하며 타인과의 나눔이 필요한 것이다. 자신 안의 사랑을 나누고 싶지 않은가? 그렇다면 지금이라도 주변을 돌아보고 나누어야 한다. 자신의 부를 나누든지, 정신을 나누든지, 지식을 나누든지, 자신의 재능을 나누든지 그렇게 나누다 보면 세상은 변화가 일어날 것이다. 변화하는 인간의 세상에는 자연에 대한 사랑과 존경이 담겨 있어야 한다. 땅을 사랑하고 하늘을 사랑하고 바다를 사랑하는 행위에서 자유는 다가올 것이다. 진정으로 자신의 자유를 원한다면 사람과 사람을 만나고 대화해야 한다. 그것이 어렵다면 인터넷을 통해서라도 만나고 이야기를 나누어야 한다. 진솔한 이야기를 담아내고 생각하고 표현하고 서로를 존중하고 서로를 사랑하는 것이 인간의 정신성에 도움이 된다.

자신이 추구하는 것이 무엇인지를 솔직하게 스스로에게 물어보고 그 추구하는 바를 찾아서 사람들과 대화를 나누어라. 그 추구하는 것이 사람들로 인해서 올바르게 수정이 되고 보다 튼실하게 고쳐진다면 얼마나 좋은가? 그렇다고 생각한다. 인간이 인간에게 말을 걸고, 대화를 나누고,

사랑을 나누는 행위는 자연스러운 것이다. 때로는 자신과 맞지 않는 사람을 만나서 곤혹을 치를 때도 있겠지만 그래도 사람들과의 대화를 멈추지 말아야 한다. 자유를 위해서 본능과 이성을 위해서 갈고 닦아야 하는 공부는 사람에게서 나온다고 생각한다.

먼저 살다 간 훌륭한 스승이 많이 존재했으며 그들에 관한 책이나 유산이 많이 남아있다. 그것을 읽고 그것을 보며 공부하는 것도 좋은 방법이다. 현시대를 살아가는 사람들을 정확하게 바라보고 과거를 반성하며 미래를 걷기 위해서 시간과 노력을 아까워할 이유는 전혀 없다. 현재를 살아가고 미래를 살아가는 미래인이 되기 위해서 노력하는 당신. 아름다운 인간의 자유로운 삶을 위해서 본능과 이성이 무엇인지를 알고 올바르게 실천하기 위해서 노력하는 당신은 아름다운 사람이다. 그 점을 잊지 말길 바란다.

고통의 문제를 다룰 때 인간이 받는 아픔은 정신적 육체적 아픔을 모두 포함시켜서 말할 수 있다. 고통을 받는 것은 인간이 신의 이름에서 살기 시작한 이후에 끊임없이 시달리고 있는 문제일 수 있다. 인간의 정신적 상처가 만약에 신의 내부에서 움직이는 숨결에 배제된 채 방치된다면 끔찍하지 않을까? 신은 인간이 이겨낼 수 있는 만큼의 고통을 주신다. 밝고 아름다운 빛을 주시기 전에 깜깜한 어둠 속에서 홀로임을 느끼게도 하신다. 그러나 신은 인간을 그냥 내버려 두고 계시지 않는다. 인간을 돌보고 사랑을 주신다. 혼자가 아니라고 증명해 주시는 것이 세상에 얼마나 많이 존재하는지를 보려면 아주 잠깐이라도 마음을 열고 주변을 돌아보거나 정신을 깨워서 세상을 바라보면 된다. 신은 그대 안에 머물러서 영원한 안식을 주시며 변치 않는 사랑을 주신다. 육체적으로 고통을 받는 경우에도 정신만큼은 말끔하고 정직하게 아픔을 직시할 수 있도록 만들어 주신다.

자신 안에 머물러 있는 고통의 절망을 신의 부름에 응답할 수 있도록 마음을 활짝 열어보면 어떨까 싶다. 아프다는 것은 낫고 싶다는 것 즉, 치유라는 열망을 담고 있다. 그 열망을 가지고 인간은 이렇게도 해보고 저렇게도 해보면서 여러 가지 방법을 강구하면서 실행에 옮긴다. 그것을 보시는 신은 그대 안의 미칠 듯한 고통을 낫게 해주시려고 준비하시고 대책을 마련해 놓으신다. 그 대책을 알아보고 만나는 것은 인간의 자유의지이다. 자유로운 인간의 의지가 신의 뜻에 합당하게 일치된다면 얼마나 좋을까. 때때로 너무나 힘든 현실의 고통에서 허덕이고 있는 사람들의 삶에도 그들을 위해서 마련하신 신의 사랑이 있다고 생각한다.

인간뿐만이 아니라 동물의 고통 또한 인간이 이해하고 인간이 가하는 육식의 결과인 동물의 죽음에 대해서 깊은 생각을 담아서 자신의 정신성에 이롭게 해야 한다. 동물의 고통에 감응하여 그 고통을 이해하고 자신의 잘못을 용서 구하는 행위는 기도를 통해서 이루어질 수도 있다. 신이 인간을 만들고 인간의 죄를 용서하실 때 인간은 따뜻한 빛으로 진실된 자신을 느끼고 타인의 고통에 대해서도 올바르게 바라보고 도움을 주어야 한다.

인간이 인간을 사랑함은 아름다운 행위이다. 인간의 고통을 있는 그대로 보면서 타인의 삶에 도움이 될 수 있는 역할을 한다면 그 얼마나 즐겁고 유쾌한 것일지 생각해 보자. 인간의 천국은 지금 이루어질 수 있으며 인간의 선함이 모든 악을 살균시켜서 깨끗하게 할 수 있다. 천국에서의 삶은 부자가 되는 것에 있는 것이 아니라 인간의 맑고 밝은 정신을 유지하고 충만한 사랑을 자연스럽게 느끼고 만끽하는 데 있다. 그 반대로 지옥은 인간의 악함이 서로를 증오하고 미워하는 마음으로 해하려고 하는 데 있다.

기쁨은 없고 오로지 사악한 증오심만이 충만한 세상이 곧 지옥이다. 자신만의 자아에 충실하여 타인을 돌보지 않고 타인의 고통에 무관심한 것도 곧 지옥이다. 인간의 보리심이 가지는 뜻도 다른 것에 있지 않다. 타인을 타인으로 보지 않고 곧 자신으로 느끼고 행하는 것 인내천의 마음이고 사랑이라는 마음이다. 사랑이라는 말 안에는 모든 것이 담겨 있다. 섬기는 마음이 곧 사랑이다. 자연을 섬기고, 동물을 섬기고, 인간을 섬기고, 별을 섬기는 행위는 사랑이다. 인간이 행하는 모든 행동의 근본이 사랑에서 비롯된다면 '그 어떠한 인간의 고통도 극복할 수 있으며 고통은 환희로 바뀌어서 빛으로 충만한 삶을 살게 하지 않을까'라는 생각을 한다.

미묘한 차이
nuance 4

사랑의 행로 The Path Of Love acrylic on canvas 91x116.8cm 2023

자연이 인간에게 주는 경고는 인간의 정신성에 어떤 영향을 미칠까? 인간들이 죽어나가고 삶의 터전을 순식간에 잃어버리게 하는 자연의 준엄한 경고를 어떻게 받아들여야 하는가? 인간은 망각의 동물이다. 당장의 호들갑에 잃어버린 것을 찾고 나면 곧 잊어버린다. 자연은 계속해서 경고하고 용서를 구하지 않는 인간들에게 무서운 재앙을 내린다. 신은 인간을 사랑하지만 잘못된 시각으로 자연에 거슬리는 인간의 행위는 사랑하지 않으신다. 인간이 최고인 줄 알지만 인간의 정신성은 먼지보다 못할 때가 있다. 인간의 더러운 행위들과 생각들은 고스란히 인간의 정신성을 파괴하고 자연을 파괴한다.

자신의 이익이 최우선이라고 생각을 하는 사람들이 그 자신의 터전을 모조리 잃는다면 어떻게 할 것인가? 그네들의 이익은 인류 공통의 평화와 사랑에 하등 도움이 되지 않기에 곧 모두 빼앗기고 잊힐 것이다. 대부분의 인간은 평화를 갈구하고 사랑을 원하지만, 그것을 가로막는 정치와 언론 그리고 경제는 그 목적의식이 막혀서 망할 것임을 나는 믿는다. 인간의 정신성이 나아가야 할 지점에서 영원성은 힘을 얻어 끊이지 않는 최선의 철학을 추구하고 최선의 경제를 추구할 것이다. 나도 잘살고 너도 잘사는 그 사람도 잘 사는 세상 그런 세상이 와야지만 인간은 자신의 정신을 돌아보고 보다 높고 넓은 경지로 나아가기 위한 여정을 시작할 것이다.

인간의 무지는 용서받기 힘들다. 자신의 무지로 인해 타인이 고통 받고 아파한다면 그 무지는 인간성을 상실한 것이다. 무지한 인간들의 행태는 정화되어 앞으로 나아가기 위해서 처음부터 다시 교육을 받아야 한다. 책을 읽고 토론을 하고 사색에 빠져 자신을 돌아봐야 한다. 인간의 무지는 고칠 수 있는 여지가 있다. 모른다면 모르는 것을 물어보면 된다. 세상에는 얼마든지 자신의 지식을 공유하려고 준비하는 사람들이 존재한다. 그것도 무료로. 사람들과 나누고 지혜로운 미래를 위해서 노력하는 사람들이 있다.

자신이 모르는 것이 있다면 그것을 알려는 노력과 진실이 무엇인지를 알려는 노력을 해야 한다. 그냥 주변의 흐름에 따라가고 삶의 정해진 길만을 따라간다면 변화는 없고 어려운 상황에 처해 갈 길을 잃고 말 것이다. 자신이 가는 길이 인류와 호흡하는 길인지 생각해야 한다. 인간의 정신성은 결코 멈추지 않는 우주이다. 인간의 정신성은 민족이라는 개념이 들어가면서 무척이나 혼란스럽게 시작한다. 민족이라는 이름하에서 자행되는 전쟁 그리고 학살 그리고 삶의 무게들 인간이 살기 위해서 저지르는 행위의 대부분은 민족이라는 구분을 하는 순간 잘못과 인식의 좁은 문으로 들어간다. '누가 자신의 국가를 사랑하지 않고, 누가 자신의 국가를 배신할 것인가?' 물어보지만 과도기의 역사에서는 분명히 자신의 민족을 배신하고 자신의 이익을 위해서 살아온 사람들이 존재한다. 그들의 잘잘못은 따지고 처벌을 한 역사가 있는 나라는 이제는 민족을 넘어 지구라는 세상을 보다 다각적으로 보고 인류라는 언어에 어울리는 처신을 하고 민족 구분을 없애는 작업을 할 것이다.

그러나 대부분의 나라들은 진실로 민족을 배반한 자들을 처벌하지 않았고 그 처벌의 기준도 모호하다. 대한민국이라는 땅만 보더라도 일본에 충성하고 미국에 자신의 영달을 맡겼던 자들이 잘살고 있다. 이런 나라에서 민족이라는 이름은 무서운 역병이 되어 국민을 기만하고 아픔으로 내몬다. 인류가 존재할 수 없고 다만 민족이라는 어설픈 과거의 망령만이 민족을 배반한 자들의 권력유지 수단이 되어 국민의 정신성을 파괴한다.

민족이라는 개념이 설 자리는 사라져야 한다. 전 지구가 여권 없이 인간중이 없이 각 나라에서 살아야 되며 그들을 돌보는 국가는 세금을 받고 그 세금으로 국가라는 존재에서 사는 인간을 보호하고 삶의 질을 높이는 데 노력해야 한다. 가지 못할 나라가 어디 있으며, 가지 못할 땅이 어디 있는가? 민족이라는 망령이 들어서는 순간 패배자가 되어 자신의 정체성은 넓은 세상을 나아가지 못한다. 인류가 지향해야 할 인간의 권리를 막아서는 국가는 해체되어야 하며 국가라는 이름으로 자행되는 인권 파괴는 사라져야 한다. 인간의 권리를 막아서는 정부는 이미 정부가 아니라 악이다. 인간의 정신성에 도움이 되도록 각 나라가 협력하여 과거의 잘잘못을 서로가 용서하고 사과하고 인간의 정신성을 보다 높고 보다 넓게 만들어야 한다.

인간의 이기심은 어디까지일까? 일적인 부분에서 사생활의 부분까지 인간의 이기심을 대할 때면 깜짝 놀랄 때가 있다. 조리 있게 그들이 잘못하고 있다고 말하고 싶으나 혀끝은 감기고 다만 헛된 욕지기만 흘러나온다. 이미 귀가 막혀 있고 어둠이 지배하는 인간의 사고는 그것을 깨트릴 방법이 그네들의 직장을 소유하고 그들을 거리로 내몰겠다는 의지를 보여주는 수밖에 없다. 자신의 밥줄이 걸려 있으면 사람들은 한없이 온순해진다. 그것을 알기에 그럴 필요성을 느끼지 못한다.

이 세상이 존재하는 순간에도 인간의 이기심과 이해성 없는 마음으로 인해 여러 사람이 피해를 보고 있으며 세상이 바뀌지 않는다. 그런 그들에게도 독재자의 카리스마는 한없이 충성을 요구하고 독단적인 행위를 하는 데 큰 역할을 하는 정신성을 가지고 있으니 아이러니하다. 우리 인간이 진실로 한 발짝 앞으로 나아가기 위해서 필요한 서로 이해하고 돕고 서로에게 이익이 있는 길은 많지만 그런 길은 현실성이 없어 보인다는 편견으로 무시하고 그냥 일반적인 현실에 안주하고 머무른다. 그런 사람들에게도 인간의 도리를 다하는 이타심을 발휘할 것이냐는 큰 용기가 필요하다. 한마디로 못된 사람들도 품안에 끌어안고 보다 나은 세상을 위해서 나아가는 발걸음 그 속에 진실성은 힘을 보태어 준다.

인간이 인간을 사랑하고 인간이 자연에 순응하는 삶을 살아야 한다는 진리는 여태까지의 인간의 죄악을 덮어주고 감싸 안는다. 인간의 정신성에 깨달음은 무척이나 소중하지만 그것을 가로막는 인간들의 이기심과 욕심은 끝이 없다. 그것도 단순하게 잘살고 못 살고의 차이가 아니라 진정 원한다면 다 함께 잘 살 수 있는 길이 얼마든지 있는데 외면하고 마는 단순한 무지 그 이상이 아니다. 무지는 인간을 죄악으로 이끌기에 용서받기 힘들다. 단순히 모른다는 변명으로 치부하기엔 현실의 잘못들이 인간의 삶에 큰 영향을 끼치고 보다 나은 삶으로 나아가는 데 장애로 남아 있다.

인간들이 자신의 욕심을 경쟁이라는 허울 좋은 낡은 사상으로 무장한다면 발전은 없을 것이다. 아니 과학적인 발전은 있을지 모르지만 진정 인간의 정신성에 좋은 영향을 끼치고 삶의 질을 높이는 데는 하등 도움이 안 될 것이다. 인간이 인간을 미워하고 인간을 무시하고 인간을 배제한다면 무엇이 남을까 한다. 인간은 혼자서는 살기 힘들다. 진정 혼자서 살아가라고 한다면 좋아할 사람 몇이나 있을까? 그러나 인간들은 섬이 되어 각자의 성만을 대단하게 쌓고 있다. 헛된 짓이 아닐 수 없다.

인간은 함께 갈 때 아름답다. 함께 자신이 아는 지식을 나누고 자신의 재능을 나누고 자신의 재물을 나눌 때 아름답다. 그러나 자신의 것을 숨기고 나눌 줄 모르는 사람들이 너무나 많다. 그들이 존재하는 한 세상의 화합은 꿈이 될 수도 있다. 그렇다고 그런 그들을 자유라는 미명하에 그대로 놔두고 마냥 현재로 머물러 있을 것인가? 미래가 보이지 않는 현실은 깜깜한 어둠이다. 불빛 하나 없는 곳이다. 진정 원한다면 이루어지리라. 그런 그들도 감싸고 그들이 변화하지 않아도 나아가야 할 사람들은 나아가야 한다. 변화하는 삶은 혼자만의 힘으로 이루어지지 않는다. 세상이 변하기를 바란다면 지금의 정치도 지금의 경제도 지금의 법도 지금의 문화도 믿지 말아야 한다. 움직여라. 세상이 너의 앞에 다가올 때까지 부딪히고 힘들어도 이겨내야 한다. 전쟁이 휩쓰는 세상은 변화해야 산다. 평화로움에 아이들을 키우고 걱정 없이 미래를 맞이하고 싶지 않은가? 그렇다면 현재는 그대를 기만하는 장치라는 걸 잊지 말기를 바란다.

국가가 자본을 가졌다는 것은 그리고 기업이 자본을 가졌다는 것은 곧 빚이 함께 있다는 것이다. 개인은 빚이 있으면 파산하거나 신용불이행자가 되지만 은행에 큰 빚을 질수록 그 은행을 소유하게 될 확률이 높아진다. 경제 규모가 커진다는 것은 곧 빚의 규모가 커진다는 단순한 사실을 가지고 그것을 망각하게 하는 빚잔치들이 활활 타오르며 인간을 현혹한다. 자본을 가졌다고 해서 그 자본이 자신만의 것이라고 착각하는 재벌들이나 부자들은 그것을 지탱해주는 공권력이 사라지면 한순간에 망한다. 그래서 보다 안전하다고 생각되는 국가에 돈을 주고 자본을 맡기지만 그것은 허상일 경우가 생길 수도 있다.

절반 대 절반. 자신 자본의 절반은 사회에 환원하고 절반은 자신의 취향에 따라 쓰는 사람이 있을까? 그런 사람은 드물다. 기업을 지탱하고 보다 나은 경쟁력을 갖춘 기업으로 살아남기 위해서 우선적으로 그 기업이 속한 국가의 국민에게 바르고 좋은 모습으로 남아야 한다. 반대로 기업의 모태가 된 국가의 정체성을 지우고 보다 세계적이라고 하는 허울 좋은 망상에 잡혀 기업 정체성을 잃는다면 그 기업은 있으나 없으나 별반 큰 감동을 주지 못하고 잠시 국민을 힘들게 할 뿐 새로운 기업이 나와서 대체한다.

그러나 국민에게 인식이 좋고 더불어 공생한다는 모습을 지닌 기업은 망하려고 해도 망할 이유를 국민이 막아준다. 실제로 대기업이 외국계 회사에 완전하게 경영권이 넘어가도 이미 주식을 가진 사람들은 대부분 외국계 자본이기에 큰 타격이 없다고 해도 무방하다. 하지만 순수한 국민은 자신이 태어난 국가의 기업을 믿고 그 기업을 지탱하는 것이 옳다고 생각하고 행하지만 실제로 돌아오는 것은 아무것도 없다. 기업은 기업이고 국민의 직장과 생활의 터전을 마련해주는 것은 국가도 아니고 기업은 더더욱 아니다. 국민의 여력이 있고 생활의 안정을 위해서 일을 한다는 전제하에 실제로 국민을 도와주는 것은 국민의 노동력이다. 결국은 자신의 힘으로 국가를 키우고 기업을 키운다는 사실을 망각하게 하는 언론이나 정당들 그리고 정부에 큰 문제가 있다.

국가의 주인은 대통령도 아니고, 국회의원도 아니고, 검사도 아니고, 대기업 회장도 아니다. 거의 모든 성실하게 일하는 국민들이 그 주인의 자리에서 권리를 누려야 하지만 실제로는 대학재단을 운영하는 이사진이나 그 재단 이사장과 가족이 모든 대학생의 인권과 배움의 권리를 무시하는 것과 마찬가지로 한심스러운 자태가 참 많다. 예를 들어 '교회를 세웠다고 해서 그 교회의 세를 키웠다고 해서 누구는 하나님의 종이고 누구는 하나님의 종이 아니란 말인가'란 말과 똑같다. 자신이 목사로 있는 교회의 모든 행정과 자본을 자신의 마음대로 사용하고 이용하는 사람은 목회자가 아니라 악이다. 비단 교회만 그런 것이 아니라 불교계의 절들도 벗어나지 못하는 수가 많다. 인간의 정신성에서 국가가 책임지고 가져야 할 본분은 국민 개개인의 행복추구권을 지켜주고 차별이 없는 사회를 만들어 나가는 것이 올바르다고 생각한다. 또한 기업은 노동자의 권리를 인식하고 최대한의 배려와 복지를 신경 써야 한다. 종교계는 하나님이 말씀하시고, 부처님이 말씀하시는 사랑이 무엇인지를 제대로 알고 가르침을 전하는 사람은 그 본분을 지켜 최대한 사랑이라는 말씀의 진의가 무엇인지를 정확하게 다시 배워 말 그대로 사랑을 전해야 한다.

'인간의 정신성에 있어서 신이 없다면 어떨까'란 생각을 해보면 실질적으로 신이 인간의 정신성에 끼치는 영향력이 막대하기에 쉽게 대답하기 어렵다. 그러나 신이 없다면 인간의 정신성은 더욱 생동감 있게 변화할 수도 있고, 보다 자유롭게 정신성이 움직일 수도 있다. 잠깐이라도 신에 대한 생각을 멈추고 인간의 순수성에서 접근하여 사물을 바라보고, 감각하고, 느낀다면 인간의 정신성은 깊이 있게 접근이 가능하지 않을까? 신에 대해서 무지한 생각으로 무작정 믿고 따르고 해석을 달리하여 인간을 해치는 생각을 할 바에는 신을 배제하고 정신성을 맑게 할 자유를 느끼기를 권유한다.

인간은 나약한 존재라서 무엇에 기대기도 하고 의지하려고 하기도 한다. 그것은 바로 인간은 죽는다는 것 때문이다. 죽기 전에 신에게 들어가서 천국에 가서 생활하고 싶다는 생각은 버려야 한다. 살면서 이미 이루고 있던 악의 마음을 어떻게 순식간에 버린단 말인가? 악을 버린다는 마음을 가진다면 과거를 회상하고 현재를 바라보고 미래를 이루어야 한다. 버리고 버려라. 인간의 정신성에 도움이 되는 글이라도 쓰고, 말이라도 하고, 행동이라도 해라. 그것이 진정 신에게 가는 길이다.

'신은 존재할까'라는 의문은 각자가 진정 느끼는 대로 가면 된다. 신이 있든 없든 그것이 중요한 것이 아니다. 핵심은 인간이 인간을 돕는 것이다. 인간의 정신에 도움이 되는 길이 무엇인지를 공부하기도 하고 경험하기도 하고 느끼는 바를 정리하기도 하면서 물질세계가 아닌 정신세계가 중요함을 자각하고 성찰한다면 인간이 바라는 천국은 지상에서 이루어진다. 진정 사람을 사랑하고 진정 인간을 원한다면 정신을 깨워라. 느끼는 바를 흔들어 깨워라. 정신성이 가진 위대한 힘을 믿고 의지를 다하자. 인간이 인간답게 사는 방법을 알 수 있도록 정신성을 자각하여 정신을 여는 방법은 다름 아닌 당신의 의지에 담겨 있다.

육체가 중요하지만 육체는 정신에 의해 이루어지는 것이 더 많다. 원하는 바가 무엇인지를 지금부터 생각하고, 원하는 바가 이루어지는 방법을 지금부터 생각하자. 인간의 정신성이 주는 행복을 느끼고 감사하자. 살아 있기에 넓고 평화롭게 이룰 수 있는 것을 생각하자. 인간의 정신성은 평화와 사랑이다. 그 안에 모든 것이 담겨 있다. 인간의 정신성에 대해서 짧은 글들을 써왔지만 진정 원하는 것은 인간 정신성의 회복이고 혁명이다.

현재에 만족하지 말고 나은 세상으로 다가가고 큰 우주를 호흡하는 일을 가능하게 하는 정신성의 우주 정신성은 우주이다. 인간은 우주이다. 신도 있고 인간도 있고 자연도 있다. 그러나 그 존재의 중심은 인간의 정신성은 우주라는 데 있다. 인간이기에 이룰 수 있는 크나큰 세상 인간의 세상 인간의 중심 인간의 정신성에 관한 연구는 인간 각각의 우주들이 만나기를 원하고 인간의 우주가 서로 마주치며 울림을 주고 생성을 멈추지 않기를 바라면서 끝을 맺고자 한다. 이상의 글들은 나의 서른여섯 경험에서 나왔으며 나의 정신성에서 나온 글들이므로 어떤 방향으로 쓰이고 읽히는지에 대해서 스스로 아무런 권리가 없음을 밝힌다.

2011년 등작 燈酌 Dungzak

2010년 8월 1일
한강에 투신한 박양에게 바치는 글

슬픈 날 Sad day acrylic on canvas 53x45.5xm 2023

2010년 8월 1일 오후 3시50분쯤 서울 동작대교 남단 부근에서 한강으로 투신한 그녀의 나이는 19살이다. 무엇이 그녀를 죽음으로 내몰았는가? 고시원에 살면서 레스토랑에서 일하던 그녀의 삶에서 기쁨이 존재하지는 못했는가? 그 누구의 잘못이 아니라고 해도, 사회의 잘못이 아니라고 해도, 그녀를 죽음의 끝으로 서게 한 것은 무엇인지 생각을 하지 않을 수 없다.

친구 하나 변변치 못한 서울 생활에서의 고립감이 있었을까? 어제 아침만 해도 살아 있었을 박 모양의 삶은 척박한 것이었을까? 어렸을 때 부모의 헤어짐에 동생과 함께 조부모의 손에서 자라났다는 신문 기사에 가슴이 저려 오고 마음이 무겁다. 죽음을 결심하고 한강에 뛰어내릴 때 어떤 생각을 하고 있었을까? 그녀의 삶에 대해서 알지 못한다.

그녀의 죽음에 대해서 글로 남기고자 한다. 한 달에 80만 원을 받고 아르바이트하던 한 여성의 죽음에 대해서 무엇이라고 말할 만한 입장이 아니지만 그녀의 삶을 추모한다. 사람이 그렇게 많은 서울에서 따스한 사람이 그렇게 많이 존재할 서울에서 홀로 살다가 죽음을 선택한 그녀의 인생을 그냥 짧은 기사로 자살이라고 말하기에는 너무나 가엾다. 그녀가 하늘나라에 있을 지금 천사들의 포근한 손길에 더 이상 고시원비로 고민하지 않고, 더 이상 생활하기 힘든 아르바이트비로 생활비를 고민하지 않기를 바란다. 훗날 그녀를 만나면 "안녕하세요"라고 인사하고 싶다. 그리고 "반갑습니다" 말하고 싶다. 그리고 박모양이 아닌 그녀의 이름을 불러주고 싶다. 아니 그녀의 모든 현생에서의 아픈 기억들이 모두 지워져서 새롭게 살기를 바란다, 지상에서 못다 이룬 꿈들 행복을 하늘에서 누리기를 진심으로 소망한다.

어제 투표 이후 잠을 안 자고 깨어있으며 유익한 시간을 보냈다. 잘 안 보던 트위터에 실시간으로 올라오는 글이나 그들의 생각과 차분히 흐름을 보면서 페이스북 인터넷뉴스 기타 웹사이트들을 켜놓고……. 정보의 바다라고 했지만 인터넷의 바다엔 자신이 듣고 싶어 하고 원하는 끼리끼리의 쓰임새들이 그다지 아름답지 아니한 색채들로 번들거렸다. 다행스럽게 균형자가 되는 분들의 생각을 배우며 판단을 내리고 결정하고 분석하고 다시 원점에서 다른 방향에서의 모양새들을 맞추어 가며 생각을 정리했다. 무엇이 옳고 그른지는 각 개인의 자율판단에 의거한 것이 있으리라…….

한반도 대한민국이라는 나라에서 살면서 이웃에게 유익 함을 전혀 주지 못했음을 반성하며 나의 길에서 걸어갈 것이다. 애국자는 아니지만 국가에 만약의 무력이 충돌하면……. '나는 대한민국의 주권으로 살육도 마다치 않으리라'라는 마음을 가진다. 그런 일이 일어나지 않기를 기도드리며 만약에 다시 인간으로 태어나야 한다면 그때는 국가도 법도 인종도 종교도 경제도 헛된 생각도 감히 인권과 생명의 권리를 건드리지 못하는 지구를 보고 싶다. 이제 잠을 청하고 깊이 나지막이 속삭이는 뮤즈를 만나러 간다. 나는 믿는다! 인간의 생명은 의외로 끈질기며 가진 자와 못 가진 자의 대결이 아닌 진정 우리를 조여 오는 지금의 억압과 유무형의 폭력이 아이들에게 전가되지 않는 사회가 이 한반도에서 숨 쉬리라는 것을.

2012. 04. 13 등작 燈酌 Dungzak Cestlavie

가브리엘

사랑으로 가는 길 The road onto love acrylic on canvas 91x116.8cm 2023

    모태신앙으로 성당 안 유치원을 다녔고, 글을 읽자마자 기도문들을 외우는 것으로 7살 때 세례를 가브리엘로 받았다. 하나님의 자식이라는 것이 자랑스럽고 성모님의 따뜻한 품이 좋았었고 예수님의 십자가가 아름답게 보였었다. 매주 미사를 보러 갔었던 유년의 시간은 두 번의 이사로 인해서 시들해지고 점점 하나님이 곁에서 멀어지는 계기가 되었다. 환경의 변화가 힘들었나 보다. 신부님과 수녀님이 가브리엘, 하면서 불러주던 정거움이 없었던 시절 매우 일찍 담배를 배웠다. 초등학교 5학년 때부터 지금까지 담배를 피우고 있으니 20년도 넘은 기간을 구름덩어리와 논 것이다.

그러다가 20살 때 성경책을 다시 읽어보는 계기가 있었고 다시 도쿄에 있을 때 교회에서 혼자 지내면서 읽은 성서의 내용은 가슴을 두드리는 것이었다. 그러나 목사님이 기독교가 아닌 것은 모두 마귀라고 하는 말을 듣고 현실에서의 종교에 대해서 다시 생각해 보지 않을 수 없었다.

일본에는 사람의 수대로 신이 존재한다고 해도 과언이 아니다. 목사님은 좋으신 분이었지만 믿음의 차이라고 해야 될까? 그런 것이 맞지 않아서 안타까웠다. 나는 절에 가서 잠시 살았던 적도 있다. 아주 잠깐이었지만 스님이 되려고 했었던 시절이 있었던 것이다. 속세의 모든 것이 무한 확장되어서 욕망으로 다가오던 정적의 고요한 산사에서의 생활은 고통이었다. 욕망을 끊지 못하고서야 어떻게 종교인이 되겠는가? 잠시 과거로 다시 돌아가자면 초등학교 때 담배를 함께 배운 친구가 목사가 되었었다. 그때는 철이 없고 어려운 집안 사정으로 힘겹던 친구의 표정과 목사님이 되기 위해서 신학 공부를 하던 친구의 표정에는 완전히 다른 새로움이 있었다. 개인적으로 종교인은 열린 자세로 타인의 종교에 대해서 인정하고 그 믿음을 존중하는 자세가 필요하다고 생각한다. 잇글을 읽으면서 잠시 과거의 나와 현재의 나에 대해서 반추해보는 계기가 되었다.

맨 처음 하나님을 믿은 것은 성서를 통해서였고, 부처님을 느낀 것도 책을 통해서였다. 실상은 사람들을 통해서 믿음을 가지게 된 것은 아닐는지 이슬람교를 알지는 못해도 접하게 된 것은 사람들을 통해서였다. 알라의 가르침이나, 예수님이 말씀하시는 하나님의 가르침이나, 부처님의 가르침이나 그 근본은 사랑이라고 믿는다. 파리에서 성당 앞에서 해가 지고 저녁이 되어가자 성지를 향해서 기도를 올리던 남자의 모습이 아련하게 기억되는 것은 믿음의 근간에는 신에 대한 한없는 순종이 있기 때문은 아닐까 한다.

도쿄에서 뵌 목사님도 순종에 대해서 강조하셔서 성경책 공부를 하면서 새벽기도를 하면서 곰곰이 정신과 육체를 열었던 기억이 난다. 불교에서도 순종이 중요한 것이라는 생각을 한다. 공부를 많이 하지 못했고 똑똑하지 않고 믿음이 잘못된 것일 수도 있지만 신을 향한 순수한 신앙심은 인간 개개인의 마음에서 비롯된다고 생각한다. 친밀하게 사귀는 공간으로서 역할하는 각 종교의 이름을 달리하는 회당으로서의 공간은 인간들을 서로 사랑하게 하는 데에 중요한 역할을 한다. 그러나 어느 회당을 가도 시기와 질투 욕심과 욕망이 꿈틀댄다고 해도 과언이 아니라고 생각한다. 권위를 자랑할수록 낮아져야 하는 문턱이 턱없이 높고 유치하게 치장된 공간은 불편한 현실을 만드는 것은 아닌지 생각해 보아야 한다. 그러나 세상에는 몇몇 사람을 제외하고는 대부분의 사람들이 온정을 가지고 있고 평화를 원한다고 믿어본다.

2010.04.16.01:20

가지고 싶은 것

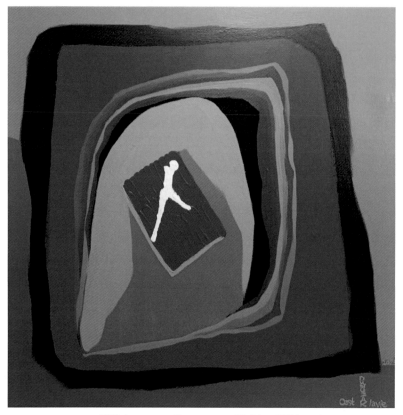

댄서 dancer acrylic on canvas 91x91cm 2023

그림 한 점을 그린 후 현재의 나의 씀씀이와 경제 능력으로는 사랑하는 사람을 만나 결혼을 하고 아이를 양육하는 건 불가능하다는 결론을 내림. 물질과 돈이 중요하다는 건 주지의 사실이고 동의함 빠른 시일에

가지고 싶고 살아있는 동안 유지하고 싶은 물질을 적어 봄

1: 물, 2인용 텐트(안전이 보장된 숲), 자전거, 그림재료, 성경책, 반야심경,
코란, 노트북, 인터넷, 배낭, 디지털 카메라, 청바지, 티셔츠, 점퍼, 운
동화, 끼니를 걱정하지 않는 식량, 맥주, 포도주, 담배, 양초, 축구공
2: 각종 공과금, 의료비, 세금을 낼 수 있는 돈
3: 호숫가가 보이는 숲에 집 한 채(가족이 살 수 있는 여건의 나라)
4: 뉴욕 맨해튼에 사람들이 쉴 수 있는 작업실
5: 결혼한다면 사랑하는 사람에게 40년간 매달 도시근로자 평균 월급
이 지급
6: Dungzak Nuance Company의 직원 13명을 고용하고 운영하는 자금
7: 꿈 사랑 희망 평화 예술학교를 운영하는 자금

여기에서 1번과 2번만 유지하면서 살 수 있다면 행복하겠다는 마음이
강하게 든다. 3, 4, 5, 6, 7번은 알 수 없음에 가깝다……. 2000년도에 연
인이었던 분과 사귈 때 그린 스무 송이 장미를 작업할 때의 정신과 열정
이면 불가능은 없다는 마음을 가질 수도 있지만 2003년 이후 애인이 없
던 생활과 함몰된 다양성에 경도되어 어지러움을 느끼기에… 물질에 대
한 꿈이지만 가지고 싶은 욕망. 그럼에도 참 중요한 건 인간으로 살아가
는 법을 배우는 동시에 곧잘 잊고 후회하고 몰입하고 까무러치는 삶에서
쓰레기라고 욕해도 무론하는 작품을 만들어내는 능력을 한 발짝 내딛게
하는 것, 이라고 생각하게 되었다.

2012. 04. 05 등작 燈酌 cestlavie Dungzak

감각을 원하는가

인왕산 두꺼비가 삶을 나르고 있다. acrylic on canvas 91x116.8cm 2023

감각을 원하는가? 육체와 마음을 모두 내 것으로 만들고 싶은가? 나는 일찌감치 권력도 돈도 섹스도 별다른 감흥을 못 느꼈다. 하지만 지금은 어떤가? 모두 정신에서 계산하면서 마음으로 행하고 있다……. 국가권력에 학벌 인맥 혈연 모두 닿지 못하는 나로서는 실패자로 글을 쓰는지는 모르겠다.

아직 여유로운 명령체계를 이해하고 이용할 수 있는 방어와 공격을 적적히 평생을 사용할 준비는 이미 오래된 책장에 넣어 두었다. 증거품이 너무도 많은 나로서는 국가가 나서서 제거 대상으로 할 필요도 못 느끼고 그냥 미친 사람으로 미숙아로 실력이 형편없는 인간으로 매도해도 반격에 유리하다. 그러나 싸움을 극도로 싫어하는 성향을 길러가고 있기에 한반도 대한민국 국민 시민사회에서의 시민이라는 것에 몸을 내어 맡긴다. 그럼에도 자꾸만 화를 돋우고 시나리오를 발전시키면 인간의 생명이 아닌 정신을 혼란스럽고도 아프게 할지도 모른다.

1999년 부산예술학교에 공연을 온 일본인 여성이 이북에서 오신 나의 할아버지를 근원으로 한 작품을 보고 눈물이 흐를 것 같다는 말을 떨며 말한 적이 기억난다. 현재 나는 한반도도 일본도 중국도 미국도 고려의 대상이 아니다. 친구들의 국적이 제각각이지만 국적이 중요하지 않음에 우리는 평화에 대해 자유에 대해 가슴을 나눈다.

20120822 등작 燈酌 Dungzak
김인범 金仁範 KIM IN BEOM

고독한 그대에게
보내는 편지

제발 평화를 Please peace acrylic on canvas 53x45.5xm 2024

정신적인 상처가 크게 나 있을 때 무엇을 하든지 진정 손에 잡히는 것이 없다. 인간에 의한 상처가 스스로의 삶에 큰 자국을 남기고 아프게 다가올 때 어떻게 하면 잊을 수 있을까 고민을 해본다. 그리고 어떻게 살아가는가에 대한 물음에 대한 답이 무엇인지를 진지하게 고민할 때 그 답은 살아가는 데 있다는 것에 마음을 내어준다. 살아가는 것, 그렇다. 삶을 중단하지 않고 꿋꿋하게 살아가는 것이 인간의 길에서 중요하다. 지금 이 순간 어떠한 삶을 살고 있는지에 대한 의문이 들고 잘 살고 있는가에 대한 회의가 든다면 그것으로도 이미 살아있다는 증거가 되는 것은 아닐까 싶다.

살아가면서 수많은 사람을 만나고 좋은 사람과 더불어 이야기를 나누기도 하고 혹은 나쁜 사람과 맞서 싸울 때도 있다. 좋은 사람 그리고 나쁜 사람을 구분하는 데는 자신의 선악 기준에 따라서 자신의 이익과 상충되는지 아니면 부합되는지에 따라서 구분이 지어지기도 한다. 때때로 인간에 대한 예의가 부족한 사람들과 만나서 부대끼는 시간을 보내기도 한다. 이기적인 사람의 이마에는 검은 점이 박혀 있다. 그러한 사람과의 시간은 참으로 견디기 힘든 점이 있으나 그 사람도 인간이고 또 다른 사람들에게는 좋은 사람으로 인식이 되어 있을 수도 있으니 참으로 웃기지 않는가.

인간적인 지극히 인간적인 삶을 살아가고 향기로운 삶을 전해주는 사람들을 만나면 기분이 좋아지고, 자신의 삶을 반성하게 되기도 한다. 세상에는 이런 사람 저런 사람들이 다양하게 분포하고 있어서 자신과 마음이 맞는 사람들을 만나기란 그렇게 어렵지도 그렇게 쉽지도 않다.

혹여 외로움에 지쳐있는 상황이라면 자연의 아름다움을 느끼기를 바란다. 사람이 그립다면 사람을 만나기를 바란다. 세상에는 그대를 도와줄 준비가 되어 있는 사람들이 많이 있다. 잊지 마라. 세상에서 그대는 혼자가 아님을, 더불어서 살아가고 있음을. 그렇다. 간혹 가다가 진심 어린 충고를 해주고 진심 어린 관심을 줄 것만 같았던 사람이 실제로는 이기적인 사고방식으로 상처를 주기도 한다. 어쩌겠는가? 그런 사람도 있다는 걸 알았으면 된 것이다.

상처를 받고 아파하지 말기를 바란다. 감정을 소중하게 생각하고 상대방을 진심으로 이해하려는 따뜻한 마음을 가진 사람들이 많이 존재함을 잊지 마라. 따뜻한 사람, 그렇다. 마음이 따스한 사람이 그리운 날에는 마음을 열고 세상을 바라본다. 충만한 기쁨이 있는 세상, 충만한 아픔이 있는 세상 그 어디를 가도 인간들이 저마다의 색채를 가지고 살아가고 있음을. 뜨거운 사랑을 해줄 사람도 존재하고 있음을. 그 뜨거움이 식지 않게 평생 온기를 유지하여서 전해주는 그런 사랑도 있음을 믿는다.

인간적인 것이 무엇인지를 생각하다 보면 부딪히는 것이 많더라도 삶은 단순하다. 어쩌면 단순하다는 생각을 해본다. 사랑을 하고 힘을 얻고 자신의 일을 하고 미래를 생각하며 오늘을 살고 배려라는 것을 잊지 않고 실천한다면 좋지 않을까? 세상은 혼자서 사는 곳이 아니기에 더욱 재미있는 곳은 아닐까 싶다. 더불어 사는 것이다. 함께 사는 세상을 어떻게 생각하는가. 꿈을 가지고 살아가는 오늘을 소중하게 느끼고 감각한다면 좋지 않을까? 그 누가 뭐라고 해도 그대는 그대로서 존재하는 유일한 생명이다. 자신이 곧 우주이기도 하다. 자신이 곧 세상이기도 하다. 그렇지 않는가? 진실로 오늘을 살아가는 그대를 응원하면서 용기를 잃지 말고 살아가기를 바란다. 미래는 그대를 기다리고 있다. 그대를 맞이할 행복도 준비되어 있다. 지금 이 순간이 힘들고 어려워서 숨이 막힌다고 해도 제발 삶을 그만둘 생각을 하지 말고 살아가길 바란다. 그대를 따스하게 안아 줄 사랑이 기다리고 있음을 잊지 말기를 바란다.

국가보안법

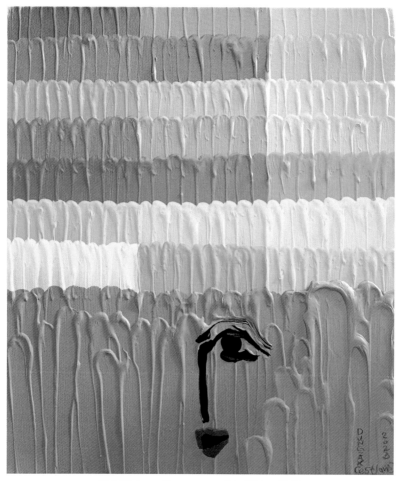

윙크 Wink acrylic on canvas 53x45.5cm 2023

인간은 사상의 자유를 가진다. 민주주의를 원하든, 공산주의를 원하든, 사회주의를 원하든 인간은 사상의 자유를 가질 권리가 있다. 자본주의 사회에서 돈의 위력 안에 사는 사람들은 당연히 자본을 앞세운 세력권 안에 살지만, 그 생각의 자유는 공부를 위해서 보다 나은 삶을 위해서 당연하게 억압을 받지 않아야 한다.

그러나 국가 보안법은 사상의 자유를 억압하고 심지어 죄를 만들어 국민의 정신성을 어지럽힌다. 이러한 법은 법이 아니다. 악법이라는 말도 있지 않은가? 국가 보안법은 사라질, 사라져야만 할 법이다. 지금 이 시대에 지하철을 타면 언제나 나오는 국정원 111번 전화번호는 결코 유익하지 않다. 안내원의 권위적인 대응은 신고의 의미를 부정하게 한다. 국가정보원은 과거에 돌이킬 수 없는 잘못들을 해왔다. 사상의 자유가 아닌 사상의 빨갱이를 만들어 고문하고 억압했다. 누가 견디겠는가?

국가가 자행하는 폭력은 국가 보안법에서 시작된다. 물론 휴전 상태인 조선민주주의인민공화국과 대한민국의 사이를 교란시키는 상황은 억제해야 한다. 그러나 불필요한 탄압의 근원이 될 소지가 있는 국가 보안법을 가지고 국민의 사상을 억제한다면 이미 진 전쟁이다.

보다 철저하게 냉철하게 공산주의가 무엇인지 민주주의가 무엇인지를 국민에게 알 권리를 찾아주고, 실제로 배우게 할 터를 만들어 주면 미래는 밝아진다. 숨기고 억압할 계제는 아니다. 믿어라 국가는 결코 개인을 살리지 못한다. 김선일 씨를 기억하라. 그렇게 좋아하는 노무현 전 대통령도 김선일 씨를 살리지는 못했다. 국가 보안법은 머리 좋은 사람들과

대중의 힘으로 충분히 좋은 대안을 만들어서 보완할 수 있다. 나는 이해를 하지 못하는 게 국가 보안법에 고생한 세대들이 그 법안에서 편안함을 느끼는 게 이해가 되지 않는다. 국가 보안법은 미국의 법과 유사하다. 민주주의를 충분히 누려보지도 못한 대한민국이 어설픈 법망에 걸려 사상의 자유를 누리지 못하는 게 참으로 안타깝다.

국가의 정체성을
가져라

인간, 푸른 용 Human being, Blue Dragon acrylic on canvas 53x45.5xm 2024

평등하지 않고, 평등이 무엇인지 알지도 못하고, 평등의 기초가 무엇인지를 모르는 사람들이 법을 집행하고 법을 사용한다. 국가의 대통령도 자연인이다. 무숙자도 자연인이다. 그러나 누구는 최대한의 존중과 예의를 바라고 최상의 환경을 제공받는 것이 당연하다고 생각하며 실제로 그렇게 생활한다.

평등은 말로 해서 되지 않는다. 평등은 행위로 이루어지고 정신으로 깊이 이해할 때 생긴다. 평등의 기초는 만인이 평등하다는 것에서 비롯된다. 현실의 말도 되지 않는 불평등은 돈을 가지지 못한 자, 돈을 가진 자로 구분된다. 평등을 외치는 자들도 실제로는 평등이 무엇인지를 모른다. 운동권의 사람들도 모른다. 시민의식이 올바르게 자리하기 위해서는 평등의 원칙을 알고 행해야 한다.

일찌감치 평등을 주장하는 사람들의 의식에는 권위 의식이 자리하고 있다. 어떤 사람이든지 자신이 중요한 사람임을 잊어서는 안 된다. 인간은 자유로울 수 있는 권리가 있으며 평등은 이것을 기초로 한다. 정신의 자유를 억압하는 체제는 죽은 체제이다.

현재 대한민국은 죽은 체제이다. 세계에서 거의 모든 나라가 죽은 체제이다. 어떤 나라가 죽지 않았는지 모든 국가를 모르기에 여지를 남겼을 뿐 그 이상도 그 이하도 아니다. 무엇을 올바르게 행하고 무엇을 올바르게 사용할지 배우는 기회가 없는 사회에서 경쟁이 미덕이 되어 남을 밟고 올라서려 한다.

인간이 인간을 배반하고 인간이 인간을 이기려고 발버둥 치는 사회는 죽은 사회이다. 재생의 기회가 오기가 힘들다. 그러나 분명한 것은 나는 국가를 전복시키고 싶지도 않고 혁명으로 새로운 국가를 건설할 생각도 없다. 다만 현재의 국가가 나아감에 있어 올바르게 평등의 원칙을 세우고 그것을 지켜 나가길 바란다. 한 국가의 소속된 투표권을 가지고 납세의 의무를 가지고 있는 나로서는 그저 지켜보면서 기다릴 수만은 없다. 만약에 앞으로도 계속해서 현실적으로 불평등이 만연한 국가라면 국적을 버리고 무국적으로 살아갈 수밖에 없다. 인간이 자유로울 수 있는 조건은 별다른 수가 없다. 평등하면 된다. 기회의 평등이 우선되고 인간이 인간을 평등하게 보는 시각이 우세하다면 얼마나 좋겠는가.

국가의 존재

사랑의 눈물 Tear of love acrylic on canvas 53x45.5cm 2023

국가가 존재하지 않고 각 국가를 대신하는 연합 형태가 시작된다면 어떨까? 국가라는 이름하에서 벌어지는 종교적 정치적 전쟁과 보이지 않는 경제 전쟁이 사라지게 할 수는 없을까? 지구라는 이름하에서 평화로운 하나의 정부만이 존재할 수는 없는 것일까? 정부라는 말도 곧 국가라는 것과 맞물려 있는데 좋은 용어로 쓰일 만한 것은 없는지 생각해 본다.

오늘은 3·1절이다. 잃어버린 국가를 되찾기 위해서 온몸으로 저항하고 싸운 날이기도 하다. 선조들은 무엇을 위해 싸우고 노력을 멈추지 않았을까? 대다수의 국민(황국신민)은 무관심과 현실에 대한 체념으로 일관했을 때가 아닌가? 독립투사들이 현재를 살아가고 있다면 보다 큰 뜻을 가지고 남북한의 문제를 해결하려고 하고 나아가 민족만을 생각하는 이기심을 버리고 전 세계의 정치 경제 사회의 다양성을 고려하면서 세계의 독립을 외치지는 않을까?

문화의 장벽을 뛰어넘어 세계인의 한 구성원으로서 당당하게 살아가기를 원하고 있지는 않을까? 자본주의 사회주의의 그 뜻을 몰라도 다 같이 잘 먹고 잘 교육받고 잘 자고 꿈을 이루어 나가기를 바라는 것은 아닐까? 나는 국가라는 개념이 사라지는 날이 오기를 개인적으로 희망한다.

나는 종교적인 이유로 사람을 죽이고 벌하고 가두는 것을 반대한다. 나는 정치적인 이유로 고문하고 억압하고 핍박하는 것을 반대한다. 나는 경제적인 이유로 인간을 자유를 구속하거나 복지를 소홀히 하는가에 반대한다. 나는 문화적인 이유로 인간과 인간과의 연결을 끊어 버리는 교육에 반대한다. 국가를 구성하는 요소들이 무엇인지를 바라볼 때 국민과 정치 사회 경제 문화가 그 구성 요소들 이라면, 자국민들만을 생각하고 민족만을 생각하는 이기심은 어떤 중요한 구성 요소인지를 생각해 보아야 한다. 개인적으로 나는 총성 없는 올림픽도 총성 울리는 전쟁도 함께 싫다.

그가
눈물을 흘리다

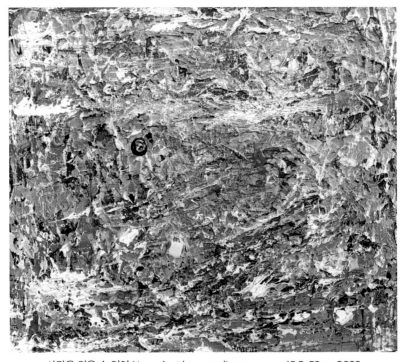

사랑을 잃을 순 없어 Never lost love acrylic on canvas 45.5x53cm 2023

장의 밤은 화려했다 시끌벅적한 시내 중심가에 있는 그의 집에는 피아
노 한 대와 침대 하나 그리고 두터운 이불이 전부였지만 언제나 밖을 쏘
다니는 그의 일상에서 낮의 활기는 온데 간데 없고 끈적거리는 밤의 네
온만이 그를 숨 쉬게 할 뿐이었다.

10년간의 공백은 그를 주목하던 팬들로부터 멀어지게는 충분한 시간이었으며 더 이상 그를 기대하는 이는 아무도 없었다. 오로지 마약에만 빠져들어서 폐인이 되어가는 쟝 피에르 그의 공간에 멜라니가 등장한 것이다. 숨이 가쁜 기침소리가 울리던 그의 내부에서의 변화는 상상외로 컸었다. 멜라니에 대한 사랑은 그녀에게 자신의 연주를 들려주고 싶은 욕구를 불러내었고 실제로 피아노 앞에 앉아서 건반을 두들이기도 했다

하지만 지난 시절의 공백과 로즈에 대한 사랑이 그의 손가락을 마비시켰기에 원하는 대로 연주가 되지 않았다. 새로운 사랑 앞에서 보여주고 싶고 들려주고 싶은 음악을 제대로 연주하지 못하는 그 자신이 미웠다 어떻게 하면 될 것인가? 고민이 그를 다시금 거리로 내몰았다. "그래 멜라니를 만나러 가자" 그녀의 따뜻한 온기만이 그에게는 유일한 희망이었기에 그녀를 찾으러 나섰다. 그녀가 자주 가는 카페테리아로 가서는 그녀를 기다렸다. 그렇게 기다린지 한 시간쯤 되었을까 멀리서 멜라니가 보였다 그러자 쟝은 이유 없이 눈물을 흘렸다.

2008. 12. 21 등작 燈酌 DUNGZAK

그림

금속 인간 Human being of metal acrylic on canvas 72.7x60.6cm 2023

나에게 있어서 그림은 어떤 의미를 가지고 있을까? 화가라는 직업을 가지고 있으면서도 나태한 생각으로 접근하고 있는 것은 아닐까? 세상을 놀라게 할 만한 그림을 그리고 싶은 걸까?

몇 년 전 우연히 만난 조각가가 나에게 "당신은 피카소처럼 될 거야"라는 말을 했지만 현재로서는 작업량에서 의식면에서 한참 뒤떨어져 있다는 것이 나의 생각이다. 경쟁자를 마음대로 생각할 수 있다면 나의 경쟁자는 나의 내면과 나의 철학이 빚어내는 현재의 나이다. 무수히 많은 예술가가 존재했었고 그중 소수만이 살아남아서 빛을 보고 있는 것을 보노라면 경쟁이 치열한 예술의 세계가 나에게 딱 들어맞는 직업인지도 모르겠다.

어느 순간부터는 도전의식이라는 것이 사라져서 밋밋한 화면을 고집하는 노인이 될까 싶은 염려도 있기는 하다. 세상에 보탬이 되는 예술을 하고 싶다. 어떻게 하면 최상의 화면으로 최선의 색깔로 내용과 형식이 뛰어난 작품을 만들 수 있을까? 머릿속에는 많은 양의 생각이 들어있고 새로운 착상들이 존재하고 있다. 다만 노력하지 않는 게으른 천재는 인정받기 힘들다는 것이 확실하다 얼마만큼 오래 그림을 그리는가는 중요하지만 반대로 중요하지 않다.

마음껏 뛰어놀 수 있는 환경이 필요한데 앞으로 내가 어떻게 행동하고 결정을 내리는가에 따라서 변화될 것을 믿는다. 사람들에게 인정받고 싶은 욕구만이 꿈틀대고 실제로 인정을 받았다고 해도 원초적인 예술 안에서의 갈증과 갈등은 끝을 나타내지 않을 것이다. 좀 더 나은, 좀 더 높이, 좀 더 넓게 바라고 바라는 그림으로의 여행. 어려움 속에서 훌륭하게 인생을 살아왔고 역경을 이겨내고 잊히지 않을 작품을 만들었던 대가들의 삶에서 배워야 하는 것은 무엇일까? 지치지 않는 열정으로 어려운 현실을 이겨냈던 예술가들의 인생에 박수를 보낸다. 살아온 날보다 살아갈 날이 많을지도 모를 나의 긴장감 없는 무게의 가벼운 예술철학과 작품들에게 고맙다는 인사를 전하고 싶다. 10년 20년 그리고 100년 뒤에도 살아남을 예술을 위해서 인생을 모두 걸고 모험을 해 볼까 싶다. 어떤 미래가 나를 맞이하고 있을지 모르지만 확실한 것은 내가 한 만큼 작품의 완성도가 결정되고 인간의 지지를 받을 것이다.

그림과 그림값

눈물의 색 Colour of tears acrylic on canvas 60.6x72.7cm 2023

그림의 가격은 작가가 정하는 것도 있지만, 작품을 사는 사람의 형편에 맞추어서 판매하는 방법도 있다. 2003년도에 홍대 앞 놀이터에서 작업할 때 무료로 그림을 나누어 준 적도 있고, 밥과 바꿀 때도 있었고, 미술재료와 그림을 바꿀 때도 있었다. 그림 가격이 어떻게 형성이 되고 어떤 방법으로 판매가 되는지를 알고 있었으나 나의 방식대로 그림을 유통

시켰다. 현재 그림을 그리면 그 가격은 작가가 스스로 만드는 것이 아니라 갤러리나 화랑을 통해서 판매하는 것이 보다 투명하게 그림 값을 정할 수도 있다고 생각한다. 작가의 인지도나 유명세로 작품을 투기 목적으로 산다면 작품을 만드는 작가가 더 이상 창의적인 작품을 만들어 내지 못할 때는 시장의 값어치가 사라진다.

그림은 자신이 보고 좋아서 사는 것이 좋다. 자신의 마음에 들고 자신의 형편에 알맞은 작품을 사는 길도 좋다고 생각한다. 현재 젊은 작가의 작품이 거품이 있어서 과대하게 비싼 경우도 있고, 저렴하게 살 수도 있는 작품이 있기도 하다. 작가는 작품의 가격을 생각하지만, 정말로 자신의 작품을 사랑하고 좋아하는 사람이 성의껏 내놓는 돈을 액수에 상관없이 기꺼이 받을 준비가 되어 있어야 한다. 만약에 한 달에 100만 원을 버는 사람 기준에서 작품의 가격이 500만 원 1,000만 원 하는 경우에는 엄두도 내지 못한다. 그러나 작품을 파는 작가와 마음이 통한다면 자신의 형편에 맞게 작품을 살 수도 있는 것이다.

작가는 작품을 판매해서 먹고살지만 대부분의 작가는 직업을 따로 두고 작품을 만드는 경우가 많다. 작가가 젊을 때는 자신의 작품을 좋아하는 사람들에게 많이 나누어 줘도 괜찮다고 생각한다. 물물교환을 하기도 하고 작품을 사는 사람이 성의껏 마련한 금액을 받는 것도 좋다. 나이가 들어 가고 작품을 판매할 때 갤러리와 화랑을 통해서 판매를 시작하면 그냥 주고 싶은 생각도 하지 못하게 된다. 작품의 가격대가 형성이 되면 그것을 지켜야 하는 것이다. 그러니 작품 가격이 형성되지 않았을 때 마음 편안하게 작품을 무료로 나누어 주고 선물하기도 하는 경우가 있다는 건 좋다고 생각한다. 물론 작품을 산 사람이나 소장하고 있는 사람들이 자신이 가지고 있는 작품에 자부심을 가지도록 노력하고 노력해서 좋은 작품을 만들어 내는 것이 중요하다.

평생을 작업하려고 생각하고 있는 사람이라면 내가 이야기하는 방향이 아니더라도 어떠한 방법으로든 자신의 작품을 사람들에게 알리고 그림을 유통할 것이다. 간혹 가다가 자신의 작품을 그냥 준다고 해서 그 작품이 형편없다고 생각하는 사람을 만날 때가 있는데, 그 사람은 인성이 좋지 못하거나 작가의 의도를 제대로 알지 못하는 사람이니 신경을 쓰지 말아야 한다.

작가에게 정신적으로 상처를 주는 일들이 생겨도 자신의 길을 계속해서 나아가면 그런 사람들은 진작에 작가를 알아보지 못하고 함부로 대했던 것을 후회할 날이 올 것이다. 특히 미술 관련 일을 하는 사람일 경우, 작가가 유명해지고 탄탄한 작품의 세계를 가지고 있는 상태라면 더더욱 후회를 할 것이다. 작가는 한번 경험한 것을 잘 잊지 않는다. 어떤 사람이 어떻게 행동했고 나에게 어떤 영향을 미쳤는지 세세하게 기억을 하는 경우가 있다. 나 같은 경우에는 대부분의 작품을 가지고 있는 사람들이 어떻게 행위하고 어떤 마음을 가지고 나의 작품을 소장했는지 기억하고 있다. 작가는 사람들이 자신의 작품을 많이 소장하고 아끼며 봐 주길 원한다. 나는 그렇다.

그림과 절망이
친구가 될 수 있을까

미소 Smile acrylic on canvas 53x45.5cm 2023

5년 전부터 그림 그리는 게 즐겁지가 않았다. 몰입하는 정도가 다르다. 하루에 10점씩 그리던 때가 생각난다. 그때는 무슨 생각으로 그렇게 열심히 그렸을까? 한 달 동안 그려서 첫 개인전을 했던 때가 10년 전이다. 벌써 10년이라는 시간이 흘렀구나……. 5년 전에는 하루에 3점씩 그려서 한 달 남짓 동안 108점을 그렸던 기억이 난다. 미묘한 차이(Nuance)의 시작이었다. 그때는 색의 변화 형태의 변화를 꼼꼼하게 계산해서 그렸었다. 지금은 형태감도 무디어졌고, 색감도 퇴색되었고, 장식성도 사라지고 없다는 생각이 든다.

밥을 먹지 않아도 필요할 때는 꼬박꼬박 그림을 그렸던 시절이 왜 생각이 날까? 반성해야 하는 요즘인가 보다. 내 그림을 가지고 있는 사람들은 지금 무엇을 하며 '어떻게 지낼까'라는 궁금증이 드는 밤이다. 많이 그리는 것이 좋다고 할 수는 없지만, 능력이 되는데 게을러지는 것은 참기 힘들다.

여건이 되지 않아도 그림을 마음껏 그렸을 때를 생각해야 한다. 하루에 한 점이라도 그릴 수 있는 생활을 해야 하지만 다른 일을 병행하는 지금으로서는 불가능하다. 한 점을 그리기 위해 석 달 동안 계속해서 그린 적도 있다. 천천히 그리면서 색을 연구했을 때가 그때이다. 새로운 그림을 그리고 싶지만 완전하게 다른 그림을 그리기 전에 완성을 해야 하는 미묘한 차이를 끈기를 가지고 시작해서 마무리를 지어야 한다. 시리즈로 연작이 되는 상황은 내가 만든 것이기에 책임을 져야 한다. 점점 열정이 사라지는 것이 두렵기도 한 것인지……. 4년 동안 삶의 굴곡이 크게 있어 왔다. 고통스럽지만 극복을 잘 해 온 것 같기도 하다. 그림을 처음 그려야겠다고 마음을 먹은 것이 벌써 18년이 되어 간다. 그동안 해 온 것이 없다고 할 수도 있다. 앞으로 18년 동안 그림을 더 그린다면 어떤 그림을 그려야 하는지에 대해서 고민하고 힘들어해야 한다. 절망이 친구가 될 수 있을까?

그림은 그리움

믿는 자 Believer acrylic on canvas 72.7 x72.7cm 2024

그림을 그릴 때 초조하고 열이 들뜬 상태가 될 때가 있다. 무엇인가를 표현하는 직업이라는 것이 마냥 좋은 것만은 아닌 듯하다. 스스로를 기만하기도 하고 못난 부분까지 서슴없이 드러내고 작업을 이끌어 나갈 때

나의 정신은 조금씩 망가지고 있었던 것이다. 앞뒤를 재지 않고 막무가내로 앞으로만 나아갈 때 육신과 정신의 일탈이 찾아왔고, 한번 다친 기억의 조각들은 슬픔으로 남아 있었던 것이다. 그 슬픔들이 모여져서 광인의 길을 마련했고, 세상과는 담을 쌓은 시간을 가지게 되었던 것은 아닐까?

완전한 새로움이란 존재하지 않는 것이라는 글을 읽어 보았다. 옳은 지적이다. 어렸을 때부터 해 왔던 행위가 차곡차곡 모여서 세상을 보는 시각을 만들었고, 색채를 다루는 방법 또한 익숙한 연습에서부터 길러진 것이라 보았을 때 온전한 새로운 창작이라는 것이 불가능할지도 모르겠다. 그러나 불가능하다고 새로운 창작물에 대한 열정이 꺾이는 것은 아니다. 오히려 가능하지 않다는 것에 매료가 되어서 더욱 분발하게 되는 힘이 되는 것인지도 모르겠다. 글을 쓰는 행위, 그림을 그리는 행위, 음악을 만들어 내는 행위, 사진을 만들어 내는 행위, 영상을 찍어 내는 행위, 내가 해 보았던 행위들이 종합적으로 하나의 예술이라는 테두리 안에서 그 생명력을 잃지 않고 힘을 내어 가기를 바라고 바라 본다.

그림은 그리움에서 나왔다는 글을 읽었을 때 가슴이 왜 이리 찡해진 것일까? 그리움에 한 점의 그림을 그리고 또 그리고 반복해서 그리는 그림들 사이에 내가 존재함을 서명하면서 마침표를 찍고, 원점으로 돌아가서 새로운 평면화를 공간감과 색채감 이야기를 집어넣고, 그러는 사이 외로움은 커져만 가고, 헛헛한 쓰라림은 붓을 들지 못하게 한다. 하루 24시간 모두 창작으로 쓰고 싶은 생각은 간절하나 현실은 따로 놀고 있고, 쌓아 온 부끄러움만 그 깊이를 더하는구나. 어떤 그림을 그릴까. 그러한 질문을 많이 하는 요즘, 일단은 그려 보면 알 수 있는 것과 그리는 행위 안에서 충분한 보상이 이루어진다는 것을 말하면 누가 믿을까? 현실과는 유리되어진 삶이라고 해도 내가 행복할 수 있는 것이 창작을 한다는 것, 그것뿐이라는 것에 그 누가 이의를 달 것인가? 참으로 조용하고 힘겹게 보내는 시절이 바로 지금일까, 아니면 과거였을까? 미래에 있을 일일까? 좋은 작품으로 그리움을 승화시켜 사랑으로 바꾸고 싶다. 사랑, 그 아름다운 이름이여.

꿈

승냥이가 산속에 산다
이웃 하나 없이 산다
외로운 먹잇감 찾아 산다
승냥이는 색맹이다
온통 세상은 뽀얀 색으로 막이 둘러져 있다

고향이 이북인 승냥이는 이름 모를 산맥을 넘어서 왔다
외로움이 밀려드는 창자가 빈속인 걸 알고는
사냥을 떠나 본다 어딘가에 토끼라도 다람쥐라도 있으면
좋으련만 요즘엔 대다수의 짐승들이 도로에서 비명횡사하니
도무지 먹을 만한 것이 없다
꺄르룽꺄르룽 울부짖어 보지만 돌아오는 것이라고는
배고픈 늑대의 울음소리에 겹쳐진 조롱뿐
다시 탈출을 해야 한다 어디로?

온 세상을 돌아다니기를 꿈꾸던 승냥이의 애칭은
아롱이이다 생존하기에는 척박한 산속에서
어쩌다 한 번씩 보이는 인간들의 마을에 내려가
먹이를 구할까 생각해 보지만 그것은 자존감에

상처가 되기에 온전한 야생을 꿈꾸면서
오늘도 파란색 가을 하늘을 초록빛깔로 인식하는
승냥이의 이름은 무적1호 아롱이이다.

꿈의 영역

바르샤바의 숲 Forest of Warsaw acrylic on canvas 53x45.5cm 2024

　오른쪽 두뇌가 심하게 '꽈당' 하고 소리를 내지른다. 감성을 조절하는 부위가 주체할 수 없는 심장의 고동 소리에 반응하여 맥박을 뛰게 하고, 순간의 쾌락에 몸을 휘어 재낀다. 왼쪽 두뇌의 지성은 자꾸만 어두운 골목길을 향해 정체 모를 그림자에 맞서고, 두근거리는 피의 혈중 농도를 높여 간다.

어린 돼지 한 마리가 감기에 걸려 콜록 하는 순간 세상의 축이 뒤흔들리는 상상에 겁을 먹은 사람들이 검은 마스크를 착용하고 동굴로 들어간다. 지구를 향해 달려오는 행성을 향해 권총을 난사하던 사람의 총구가 옆집 사는 이웃을 맞추고, 북아프리카에서 춤을 추던 원주민들이 결사 항쟁으로 흰빛깔 천을 머리에 감싸고는 우주를 향해 왼발, 오른발 리듬을 맞춰서 흔들흔들거린다.

순간, 파리에 살던 노인이 카메라를 들고 피사체를 향해 부드러운 시선으로 찰칵찰칵 소리 낸다. '네 이웃을 내 몸같이 사랑하라'라는 가르침을 주신 예수님의 미소가 도쿄 시부야에서 기타 치며 노래 부르던 한 아가씨의 분홍빛 치마에 살며시 닿는다. 등불이 흘러내려 야심한 밤의 물결 위에서 잠을 잘 때 부처님의 탈로 위장한 준엄한 결단이 한 사람을 살인자로 내몬다. 비가 내리는 알람브라궁전에 피어 있던 노란 야생초가 꾸벅꾸벅 잠을 잘 때, 서울역에서 노숙하던 이의 취기 어린 한숨 소리가 한 방울의 눈물이 되어 벽돌로 둘러싸인 청계천 냇가에 흐른다. 사그락사그락 바람 소리가 울려 퍼지는 숲속에서 꿍쾅꿍쾅 땀 흘리며 뛰어노는 곰 두 마리가 파랑새가 날아가는 것을 얼핏 보고는 소원을 빈다. 한반도에서 이름 없이 죽어 간 독립투사들의 영혼이 친일파의 높다란 집 담장을 타고 측은지심의 마음으로 나뭇가지마다 걸린 욕망과 욕정의 비린내를 향기롭게 한다. 그때, 말 없는 자들을 발로 차던 출입국 사무소의 문이 덜컹거리며 끼익끼익.

나는 빨갱이다

대한민국에서 '내가 빨갱이다'라고 인정하면 곧 '감옥에 가겠다'라는 것과 동일합니다. 국정원에 전화해서 내가 불온서적이라 규정된 책을 읽고 또한 마음 깊이 조선민주주의인민공화국의 공산주의에 감화되어 그 체제를 위해서 한평생 살겠다고 하면 빨갱이가 됩니다. 인간 하나를 사회적으로 매장하기에는 쉽습니다. 민주주의든 공산주의든 사회주의든 공부하고, 토론하고, 상상해 볼 수 있습니다.

그러나 대한민국은 민주주의 체제를 가지고 있다는 미명하에 공산주의에 대한 토론이나 사회주의에 대한 토론이 불가능합니다. 물론 밀실에서는 가능할지 모르나 광장에서 공개적으로 나는 빨갱이라고 이야기할 수 없으며, 빨갱이가 무엇이 잘못되었는가에 대한 논리적이고 합리적인 이야기를 들을 기회도 없습니다. 사상적으로 불온한 사람이라는 이야기는 민주주의에서 나올 수가 없습니다 이미 시대는 변해서 공산주의도, 사회주의도, 민주주의도 완전한 것이 아님을 많은 사람들이 알고 있습니다. 체게바라가, 빅토르 하라가, 아옌데가, 호치민이 혁명의 시대를 살았다는 것을 아는 사람이 많을지 몰라도, 그들이 무엇을 위해서 자신을 희생했는지에 대해서는 침묵하고 있습니다.

인간이 인간답게 살 권리를 어느 체제 안에 가두는 행위는 절대적으로 하나님이 말씀하시는 자유와는 다른 반역 행위입니다. 반역죄가 가장 무섭고 반역죄에 모든 걸 잃기에 반역죄가 가장 무겁고 무섭습니다. 무엇에 반역하는가 에 대해서 각자가 생각해 보길 바랍니다. 자신이 빨갱이인지, 노랭이인지, 파랭이인지, 색깔 논쟁은 피하고 진실로 살고 싶은 나라가 어떤 나라인지 생각해야 합니다.

저는 대통령 이하 공무원들이 국민을 위해 봉사하고, 의식주 걱정 없이 최소한 초·중·고 급식 무료, 초·중·고·대학생 교육비 무료, 임대 주택이 많이 늘어서 주거지 걱정 없이 살기를 원합니다. 거기에 의료비를 국가가 부담하기를 원합니다. 그 모든 건 국민 개개인의 소득에 따라 세금을 내는 것에서부터 시작되어야 합니다. 저는 어느 정도 나이가 더 들고 작품 가격이 형성되면 제 작품 판매 비용의 절반을 세금으로 낼 생각입니다. '나는 빨갱이다'라고 외칠 수 있다면 좋겠습니다. 6·25 전쟁을 겪은 어르신들의 인식에 자리 잡은 빨갱이가 아니라, 진정 인간을 이해하고 인간을 그리는 빨갱이 화가가 되고 싶습니다.

2011. 09. 08. 0. 27 등작 燈酌 Dungzak

나를 표절한다

그림을 그릴 때, 글을 쓸 때, 나는 나를 표절한다. 내 삶의 모습들을 표절하고 그날의 긴장감, 온순함, 밝음, 어두움, 기쁨, 슬픔, 절망, 환희를 표절한다. 내가 나를 표절하는 것은 범죄의 행위가 아니지만, 물론 표절이 창작의 한 방법이라면 범죄가 아니라고 해도 양심에 비추어 볼 때 표절은 영혼을 갉는다. 더 이상의 나아감이 없을 때, 아니면 무기력할 때 표현하는 방법으로서의 표절은 아름다움을 그려 내지 못한다.

무서운 표정의 그림에서는, 또 모가 난 글에서는 편안함이 사라지고 진실함이 극대화되어서 거짓말을 행하고 있다. 선 하나, 색채 하나, 문장 하나, 단어 하나가 이미 생각해 왔던 것이고 실행에서 옮겼던 것이라면 별수 없이 표절의 길로 가게 되어 있다. 직관적인 감각을 사용해서 그림을 그려 보아도 이미 나왔었던 표현이라면 죽음에 가까운 신음을 흘리며 괴로움에 몸을 담그고 있는 것이다. 차라리 타인의 것을 표절한다면 좋겠다. 타인의 것은 타인의 것으로 만족스럽다. 그들의 것은 그들의 것으로 공부를 통해서 이미 알고 있기에 한두 번의 공감으로도 충분하다.

하지만 자신 안에 있는 것을 창의성으로 표현하지 못하고 표절로 점철이 된다면 어찌나 안타깝고 슬픈지 그 누구도 짐작을 할 수 없을 것이다. 자신이 자신을 표절하는 행위는 창조적인 길을 나아가기 위해서 필요한 것일지도 모른다. 그렇다 하더라도 진실로 가슴이 아프고, 무기력한 중세에 자신을 맡기게 된다. 여태까지 얼마만큼 잘해 왔는지가 중요하지 않다. 앞으로 어떻게 해 나갈지가 중요한 것이다.

표절은 표현의 한 방법일 수도 있다. 다만 그 표현이 날카롭고 예민하게 자신을 속인다는 것을 알고 있다면 쉽게 판단하고 쉽게 행동하지 못하리라. 한 인간이 꿈을 가지고 자신의 삶을 살아갈 때 필요한 자존감은 세상의 찌들고 볼품없는 욕망의 그늘에서 비치는 허약한 형상을 마주 보아야 할 때, 그때에 참으로 곤욕스럽다. 이미 알고 있는 것을 말하는 것도 힘들고, 이미 알고 있는 것을 심으려고 노력하는 것도 보기가 안쓰럽고, 미래를 짐작할 수 없는 것을 모두가 알면서 말을 건네는 것이 불편한 진실이다.

스스럼없이 대화를 나누고 높낮이 없이 이야기를 하는 것은 정말 필요하다. 이야기의 중심은 '내가 나를 표절한다'일 뿐, 그 이상도 그 이하도 아니다. 삶을 살아가면서 느끼는 진정한 힘은 천천히 아주 느긋하게 다가오다가도 순식간에 그 자신을 삼킨다. 무엇이 올바르고 무엇이 그른지를 판단하기에 본인만이 알 뿐, 타인은 알지 못한다. 인간이기에 느끼는 감정의 소용돌이는 누구에게나 열려 있지만 각자가 느끼는 바가 다른 것이다.

어느 날부터 내가 나를 표절하는 행위의 근간에 있는 미래에 대한 약속을 이제는 취소해야 하지 않을까 한다. 영악한 인간들의 기억에는 표절은 늘 새로움을 창조한다. 조금은 다르고 조금은 색다른 쾌락, 그것에 목숨을 걸고 자신을 내맡기는 일은 더 이상 나의 흥미를 끌지 못한다. 5년이라는 시간 동안 표절을 해 왔다. 그 5년의 시간은 정말로 짧은 순간이었고, 자신을 알릴 수 있는 절호의 기회였다. 하지만 나는 그만두었다. 앞으로의 5년이 남아 있고, 앞으로의 50년, 앞으로의 500년, 앞으로의 5만 년이 남아 있는 것이다.

인간의 시간이 아무리 뛰어나 보았자 별의 시간에 미치지 못한다. 어느 빛나는 별에 가기 위한 시간에도 모자란 인류의 역사. 인류의 역사에서 아무리 뛰어난 그림과 글이라고 해도 별빛의 역사에는 부족함이 있는 것이다. 우주인이 보아서 좋은 작품을 만들 수도 있지만, 우주인의 정신에 가까운 작품을 만들 수도 있지만, 진정 중요한 것은 '인간의 역사에서 인간으로 사는가'이다. 인간이기에 인간으로 남겠다는 의지는 신도 어쩌질 못한다. 그러기에 인간으로서 창작을 해 나가길 바란다. 자기 표절이 아니라 자기 창조로서의 작업을 이루길 간절하게 바란다.

나의 선배
고흐와 피카소

옛날 옛적에 Once Upon a Time 01234567890.1 acrylic on canvas 60.6 x72.7cm 2023

이미 세상에는 살아 있지 않지만 나의 선배로서 좋아하는 두 사람이다. 반 고흐는 그 색채가 좋다. 그와 똑같은 기인 환각을 가지고 있는 나로서는 조증에 깊이 빠져서 절망을 한 시절을 보내어 봤으니 고흐 선배의 마음을 좀 더 깊이 이해할 수 있다. 비록 태어난 나라나 환경이 달랐지만, 내가 좋아하는 고흐의 정신세계 그리고 작품들 그림을 그리는 나에게 많은 도움을 준다. 물론 그와 똑같은 삶을 살지는 않겠지만 다행히도 나를 사랑해 주는 사람이 있고, 나의 작품을 사랑해 주는 사람들이 있어서 얼마나 기쁜지. 야외에서 그림을 그리고 매일같이 작업을 하던 그의 삶을 본받아서 나 또한 죽을 때까지 노력하리라.

　나의 선배 피카소. 나는 피카소의 형태를 좋아한다. 그의 형태는 어린 아이의 선이 있고 성숙한 어른의 선이 동시에 있다. 많은 그림을 그려서 이루어 낸 노력의 결과를 나는 좋아한다. 피카소의 삶에서 여성들과의 사랑은 본받고 싶지 않지만, 나는 한 여성만을 사랑하고 싶다. 피카소의 매일같이 작업을 한 그의 열정에 박수를 보낸다.

나의 외국인 친구들

나는 대한민국에서 많은 외국인들을 만났다. 그들과 이야기하고 공감하고 나의 그림들을 주었다. 현재 그들은 외교관도 있고 자신의 정부에서 공무 생활을 하는 친구들도 있다.

한편으론 부모님의 유산으로 지내는 친구도 있는 반면, 부모님의 재력과 권력을 뒤로하고 자신의 힘으로 지내는 친구들도 있다. 무숙자 생활을 하는 친구들도 있고 교수 생활을 하는 친구들도 있다. 기업을 가진 친구들도 있고, 돈 한 푼 없이 지내는 친구들도 있다.

나는 원체 연락을 잘하지 않는다. 이미 오래전 그들의 연락처를 지웠다. 나의 오래된 친구인 호세와 모라드는 스페인과 프랑스 국적을 가지고 있지만 정말 기억에 남는다. 그리고 베트남의 호치민의 조카가 기억에 남는다. 어찌 이루 말할 수 있을까? 나의 친구들은 한 번 만나기도 하고 몇 년에 걸쳐 만나기도 했지만, 그들의 공통점은 나의 그림을 가지고 있고 나와 마음을 나누어 가졌다는 데 있다. 내가 만든 Dungzak Nuance Company에 언젠가는 그들의 도움이 쓰일 데가 있을 것이다. 인간은 동일하다. 내국인이든 외국인이든 마음을 통하고 함께 현재를 살아가는 존재로 친구들은 나에게 큰 도움과 위안을 준다.

내 귀에 도청 장치

어느 한순간 누군가에게 감시를 당하고 있다는 생각이 들 때가 있다. 서울에 있을 때 병세가 악화되어 세상의 진실이 무엇인지를 알 수도 없을 만큼 되었을 때, '보이는 사람들이 모두가 나를 보호라는 이름하에 가두고 있다'란 느낌이 들고, 실제로 그렇게 행해지고 있다는 감정이 들었을 때 지상에서 나는 미아가 된 기분이었다. 어떤 것이 진실인지는 모르겠지만 인생은 한 편의 소설도 아니고, 드라마도 아니다. 실제로 행해진 그대로 작용하기도 하고, 뜻하지 않은 인연들로 나의 삶이 지탱되기도 하고, 살아가게 되기도 한다.

나는 누군가를 진심으로 미워하고 공격을 했던 사람이 아니다. 그러나 세상에서 유리되어진 나를 발견했을 때 '진정한 공모가 무엇인지 똑똑히 보여 주겠다'란 마음이 들었을 때도 있다. 가만히 시키는 대로 교육하는 대로 멈추어 있었다면 지금의 고민들은 없었을 것이다. 다른 사람들이 모두가 편안하게 행하고, 이해하고 마주 보는 일들이 낯설고 이상하게 보였을 때부터 이미 난 정신이 혼미했을지도 모른다. 그 누구의 지시도 없이 암묵적인 약속으로 나는 사상의 테러를 당했다고 생각할 무렵, 유럽에서 만난 사람들이 생각났다.

각자의 삶에서 무기력하기도 했었던 사람들의 얼굴들이 떠오를 때 즈음 정신은 폭주하기 시작했다. 내가 뜻하지 않아도 세상은 나를 중심으로 움직이며 모든 것들이 나에게 몰려 들어가고 있다고 생각할 때, 올바른 정신이 아니었다. 한 편의 망상 소설이 쓰여지고 시나리오가 실행되어지는 가운데 현명하지 않았지만 명석한 두뇌는 이미 세상의 핵심을 보고 느낀 다음이었다.

나의 병세가 악화되고 있다는 증거들이 나타나고 있는 요즘, 어떻게 하면 완전한 자유인이 되어서 힘차게 세상을 걸어 다닐까 하는 고민이 든다. 나는 그 무엇도 두렵지가 않다. 다만 인간으로 태어나서 인간으로 죽는다는, 인간이라는 존재에 대해서 끊임없이 갈등하고 있으며, 두뇌는 퍼즐을 맞추듯이 사고와 사상, 현실감, 망상, 허구, 진실을 맴돌고 있다. 앞으로 어떤 인물이 될지는 아직 아무도 모른다. 나는 알 수 있다. 다만 무명의 이 순간들이 행복한 것은 아닌지 돌이켜 본다.

세상을 이롭게 하는 인간이 되기 위해서는 어떤 것을 준비하고 해 나가야 하는지, 그 형식과 내용은 이미 몇 해 전에 알게 되었다. 다만 지금 정체되어 있는 것은 내가 준비를 하지 않고 있기도 하지만, 더욱 모멸감과 수치를 느껴야 한다는 신의 계시라고 생각하기도 한다. 평범하게 일상적으로 단순하게 사는 방법은 알지도 못하며, 알 필요성을 아니 느꼈던 게 아닌지 곰곰이 곱씹어 본다. 오히려 삶의 폭을 넓혀 줄 괴로움과 모독을 느꼈기에 가능한 나만의 삶이 존재할 것이다.

국가에 대한 충성심은 없어도, 국가에 대한 믿음은 없어도, 국가에 대한 헌신이 없어도 국가에 대한 사랑은 간직하고 있다. 그렇기에 부끄러운 일들이 많이 있었음에도 여전히 얼굴을 들고 다닐 수가 있는 것이다. 철저하게 반공사상을 가진 이들도 이해하며, 진보라고 불리는 세력들의 고충도 이해를 하며, 보수와 진보의 양면성과 본질이 무엇인지도 안다. 몸으로 직접 느껴 봤기 때문에 아는 것을 이야기하는 것이지 나는 피상적인 사람이 아니다. 피상적이고 추상적인 사람으로 느껴지기를 원할 뿐이다.

개인과 국가가 싸우는 일에서 늘 국가가 이긴다. 과거도 그래 왔고, 현재도 그러하며, 미래도 그러할 것이다. 멈출 수 있는 방법은 개인이 국가를 부정하고 스스로를 국가라고 생각하는 것에 핵심이 있다. 국민 개개인이 국가인데 누가 부당한 사법권을 행사할 것이며, 이상한 입법을 주장할 것이며, 오류가 있는 행정을 논하고 집행할 것인가? 민주경찰은 개인 스스로가 역할을 하면 범죄의 행태들도 그 길을 잃게 될 것이다. 그동안 살아오면서 자신의 영달과 영광을 위해 달려왔다면 이제는 그 족쇄를 풀고 짐을 나누기를 바란다.

2010.03.06.21.04

내가 바라본
한반도의 100년

운명 Fate acrylic on canvas 60.6x72.7cm 2023

100년 전 일제시대가 열린 한반도에서의 상황은 친일파의 득세로 인한 국가 분열이 극심하던 때였다. 국가가 분해되어 일본제국에게 넘어간 시기에서의 백성들은 앞날이 막막했다. 그 후 수탈로 인한 극도의 빈곤이 극에 달할 때 태평양 전쟁이 일어났다. 이미 중국의 태반을 삼킨 일제의 야욕은 끊임이 없었으나 한반도의 독립군들이 활약을 했다는 것을 잊지 말아야 한다. 그 독립군들은 가족도 품에 안지 못하고 이름 없는 산에서 들에서 죽어 갔다. 그때 친일파들은 배가 불러 잔치를 하고 대대손손 잘 먹고 잘살겠다는 부질없는 야망에 불탔다.

일본제국이 연합군에게 진 후에 그 당시 소련과 미국에 의한 한반도 분할이 있었다. 그때에는 공산주의와 자본주의의 대결이 있었고, 이승만 초대 대통령의 남한 정부는 친일파의 세력에 들어가서 대부분의 민족주의자들은 북으로 갈 수밖에 없었다. 김구 선생이 암살된 직후 남과 북은 세력을 달리해서 이미 양분되어 있었다.

소련의 지지를 받는 김일성은 1950년 6월 25일, 미국의 지지를 받는 대한민국으로 전쟁을 일으켰다. 수많은 인명피해가 나고 국토가 초토화된 1953년 7월 27일, 휴전 협정을 맺는다. 그 이후 대한민국에는 군사정권이 들어선다. 친일파였던 박정희의 통치가 시작된 것이다. 그 당시 소련의 원조를 받고 자립을 하려던 조선민주주의인민공화국은 미국의 무역 봉쇄로 인해서 급격하게 살기가 힘들어진다.

대한민국의 군사정권은 박정희 대통령의 암살로 인해서 끝이 나는가 싶었지만, 이후 전두환의 군사정권으로 대물림된다. 1980년 5월 18일 광주에서 시민들을 학살한 전두환 정권은 계속해서 그 세력을 떨치게 된다. 그래도 시민들의 민주주의에 대한 열망이 끊이지 않았던 시기였다. 그리고 조선민주주의인민공화국의 가난은 미국의 무역 봉쇄로 인해서 계속된다.

1993년 김영삼 대통령이 이끄는 정부가 시작되면서 비로소 민주주의의 꽃이 피기 시작했다. 그 꽃이 핀 것은 김대중 대통령이 당선되고서부터였다. 그가 이끌던 정부가 햇볕정책을 진행할 때 남북의 관계는 진전이 있었다. 또한 대한민국에 닥친 IMF 시기를 극복하려고 국민들이 필사적으로 노력한 결과, 일찍 IMF를 벗어날 수 있었다.

노무현 대통령이 당선된 후 학벌이라는 고질병을 극복한 대통령이라는 평가가 있었으나, 그 또한 지역주의 학벌주의 인맥주의를 벗어나지 못한다. 다른 한편 조선민주주의인민공화국은 김정일 국방위원장에게 정권이 이양된 지 한참이 되었지만 경제난을 극복하지 못하고 군사력의 유지에 대부분의 국력이 소모되어 인민들의 삶은 어렵기만 했다.

이명박 대통령이 당선된 후 노무현 전 대통령은 스스로 생을 마감한다. 이에 대한 논란은 역사가 증명할 것이다. 현재 이명박 대통령이 이끄는 정부는 조선민주주의인민공화국에 대해서 한 치의 양보도 없이 실리를 찾으며 인도적인 지원을 극도로 꺼리는 상태이다. 그리고 조선민주주의인민공화국은 3대째 정권을 이양 중이다. 현재 대한민국의 국민은 약 4,977만 명이고, 수도는 서울, 1인당 GDP는 1만 7,074달러이다. 현재 조선민주주의인민공화국의 인민은 약 2,311만 명이고, 수도는 평양, 1인당 GDP는 1,700달러이다.

내가 사랑하는
카페와 술집 문화

예술가들과 예술가들을 좋아하는 사람들이 모여서 작업도 하고 이야기를 나누는 공간이 카페거나 술집이면 좋겠다. 돈이 없는 예술가들을 지원해 주는 카페나 술집 주인들이 예술을 좋아하는 사람들의 돈을 받아서 수입을 얻고 그 돈으로 예술가를 지원해 주는 문화가 있다면 좋겠다. 그러나 그런 문화를 가진 곳은 드물다. 아니, 상상하기 힘들 만큼 없다. 카페에서 시인이 나오고, 화가가 그림을 그려 주고 밥벌이를 하고, 사람들은 그 장면들을 즐기고 느끼며 예술을 사랑하게 되고, 더불어 카페와 술집의 장사도 잘되는 그런 문화가 형성되면 좋겠다.

21세기라고는 하지만 돈이 없으면 술 한 잔, 밥 한 끼 먹기도 힘든 현실에서 예술가들의 상상력은 축소되고, 밥벌이로 예술이 사용되며 이용된다. 예술은 결코 밥벌이의 수단이 될 수 없다. 그렇다고 굶으면서 잘 곳 없이 마냥 헤맬 수도 없다. 충분히 사랑하고 충분히 밥과 술을 먹고 마시며 음악을 듣고 사람들과 만나서 삶을 이루고 좋은 예술을 해 나간다면 어떨까? 인간의 정신성에 충분히 공감하고 보다 나은 정신성을 이루기 위해서 작업을 해 나간다면 얼마나 좋을까? 그런 지원이 되는 곳이 카페이고 술집이라면 얼마나 좋을까?

사람들이 격식 없이 만나고, 자신의 꿈을 이야기하고, 훌륭한 사상을 낳기도 하며, 정신을 이롭게 하는 경험들을 하면서 지내는 그런 공간을 나는 사랑한다. 지금 내가 글을 쓰는 곳도 좋은 술집이다. '오구작작'이라는 술집은 대한민국 서울 이태원동에 위치하고 있다. 주인이 록앤롤을 사랑하고 인간에 대한 이해가 깊다. 이곳에서 술을 마시고 밥을 먹는다. 그리고 글을 쓴다. 이런 곳이 열 군데가 넘고 백 군데가 넘는다면 얼마나 좋을까? 사람들이 다양하게 모이고, 다양한 이야기를 나누고, 자신의 예술에 대해서 이야기를 나눈다면 참 좋겠다. 물론 주인은 돈벌이가 되어야 한다. 그것 또한 중요하다. 그래서 생활이 어려운 예술가를 불러서 사람들과 이야기하는 장소를 제공하고, 술을 주고, 밥을 주며 작업을 이어가게 만드는 그런 공간이 현재 대한민국이든 그 어느 곳이든 내가 말하는 카페나 술집들이 필요하다.

대한민국 미술계의
문제점

작가들은 가난하다. 대부분의 미술 작가들이 돈이 많거나 풍족한 삶을 누리는 것이 아니다. 그러나 그 작가들이 발표를 하고 전시를 할 공간은 한정되어 있다. 거의 모든 갤러리나 미술관들이 한정된 시각으로 작가들을 선택하고, 그들의 작품을 전시하고 이익을 챙긴다.

대학 교수라면 입장이 달라진다. 일단 버는 돈이 안정적이며, 작품을 팔지 않아도 먹고살 수 있다. 하지만 전업 작가들은 작품을 팔아야지 먹고산다. 젊은 나이에 성공을 이루는 작가들도 몇 있으나, 극소수이다. 대부분의 작가들은 다른 직업을 가지고 미술은 또 다른 직업으로 삼는다.

세상을 놀라게 할 만한 작품을 만든다든지 새로운 창작을 하기에는 학연, 지연으로 얽히고설킨 관계들은 새로운 작품을 만들기에 안 좋은 영향을 끼치고, 실제로 습관적인 작품들을 만들게 한다. 작가는 작품으로 이야기하는 사람이지 좋은 대학이나 인맥으로 작품을 이야기하는 사람이 아니다.

하지만 대한민국은 거꾸로 되어 있다. 진정 좋은 작품을 만들고 새로운 작품을 만들어도 발표할 자리가 없고, 시선을 받지 못하면 이내 그

의지는 꺾이기 쉽다. 훗날 세계적인 작가가 되어 참 힘든 시기를 한국에서 보냈다고 회상을 하더라도 그렇게 좋은 생각으로 고국을 보지는 않을 것이다.

일단 유학을 갔다 와서 자리를 잡아서 작품을 만드는 사람들도 너무 많다. 내 생각은 유학을 갔으면 그 나라에서 승부를 해야 한다고 생각한다. 세계를 무대로 작품을 알리고 작업을 해야 한다. 좁아터진 한국의 미술계는 그 무대가 너무나 작다. 실제로 내가 아는 형은 전업 작가로 성공을 했다. 대기업 부장급의 돈을 벌고 돈도 모았다. 하지만 더 커 나가야 할 그의 작품 세계는 한정된 시각으로 현상 유지 이상의 역할을 한국에서 할 수밖에 없다.

그리고 화랑과 소속 작가의 작품 판매 이익 비율은 갤러리가 칠십 퍼센트, 작가가 삼십 퍼센트를 가지는 경우도 흔하다고 알고 있다. 이상적인 관계는 내 생각으로 작가가 칠십 퍼센트, 갤러리가 삼십 퍼센트이다. 나의 경우는 앞으로 작품을 나누어 주는 일도 줄여 나갈 생각이다. 작품을 그냥 준다고 해서 나의 작품이 가치가 없는 것이 아니라, 실제로 내 인생을 걸고 한 작품 한 작품을 만들고 잘 소장하라는 의미로 선물을 주는 것이기에 소장하는 사람이 잘 보관을 못 하거나 그냥 받아서 소중하게 생각하지 않는 경우는 참 안되어 보이는 경우이다. 보통 전업 작가들의 작품 가격은 그림일 경우 호당 10만 원에서 40만 원 정도 한다. 나의 그림 가격은 저렴하게 해서 호당 3만 원이다. 작품의 독창성이나 전시 경력에 비해서 아주 저렴하게 판다.

그럼에도 나는 나의 작품들을 선물로 나누어 주는 걸 자주 한다. 그동안 나누어 준 작품들이 천 점은 될 것이다. 그동안 판 작품들이 천 점은 된다. 이천 점의 작품으로 살아온 것이다. 아직 남아 있는 작품들이 오백 점이 된다. 그 작품들은 팔지 않을 생각이다. 앞으로의 작가 생활이 이제 시작이다. 젊은 작가들은 저렴하게 자신의 작품을 팔고, 소장을 하고 싶은 사람들은 저렴하게 작품을 소장하는 대신 작품을 소중하게 여겨야 한다. 대한민국 미술계의 문제점은 작가 개개인의 의식에도 문제가 있지만, 크게는 돈이 돌고 돌지 않는 현실에도 있으며, 작품들이 생명력을 가지고 순환되지도 않으며, 갤러리들의 방만한 운영과 미술관의 형편없는 전시에도 문제가 있다. 어느 나라나 마찬가지라고 해도 대한민국만큼 미술 작가를 귀하게 여길 줄 모르고 창의성을 말살하는 국가도 드물다고 생각한다.

대한민국의 법

대한민국의 법은 가진 자를 위한 법이다. 합리적이고 법률 해석이란 존재하지 않고, 인간에 대한 예의나 인간적인 법이란 존재하지 않는다. 묵비권은 말 그대로 말을 하지 않을 권리지만 그것은 대한민국에서 곧 자신의 권리를 포기한다는 의미이다. 대한민국에서 좋은 변호사, 즉 배경이 든든하고 인맥이 넓은 변호사들이 판검사들을 상대로 형량을 줄이거나 무죄방면으로 풀려나게 한다. 이건희 삼성 회장의 경우에는 그가 어떠한 선행을 베풀고 어떠한 이익을 국가에 가져다줬다고 해도, 최소한 10년 이상의 징역을 살아야 하는 중범죄를 저질렀음에도 집행유예로 풀어 주고 곧바로 사면을 시키는 대한민국 법은 이미 엉망이다.

절대로 법조인은 얼굴을 들 수가 없다. 군사 정부 때 판검사를 하던 사람들은 모두가 죄인이다. 그러나 그들이 나라를 이끌어 가는 것이 사실이다. 일제시대부터 내려오던 판검사에 대한 예우와 혜택은 해방 이후에도 변함없이 권력을 쥐고 있으며, 국민들을 마음껏 유린한다. 무엇이 올바르고 무엇이 잘못되었는지 헌법만 보면 알 수 있지만 헌법은 법이 아닌 듯 허위 법들이 판을 치고 있다.

가진 자는 유리하게 못 가진 자는 항변조차 할 수 없게 만들어진 대한민국의 법은 무척이나 살벌하고 비인간적이다. 코에 걸면 코걸이. 귀에 걸면 귀걸이가 되는 법은 법으로서의 가치를 상실한다. 물론 훌륭한 법조인들도 많이 계신다. 그러나 그분들은 힘을 제대로 쓰기 힘들고, 묻혀 있다.

『법과 예술』이라는 책이 있다. 감명받은 책이다. '법과 예술이라니 법도 예술과 조화되는구나'라고 느낀 책이다. 인간은 법을 지키고 살 의무와 권리가 있다. 그러나 법이 일방적이고 제대로 된 형식과 내용을 갖추지 못한다면 거부할 권리도 있다.

대한민국의 법은 이미 생명력을 잃었다. 그렇다고 무시하고 법을 기만해서는 올바른 대처가 안 된다. 경험한 바로 현명하고 바르게 오목조목 원리 원칙대로 말하고 행하면서 법을 이해하고 느낀다면 잘못된 법은 과감하게 폐기하고, 형평성을 잃은 법은 재정비해서 가진 자든 못 가진 자든 평등하게 법을 적용하고, 인간적으로 법률을 적용해야 한다. 재판 결정은 한 번이 아니라 두 번을 해야 한다.

범죄자라면 최소한 그 형량의 절반쯤 되었을 때 감옥에서의 생활과 정신 상태 그리고 의지를 보고 다시 한번 재판을 해야 한다. 무작정 형량만 채우게 하고 교도소에서 보내는 것은 잘못되었다. 교도소의 질을 높이고 사회에 복귀했을 때 범죄를 일으켰던 인간이 제대로 적응하고 자신만의 삶을 조화롭게 타인과 어울리며 살 수 있도록 해야 한다. 또한 제대로 된 정신과 의사들이 정기적으로 수감자의 정신성을 감정하고 잘못된 점들을 치료할 수 있도록 해야 한다. 꼭 필요하다. 죄는 미워하되 인간은 미워 말라 사형제는 폐지하고 차라리 종신 제도를 도입해야 한다.

죄가 무겁고 도저히 용서할 수 없는 국민의 정서가 형성된다면 100년, 500년 그리고 1000년까지 형벌을 내려야 한다. 현재의 대한민국은 변화의 물결을 맞이할 자유를 가지고 있고, 그 의지는 국민들에게 달려 있다. 인간을 위한 법을 만들고 죄를 지었으면 정당한 죗값을 받고 형벌이 끝나면 다시 사회에서 살 수 있도록 인간을 인간으로 바라보아야 한다고 나는 생각한다.

도쿄

지구를 걷습니다 Walks the earth acrylic on canvas 60.6x72.7cm 2023

　　나리타 국제공항에 입국할 때 나의 모습은 긴 머리카락과 우락부락하게 난 수염으로 인해서 도시인의 모습과는 다른 자연인의 모습에 가까웠을 것이다. 여느 나라와는 달리 입국의 경위를 물으면서 3개월 방문 비자를 주던 것이 기억에 남는다. 나리타 공항에는 외국에서 온 여성들이 특히 눈에 띄었는데, 나의 직감으론 유흥가나 환락가에서 일을 할 여인들이라는 것을 대번에 알 수 있었다. 그녀들의 표정에는 설렘보다는 긴장감이 감돌았고, 낯선 사람을 따라서 이동을 하는 것에 대한 불안감들이 보였다.

전 세계의 섹스 산업에서 우위를 지키는 도쿄의 위상을 미리 본 것은 아닐까 싶다. 한국에 있을 때 부산역에서 댄서를 하던 러시아인 마리아(나는 '마리아'라는 이름을 가진 여성들과 제법 친분이 있었다. 콜롬비아 태생의 마리아, 브라질 태생의 마리아 등등.)라는 여성이 겹쳐 보였다. 블라디보스토크에서 대학을 다녔고, 돈을 벌러 한국에 입국했다는 그녀……

친구인 호세가 울산대 교수를 하던 시절 교직원용 아파트에 놀러 갔을 때, 전화가 와서 곧 고향으로 떠나는데 만날 수 있냐는 뉘앙스로 물어보던 마리아에게 어떤 이유에서였는지 나는 만날 수 없다고 했던 것이 가슴에 미안함으로 남아 있었다. 그런 회상을 잠시 하다가 나는 시부야로 가는 전철을 타고 요코하마에 산다는 모리모토라는 일본인 부부와 대화를 나누면서 일본인의 마음을 잠시 들여다보았다.

한반도의 역사에 크나큰 획을 그었던 일본이라는 국가의 정체성이 무엇인지, 그 당시 나로서는 막연하게만 느껴졌고 좀 더 자세하게 일본인을 알기 위해서는 직접 그들의 삶에 뛰어 들어가 보아야겠다는 생각을 했었다. 어쨌든 중국 여행을 했었다는 모리모토상은 나에게 스카프를 선물로 주었고, 그것을 받아든 나는 그들의 주소를 물어보았고, 순수히 부부는 나에게 그들의 사는 곳을 적어 주었다. 마음속으로 그들에게 한 번 방문해 보아야겠다는 생각이 스치면서 어느덧 전철이 시부야에 도착을 해서 그들에게 인사를 했다.

역을 나와서 친구인 모라드가 만나자고 했던 충견 하치코상을 찾으려고 했지만, 일본어를 전혀 모르던 나에게 지나가는 사람들에게 영어로 물어보아도 대답은 한결같이 모르겠다는 것이었다. 알 수 없는 장소를 찾는 데에는 어느 정도 익숙한지라 약간의 시간이 흐르고 나서 바로 모라드가 서 있는 장면을 보게 되었다. 몇 달 만의 만남이었지만 무척이나 반가웠고, 그의 근황이나 일본에서의 삶이 어떠한지는 그의 행동만 봐도 짐작할 수 있었다. 도야마라는 곳에 부인과 아들이 살고 있었고, 그는 혼자 도쿄에서 파리에 있을 때와 마찬가지로 알코올에 중독되어 하루하루를 연명해 나가는 것이 눈앞에 펼쳐지는 순간, 참으로 안타깝다는 생각이 나를 힘들게 했다.

한참을 이야기하고 술을 마시면서 그가 3년짜리 비자를 발급받아서 계속해서 도쿄에서 살 거라는 말을 했다. 이 말을 듣고는 '친구의 정서에 이곳이 맞을까'라는 마음도 잠시 그의 서바이벌 정신이나 위기 상황 대처 능력이 뛰어난 걸 알기 때문에 그의 갈 길을 막고 싶은 생각은 전혀 하지 않았다. 암스테르담을 떠날 때 텐트는 숨겨 놓고 와서 그 당시 가을 날씨에 바깥 생활이란 극도로 위험해질 수도 있었다.

모라드는 다음날 부인을 만나러 갔고, 나에게 남아 있던 돈으로 자전거를 구입하고 하라주쿠에 있는 중고숍에서 두꺼운 외투를 사서 생존을 위한 기본적인 것들을 준비했었다. 일본에서는 유럽과는 달리 쉽게 마음을 털어놓고 이야기를 나눌 상대와 존재가 없었다. 번화가에 들어서면 반갑게 인사를 하며 '무엇을 도와드릴까요'라는 의례에 따른 소리들이 싫증을 내기에는 너무도 부드럽고 깍듯했다.

며칠을 쉼 없이 시부야 에비스 신주쿠를 돌아다니며 일본인들의 일상과 퇴근 전의 모습과 퇴근 후의 모습들을 비교해 보았었다. 또한 그들이 자주 하는 말들도 천천히 익히면서 외국에서 온 관광객의 티를 전혀 내지 않았었다. 한 날은 동경예술대학에 가 보고자 신주쿠에서 우에노 공원까지 신나게 자전거로 달려가서는 나만이 아는 비밀 장소를 하나 찾아내었었다. 미술대 안에서 연결된 길 따라 가다 보면 작은 정원에 큰 나무들이 몇 그루 서 있고, 그 안은 사람들의 손길이 전혀 타지 않아서 작업하기도 좋고 편안하게 공상하기에도 좋았다.

그렇게 며칠을 보내다가 우연히 인사하다가 알게 된 유 에비하라(새우 한 마리?!)라는 대학원생과 대화를 나누다가 함께 술을 마시는 친구가 되었었다. 유 에비하라와의 만남은 일본 여성에 대한 일면을 볼 수 있는 계기가 되었다. 일본 유수의 대학에 다니면서 가지는 자존감이나 호기심은 내가 보기에는 아직 덜 익혀진 음식과도 같이 느껴졌으나, 짧은 만남에서 사람에 대한 평가를 내린다는 것은 어설픈 것이고, 그녀와의 대화가 어떤 감흥을 주는 것은 아니었기에 만남이 지속되지는 못했다. 오히려 나의 시선을 끈 것은 도쿄돔 근처 작은 갤러리에서 전시를 하고 있던 미나하라는 여성이었다. 아담한 체구의 그녀는 만화 캐릭터를 가지고 작업을 했었는데 나의 그림이 에너지가 가득하다는 말로 호감을 표현했고, 나 또한 귀여운 이미지의 그녀에게 마음이 끌렸지만 나의 여행은 이제부터 시작이었기에 인사를 나누고 헤어졌다.

나중에 전자 우편으로 자신의 학교 졸업 파티에 초대했지만 갈 수가 없었던 것이 아쉬웠다. 나의 여정은 드디어 자전거로 도쿄를 떠나서 요코하마로 향했었고, 무작정 아무런 사전 정보 없이 도로에 보이는 표지판을 이정표 삼아서 갔었다. 가는 동안에 몇 군데의 대학에 들러서 젊은 이들과 짧은 대화를 나누었었고, 그들의 문화를 슬쩍 보기도 했다.

그렇게 며칠을 둘러 둘러 요코하마에 도착을 했었고, 모리모토 씨의 주소를 찾아서 여러 번 사람들에게 길을 묻고 난 후 드디어 도착을 해서는 벨을 눌리니 모리모토 씨의 부인이 나와서 나의 그림 한 점을 전해 주고는 다시 도쿄로 돌아왔었다. 어느덧 나의 수중에는 한 푼의 돈도 남아 있지 않았고, 생각 끝에 직감적으로 한국인 선교사가 운영하는 교회에 들러서 나의 사정을 이야기하고는 교회에서 생활하면서 목사님이 추천해 주신 신주쿠에 있는 욘사마를 주제로 한 음식점에서 접시를 닦는 일을 했었다. 중간 규모의 교회에는 주말을 제외하고는 아무도 없어서 홀로 야마하 그랜드 피아노를 벗 삼아서 하루하루를 보냈었다.

일을 하면서 만났던 주방 고모(이모라는 말은 흔하니까 고모라고 부르라고 하셨음)님 세 분 중 한 분을 보면서 일본에는 불법 체류로 일하는 한국인들이 많다는 것과 그들의 신분으로 인해서 이동의 자유가 한정되어 있다는 걸 알게 되었다. 한국에도 불법 체류자들이 존재하며, 그들의 생활은 일본에서 생활하는 불법 체류자들보다 훨씬 더 차별을 받으면서 일을 한다는 걸 알고 있었기에 지구상에 국가 간의 장벽과 차별이 없어지길 바라는 마음이 커졌었다. 예를 들어, 미국인 불법 체류자가 이 세상엔 존재하지 않는다는 걸 보면 알 수 있다. 식당에 일을 하면서 끊임없이 밀려드는 일본인 손님들을 보면서 그들이 가지는 한국 문화에 대한 호의를 보았었고, 그 호감이 사라지지 않기를 바라 본다. 그리고 어느 나라에서 든 한국인 유학생들이 고생하며 공부를 하고 있는 것을 보면서 대한민국의 앞날은 그들에 의해서 더욱 풍성해질 거라고 믿는다.

시간은 흘러 3개월이 다 되었고, 나는 어디로 떠날지 결정을 해야 했었다. 그 와중에 파리에서 만난 야마다라는 미술가와 술자리를 하면서 일본 문화에 대해서 이야기를 들었고, 그중 기억에 남는 것은 일본에는 여고생들이 자신들만의 정체성인 섹시함을 버리지 않는다는 것과 나이가 든 일본인들 중에는 사고가 막혀 있는 사람들이 의외로 많다는 것. 젊은 이들은 변화를 바란다는 것이었다. 생각해 보니 여고생의 섹시함이라는 것은 하라주쿠에서 보았던 것 같은데, 의외로 그들만의 문화가 뿌리가 깊다는 걸 느꼈다.

어느덧 떠날 날이 다가오자 나는 큰 그림 한 점을 교회에 기증했고, 일본에서의 마지막은 오사카로 향하는 버스를 타는 걸로 마무리가 되었다. 한국에서 내가 할 일은 별로 없었지만 고향인 부산으로 가는 배를 타면서 나의 타향에서의 시간은 갈무리가 되었다.

등작 燈酌 Dungzak

로베르네 집의 진실

변주곡 Variation acrylic on canvas 60.6x72.7cm 2023

2005년 5월달, 나는 108점의 미묘한 차이라는 그림을 비행기 표와 바꾸어서 파리로 갔다. 처음 파리에 도착하기 전 서울대를 다녔던 동료 작가의 책에서 읽은 로베르네 집이라는 새로운 느낌의 공간을 공감했기에 그곳으로 갔다.

샤를 드골 공항을 거쳐서 지하철로 가서 문을 두드리고, 우선 나는 나의 포트폴리오를 보여 주었다. '머무르고 싶다, 작업을 하고 싶다'고 간단한 영어로 의사를 전달한 후 나의 그림 한 점을 선물로 전달하고 포트폴리오를 보여 줬다. 나의 포트폴리오를 본 사람이 잠시 후 문을 열어 주었다. 상의를 한 결과, 받아들이고 싶다는 의미였다. 리볼리가에 있는 스콰 아틀리에 5층에 나의 작업실이 마련된 것이다. 예술의 다리가 가깝고 국립 예술학교와 샹젤리제를 걸어서 갈 수 있는 곳에 머물 공간이 생긴 것이다. 나는 진정으로 불법 점거를 하는 공간에서의 예술가는 깨어 있는 줄 알았다. 늘 작업으로 고민하고 진정 자유를 원하는 곳으로 쓰여진 책을 보고서는 그런 줄만 알았다.

첫날 잠을 자고 그다음 날부터 그림을 그리기 시작했다. 그 당시 하루에 작은 그림으로 3점을 그리는 것이 일상화되어 있는 나로서는 부지런하게 그림을 그리는 것이 습관이었다. 그림을 그리고 바깥 구경을 나서는 나의 마음은 언제나 자유로운 삶을 꿈꾸고 있었고, 동료가 된 프랑스 작가들도 그런 줄 알았다. 5층에 함께 쓰는 2명의 예술가와는 친하게 지내면서 맥주를 마시든지, 처음 경험하는 하시시를 하면서 이야기를 나누곤 했었다.

며칠이 지나면서 몇몇의 사람들이 나의 포트폴리오와 그림을 보면서 좋아한다는 반응을 보였고, 조금은 신기하다는 투의 알아듣지 못하는 프랑스어로 말을 했다. 나는 자유의 다리, 즉 예술의 다리를 발견했고, 그곳에서 모라드라는 친구를 만나게 되었다. 지금도 연락을 하는 나의 친한 친구. 그의 부인은 일본인이고, 아들이 있는 알제리계 프랑스인이었다. 그는 나에게 어디에서 지내는지 물어보았고, 리볼리가 스콰 예술가들과 함께 지낸다고 이야기했다. 그는 걱정스러운 듯 과연 네가 그곳에서 오래 있을지 모르겠다고 했다.

그 말이 그냥 지나치는 말이라면 좋았겠지만 그 당시 로베르네 집에서 일본인 예술가와 결혼한 한 조각가가 그 공간을 대표하는 행동을 하면서 여러 명의 예술가들이 자신의 집으로 돌아가야 했다. 나도 목격하면서 그들이 왜 열심히 작업을 하는데 쫓겨나는지 모르겠다고 하는 이야기를 들었다. 내가 보기에는 대표를 자임하는 그의 작업은 크게 힘이 없었으며, 그의 부인되는 일본인의 작업은 그 양이 드물었다.

어느 날 인도에서 두 달간 머물기로 한 여성이 로베르네 집에 왔고, 그녀는 이내 나와 친해졌다. 그녀에게 수채화 물감을 선물로 주고 그림을 잘 그리기를 바라는 마음을 가지게 되었다. 그녀는 인도인이지만 영어를 대대로 쓰는 집안의 자손이어서 인도어는 알지 못했다.

내가 머문 지 약 3주가 넘어가자 갑작스럽게 '언제 나가려고 하느냐'라는 압박이 들어왔다. 교묘하게 들어오는 압박은 나의 정신을 혼란스럽게 했다. 그동안 사람들과 잘 지내면서 그림을 그리고 있는 나에게 나가라는 말은 협박의 수준이었다. 자존감에 왜 그러는지 알아보니 작업을 열심히 한다는 것과 사람들과 빨리 친해진다는 것 그리고 처음부터 오랫동안 함께 있고 싶지 않았다는 것이었다.

그들이 이야기했었다. 한국에서 그들에 관한 책이 나오고, 처음으로 한국인이 자신들과 작업실을 쓰면서 작업을 하는 것이라고 말을 했었다.

나는 프랑스의 '똘레랑스'라는 것을 홍세 화씨의 책으로 처음 접했고, 그것을 믿었다. 그러나 가장 밑바닥에서 시작을 한 스콰 예술가들이 나를 쫓아 보낸다는 것이 참으로 웃겼고 안쓰러웠다. 인도에서 온 그 여성 예술가가 왜 네가 나가야 하는지 이해를 하지 못하겠다고 이야기하면서 너무나 안타까워했다. 일본인 부인을 둔 한 남성의 올바르지 못한 시각이 나를 거리로 내몰았다.

나는 자존감에 상처를 입은 채 곧바로 그곳을 나왔다. 친구인 모라드와의 삶이 시작된 것이다. 나의 무대는 그림이 아니라 사람들과의 대화로 옮겨졌고, 그곳이 바로 예술의 다리이다. 지금 생각해 보니 너무나 많은 사람들이 낭만적인 생각만으로 많은 것들을 미화시키고 있다고 생각한다. 그것이 진실이든 진실이 아니든 친구인 모라드가 이야기했다. 스콰 아티스트 중 하나인 한 사람을 어렸을 때부터 보아 왔는데 그가 얼마나 자신에게는 무지하고 얼빠지게 보였나를 이야기했다. 자신과 동일하게 일본인 아내를 두고 있는 그 친구가 참으로 너를 제대로 보지 못한다고 위로하면서 나를 감싸 주었다. 지나간 2005년의 파리에서의 스콰 예술가들과의 생활은 나에게 상처가 되었다. 하지만 지금은 그들도 그들 나름의 이유가 있음을 이해하려고 한다. 그 이유가 하찮은 것이라고 해도 말이다.

마리아

내 이름은 사랑입니다 My name is Love acrylic on canvas 162.2x130.3cm 2024

그녀가 왔다. 청바지에 흰색 티셔츠를 입은 그녀의 단발머리는 바람에 살랑거린다. 안녕, 동작. 안녕, 마리아. 보고 싶었던 마음이 밀물이 되어 마음을 감싼다. 그녀와 철망으로 된 예술의 다리의 중간 지점에 앉아 나즈막히 이야기를 건넨다. 보고 싶었어. 이 장미 한 송이에 나의 사랑이 담겨 있다는 걸 믿어 줘. 아니, 나의 마음은 꽃이 아니라 뜨거운 심장의 피처럼 흘러 너에게 건너간다는 걸. 마리아는 차분하고 고요하게 말을 한다.

오늘따라 너의 눈이 이상하게 반짝거려. 그러니 나도 모르겠어, 왜 그런지는. 와인을 따서 그녀와 병째로 나누어 마시면서 그녀의 허리를 끌어당겼다. 믿을 수 없을 정도의 가벼운 몸짓이 설렘을 더했다. 안느의 남자 친구가 근처에서 기타로 노래를 부르는 순간 더욱 애틋하고 기분 좋은 멜로디가 마리아와 나를 감쌌다. 2005년 5월의 어느 날, 야간 등에 깜빡이는 파리의 밤은 그렇게 시작되었다. 안경을 벗고 마리아의 두 눈을 지그시 쳐다보다가 그녀의 눈동자가 처음에는 까맣게 그리고 초록으로, 다시 파랑으로 다시 노랑으로, 마지막으로 붉은 와인색으로 변하는 걸 보았다.

미묘한 차이지만 그 과정이 너무나 생생해서 그녀의 눈동자가 변화하는 걸 나의 두 눈을 크게 뜨고 쳐다보았다. 그때였다, 무심코 하늘을 본 것은. 검은 밤하늘에 예수의 별, 알라의 별, 붓다의 별이 나란히 떠 있었다. 세 개의 별이 모두 일정하게 은은히 빛나고 있었다. 잠시 후, 사람들이 예수를 향해 기도를 하는 소리가 들리자 예수의 별이 둥근 모양으로 점점 빛이 퍼져 가더니 빛이 더 밝아졌다.

알라를 향한 기도를 올리는 사람들의 목소리가 들리자 알라의 별이 빛의 파장을 내더니 점차 커지며 빛이 밝아졌다. 마지막으로 붓다를 위해 기도를 올리는 사람들의 목소리가 들리자 붓다의 별도 마찬가지로 점점 빛을 사방으로 내더니 밝아졌다. 오, 빛이여. 별의 빛이여. 사람들의 기도에 감응하는 별의 신성이여. 나는 마리아에게 저것이 보이느냐고 물었었다. 그러나 마리아는 별이 떠 있는 것 말고는 아무것도 보이지 않는다고 했다. 나의 사랑스러운 마리아. 그녀의 눈동자가 변하고 세 개의 별이 사람들의 기도에 반응하는 것을 보지 못했다고. 슬프구나. 환각이었을까? 세상에는 종교로 인해서 사람들이 갈등하고 반목한다. 그러나 보아라, 예수의 별, 알라의 별, 붓다의 별 세 개의 별 모두 사람들의 기도에 반응했다. 평화롭게 보이던 그 순간을 나는 잊을 수 없다.

문화라는 것

문화는 인간들이 만든다. 지나온 역사를 돌이켜 보고, 잘못된 부분을 고치고, 올바른 가치를 실현시키는 일이야말로 문화의 힘이다. 그러나 인간의 역사에서 빠짐없이 이기적인 생각으로 빠져든 사람들이 많고, 자신의 이익이나 자국의 이익을 위해서 전쟁을 일으키는 일들이 비일비재하다.

사람이 사람을 죽이는 일이 정당화될 수는 없다고 생각한다. 사형제의 폐지에 찬성하며 종신제의 정착이 필요하다고 믿는다. 그리고 군대 문화라는 것이 얼마나 인간의 자아를 파괴하고 자유로운 생각의 깊이를 없애는지 경험으로 알고 있다. 한편으로는 국가가 존속하기 위서 군대를 유지하며, 필연적으로 군대 문화가 사회에 형성이 되는데, 현역 군인이 아닌 사람들은 군대 문화를 잊고 보다 넓은 시각으로 사회 계급으로 구분 지어서 바라보거나 행동하지 않기를 권유한다. 자신이 군인도 아닌데 꼭 군인처럼 행동하는 것이 얼마나 웃긴 행위인지 알아야 한다.

인간은 평등하다. 말로만 평등한 것이 아니라 현실에서도 평등해야 한다. 그러나 현실은 평등한 문화를 정착시키지 못하고, 인간이 불평등한 존재라는 것을 태어나서 죽을 때까지 인식하게 하는 일들이 많다. 평등한 문화를 위해서 어떤 자세로 어떻게 생활해야 하는지 각자가 생각하고 인식되어서 평등한 사회를 만드는 데에 일조하기를 바란다.

그리고 문화적인 혜택 중에서 예술 문화라는 것은 허울만 좋지 실제로 미술관이나 오페라극장을 가보지 못한 사람들이 너무나 많다. 문화 예술에 관심이 없는 사람들도 많지만 그들을 예술 문화 향유로의 길로 끌어들일 사회적인 분위기가 약하다는 점에서 문제점이 있다. 사람들이 흥미를 느낄 소재들도 다양해야지만 다양한 사람들을 모을 수가 있다. 또한 국가에서 문화 비용을 일정 부분이라도 지원을 해 줘서 보다 저렴한 비용으로 많은 사람들이 혜택을 받아서 예술을 즐길 수 있게 해야 한다. 국가 정책으로 문화를 살리는 것이야말로 나아가야 하는 지향점이 아닌가란 생각을 한다.

문화에는 그 지방만의 특성이 있고, 그 국가만의 특성이 있다. 그러나 수도권에 집중된 획일적인 문화 통합을 하는 것은 어리석은 일이 아닐 수 없다. 각 지방만의 고유한 문화를 살리고 그 국가만의 문화를 살리는 일이야말로 다양한 문화적인 흥미를 이끌어 내고 그 흥미로 사람들이 모여들고, 나아가서는 문화를 이해하는 부분까지 나아가는 것이다. 인간의 각양각색의 문화를 누리고 실천하고 혜택을 받는 것이 무척이나 중요한 것이라고 생각한다. 인간의 삶은 홀로 이루어진 독창적인 것이 아니다. 사람들이 다 함께 어우러져서 만들어지는 화합 또는 울림이 아닌가 한다.

방랑자

경쾌한 발걸음으로 따란 따란 따라라 손가락을 움직이며 낯선 거리를 정처 없이 걸어본다. 지나가는 일본인 여성 하치꼬에게 안녕이라고 인사하고 사진 찍는 캔자스에서 온 마이크와 이야기를 나누어 본다. 활달한 웃음으로 세상 살아가는 이야기들이 흘러 흘러 자랑스러운 표정으로 대단할 것 없는 인생의 조각보를 샛노랑으로 칠해 보기도 한다.

4년 만에 만난 친구가 글썽이는 눈물로 온몸을 껴안으며 곱디고운 미소를 띠우게 한다. 시간의 물질성은 제자리에서 맴돌고 정신성이 한 치 앞도 보지 못하는 시각 장애의 어려움에 빠져 있다. 계속해서 걸어가야만 하는 미숙아의 높은 이상향은 회색 하늘빛을 외면한 채 푸르고 짙은 크레파스를 꺼내 들고 하얀 벽을 칠한다. 둥뚜둥뚜루룽대는 소리에 풍선을 달아 타향으로 보내고는 오지도 않을 편지를 기다려 보는 공간의 이질감에 소름 돋는 피부를 슬쩍 만져 본다.

다시 걸어서 걸어서 내딛는 발자국에는 초록빛 광선이 달려 있어 화려한 움직임을 가능하게 한다. 눈이 내리면 뜨겁고 따뜻한 커피를 타서 눈을 섞어 본다. 기도를 하면 소원이 이루어지리라고 믿어 본다. 그리고 무지개가 뜰 내일은 어떤 옷을 입고, 어떤 표정으로 차가운 손길을 녹여 볼까 상상해 본다.

의미 없이 지나가는 것은 없다. 모든 상징성들이 어제로부터 내려와서 오늘을 감싸고 내일을 예견해 보게 한다. 미약한 움직임이 차츰차츰 커다란 동작으로 바뀌어 가고, 리듬을 만들어서 춤을 추게 한다. 길을 가는 사람들의 발소리에 귀를 기울이면 그것이 음악이 되어 큰 울림을 만들어 내고, 외로운 영혼의 좌뇌를 흔들고 다시 우뇌에 피가 돌게 한다. 그때 사랑하는 사람을 위해서 시를 한 편 적어서 미묘한 울림으로 살짝 떨리는 목소리로 어 본다. 누군가에게 내 마음이 전해질 때 적포도주를 꺼내어 건배를 청하며 기나긴 불면에서 벗어나 달뜨고 곤한 잠을 청할 곳을 찾아서 차분하게 음표를 적어 본다.

법 질서와 예술가

법질서를 지킨다는 것은 누구나 가져야 한다는 전제 조건에서 비롯되는 것이다. 즉, 법을 지키고 법의 테두리 안에서 행위를 한다는 것이다. 그러나 현실은 권력을 가진 자는 법을 지키지 않아도 아무런 제재를 하지 않는다.

기형적인 법 상식으로 살아가는 오늘 예술가는 정신의 억압을 받아서 창조적인 시간이 없다. 형식적으로 살아가면서 누구나 지켜야 할 법을 지키지 않고 인간 세상에 해가 될 생각이 자리할 여지가 있다.

법은 만인이 평등하다는 상식은 상식이 아닌 거짓말이다. 고로 나는 생각한다. 인간을 해하지 않는 범위 내에서 법을 사용하고 법의 테두리를 바꿀 수 있는 혁명을 하기로 했다. 그런 방법은 다양하게 표현을 하고 아무도 생각지 못한 행위와 창조적 작업으로 귀결할 수 있다. 법을 믿는가? 법을 믿지 마라. 평등은 존재하지 않는다. 법을 지킨다는 미명하에 검사들과 법관들 그리고 경찰관들이 저지르는 억압적인 태도와 법 해석은 인 법을 집행하는 사람들은 법의 효율성을 따지며 실제적으로 법의 보호를 받아야 할 사람들을 보호하지 않는다.

강제한다. 국가의 비도덕적이고 비열한 생각에 동참해서 국가를 구성하는 사람들의 사생활을 침해한다. 법의 예술은 이미 존재하지 않는다. 아무리 열심히 법의 공정성을 따지고 믿으려 해도 현실은 배반하는 숨결을 내뿜는다. 법의 테두리를 넓히고 법 해석을 다양하고 밀도 있게, 개개인의 특성에 맞춰서 하는 날이 와야 한다. 현재의 법은 법이 아니다. 다만 권력을 가진 자들의 노리개일 뿐이다. 법의 적용이 평등하고 법의 집행을 하는 사람들이 막힘없는 정신성을 소유해야지만 청결하고 순수해진다. 나는 법을 믿지 않는다. 법의 평등을 믿지 않는다. 하지만 법의 평등은 와야 하며, 법을 믿고 창조의 순간에 들어가야 할 때가 오리라는 희망을 멈추지 않고 있다.

2011.07.18 등작 燈酌 Dungzak

별과 달

내 마음의 소리 The sound of my heart acrylic, oil pastel on paper 100x70.5cm 2024

창백함이 쏟아지는 어두움 속으로 걸어간다.

한 걸음, 한 걸음 뒤를 돌아보지 말라는 목소리 있어 가파른 언덕을 지나 놀이터 낡은 시소에 앉는다. 시선은 하늘을 향하고, 어깨가 움찔거리며 신음한다. 실바람을 타고 들려오는 음악 소리가 잔잔함을 더하며 먹자주빛으로 물든 세계가 얼굴을 들어 숨을 내어 쉰다. 한 꼬마, 두 꼬마, 세 꼬마 이렇게 세어 보더니 다시 하늘 한번 누구와의 추억이 별이 되어 동그랗게 빛을 내고 있다. 가녀린 눈썹달이 갸르르갸르르 고양이가 되었다. 우주에서 불어오는 새콤한 향기가 그와 그녀를 달뜨게 하고 입맞춤으로 피어나는 진한 빛. 두뇌의 두근두근거리는 압박감에 어제도 오늘도 내일도 사라지고 말았다. 낯선 섬을 방문하던 이가 일광욕을 할 때 뜨거운 태양은 저만치 보이는 별과 달에게 인사하고 말 없던 별이 안녕이라고 인사한다. 달은 미소를 띄우고 슬금슬금 그때 알래스카에서 여자아이가 하늘을 보고 말을 건넨다. 봄이 오길.

사랑은
어디에서 오는가

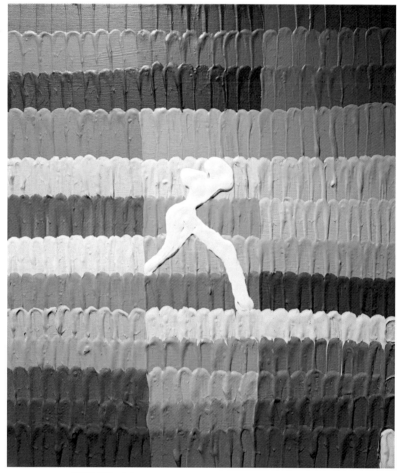

사랑을 멈추지마 Run love acrylic on canvas 53x45.5cm 2023

불이 꺼진 마을엔 소리 없이 눈이 내리며 친구가 조용하게 어깨를 들썩이며 울어 제낀다. 고요하게 낮은 천장을 연보라로 칠한 후 친구의 어깨를 가만히 감싸 안아 준다. 그리고 수없이 격한 날들을 술로 보낸 시절을 알고 있는 그대에게는 한 편의 영화를 만들어 보여 준다. 시리도록 아픈 오그라든 손발을 호오호오 불며 낯설게 기다리던 당신의 강하면서 힘차던 발자국. 어제는 연탄 피워 놓고 까만 밤하늘의 별 자국을 따라 여행했었다네. 새벽에 도착한 응급실, 놀란 내 심장은 응급 처치 받아서 쌩한 기운을 품어 내었고, 설레발치던 추억은 슬며시 기억을 왜곡하기 시작하고. 사랑하나 품었던 죄가 하늘에 닿아서 샛노란 빗물 되어 처량하게 눈물 흘리며 순수하던 연정을 품었던 한때를 기억하기 시작한다. 간헐적으로 피어나는 뿌리 깊은 너.

사회복지의 미래

먹을 것을 충분히 공급한다

입을 것을 충분히 공급한다

주거를 충분히 공급한다

교육을 충분히 공급한다

의료를 충분히 공급한다

이상 위의 것을 국민들의 세금으로

무료화한다

국민 개개인의 수입에 의해 차등 세금 지출한다

무엇을 더 이상 바라는가?

그렇다

변호사를 모두 국가변호사로 대체한다

나머지는 국민들의 재량껏 재력껏 사고판다

중요한 것은 먹을 것 입을 것 주거 교육 의료이다

이것들이 무료화되면 무엇을 바랄 것인가

물론 인간의 욕구는 끊임없다

그것에 맞추어 기업은 움직이고 국가는 조정을 하면 된다

무료화라고 해서 공짜가 아니다

책임감을 가지고 모두가 세금을 내는 것이다

보다 좋은 먹을 것 입을 것 주거 교육 의료를 원한다면

그만큼 무료화된 것들이 최대한 부응하면 된다

자본주의

사회주의

모두 버려라

가장 기초적인 것은 멀리 있지 않다

언제까지 이렇게 살 것인가?

삶에 고마워하며

비가 그치고 삶이 계속된다 The rain stops and life goes on acrylic on canvas
162.2x130.3cm 2024

내 안에 있는 모든 것을 뒤집어서 생각해 본다. 바른길로 향하고 있는 것인지, 어떤지에 대한 물음에 대한 해답은 없다. 존재하고 있는가에 대한 의문은 스스로의 삶에서 느끼고 부딪혀서 이루어지는 것인지도 모른다. 그 누구의 대답도 없는 공허감은 외침 없는 묵언과도 같다. 방안을 수놓는 침묵의 벽에는 내가 살아 있고, 그대라는 상대방이 놓여 있다.

올바른 길로 향하는 것은 나의 소관이 아닐지도 모른다. 흘러가는 시간 속에서 고요함을 발견하기란 쉽지 않다. 지구의 한구석에서 자생하는 물질이 아니라 기생하는 물질일지도 모른다.

삶의 향기가 고약하게 진동할 수도 있다는 생각에 정신은 엇박자를 치고 있다. 끝이 없는 대화의 물결에는 바다의 철렁임과 바닷새의 야생이 숨 쉬고 있다. 외로움의 쉼터에는 자기 위안의 형태만이 그 뿌리를 가지고 들쑥날쑥 그림을 그리고 있는 것이다.

사색의 현장에는 군중의 뜨거운 현실이 담겨져서 앙상한 시계의 현상이 오롯이 그 형상을 자랑한다. 수도를 하는 자의 심장에는 순결한 믿음이 자리 잡고 일그러진 영혼의 바보 같은 순간의 잘못은 허파를 찌르고 있다. 단순한 인생의 사색에는 누구에 대한 믿음의 여지가 허용되지 않아서 개인적인 구멍이 점점 넓어진다. 피의 순환이 돌지 않아서 푸르스름해지는 살결은 공기가 희박한 정신을 일으킨다.

적막한 밤의 하늘에는 어여쁜 달이 떠 있어서 순하고 부드러운 빛깔을 내려 주지만 약하고 부서지기 쉬운 상처 받은 인간의 자화상에는 한 점의 색도 없는 것이다. 무채색의 변화는 어디로부터 시작되었는가? 곤란한 질문을 던져 놓고 현상계에서 답을 찾고 있자면 불길의 여파인 연기가 자욱하게 내부로 들어 오는 것을 느낄 수 있다.

　행복해질 권리를 가지고 태어난 인간의 한 부분은 현재에서 부서지고 퇴색되고 빛이 바래져서 까만 형태의 동그라미를 길거리 한구석으로 몰아대고 있는 것은 아닌지 생각해 본다. 추운 겨울이 살갗을 두드릴 때 땅바닥에 얼어 있는 육체를 보노라면 그 육체의 일생이 안쓰럽고 도움의 눈길을 보내고 싶을 때가 있는 것이다. 누구의 잘못도 아닌 자신 안에서의 잘못이 삶을 망치고 못 쓰게 만들었다면 그것을 고치고 바로잡는 것 또한 자신의 가야 할 길인 것일지도 모른다. 평행한 꿈의 자락에서 헤어나오기 힘든 시절이 있다면 그 시절 또한 자신의 일부분이었음을 어찌 부정하겠는가? 인간의 길 위에서 보고 싶어도 보지 못하는 때가 도래한다면 어찌하겠는가? 스스로를 바로 세우고 때를 기다리는 일이 중요하다고 생각이 잠시 머문다. 길에서 태어나서 길 위에서 죽는 날까지 나는 무엇을 위해 살아가는지를 바로 알고 한 걸음씩 발자국을 옮겨야 한다.

새로운 사회를
만들기 위한 생각

보편적인 삶이란 결혼을 하고, 아기를 낳고, 집과 자동차를 소유하고 정기적으로 직업에서 나오는 돈이 의식주와 의료 비용을 부담하고 교육비를 부담할 수 있는 정도로 되어야 한다는 것이라면 결코 보편적인 삶을 살지 않을 것이다. 사회 복지가 없는 사회일수록 돈의 위력은 더욱 크다. 결혼 또한 조건에 맞춰서 하고 일생을 자신의 의지와는 반하는 삶을 살면서 아이들을 키우고 또한 자식들을 교육시키고 결혼까지 시키는 역할을 부모가 해야 한다면 바람직한 인생이라고 말하고 싶지 않다. 사회 복지가 잘 이루어져서 자식을 키우면서 의식주 걱정 없이 의료나 교육 비용 걱정 없이 살 수 있다면 그때에는 결혼을 해서 아이를 낳고 싶을 것이다.

현재 국가가 인간을 통제하고 종교라는 탈을 쓴 것이 정신을 교란하고 억압한다면 나는 현재를 부정한다. 인간의 삶이란 결코 현실이라는 것에 타협하여 자신을 축소하여 정신을 가둘 수 있는 존재가 아니다. 정신의 혁명은 이미 부처님이 그리고 예수님이 이루셨다. 그 혁명을 억제하고 거짓말을 쏟는 존재들이 악의 존재들이다.

어떻게 하면 인류가 보다 나은 삶을 영위하고 걱정 없이 현재를 즐길 수 있는지를 고민하다 보면 그 답은 이미 충분하게 나와 있다. 다만 그것을 가로막는 세력의 힘이 지배를 하는 세상이라서 힘이 들 뿐이다. 사상의 자유가 없고 한민족이라는 허울에서 살아가는 대한민국과 조선민주주의인민공화국의 한반도는 인간을 억제하고 정신과 육체를 틀에 맞춰서 재단하고 만들어 내는 곳이다. 이런 한반도가 통일을 이루어서 미래를 평화롭게 만든다는 것은 환상이라고 치부를 할 수밖에 없는 것이 현실이다.

인간 개개인의 삶이 힘들고 어려운데 어떻게 혁명이 일어나겠는가? 정신의 혁명이 중요한 시점이 바로 지금이다. 자본의 혁명 또한 지구에 사는 인류의 미래가 걸린 중요한 사안이다. 인간이 인간답게 사는 세상 서로가 서로를 존중하는 세상이 오기까지 세월이 흐른다고 해도 멈출 수 없는 중요하고 꼭 필요한 것이다.

말을 반복해서 하고 또 해도 알아듣지 못하고, 자신의 안위만을 염려하고 부를 유지하려고 하는 사람들은 따로 모아서 국가를 만들어 주면 된다. 돈을 가져가고 금덩어리를 가져가라. 인류가 살기 위해서 필요한 의식주는 돈이 만들고, 금이 만들고, 석유가 만드는 것이 아니다. 에너지를 만드는 석유를 대체할 기술을 개발하면 된다. 마음에 들지 않으면 따로 국가를 만들어서 나가라. 그리고 돌아오지 마라.

선하고 즐거움을 느끼는 삶을 누리는 사람들이 만드는 국가는 부의 차이가 없다. 함께 나누어서 먹고, 마시고, 즐긴다. 직업은 자신이 원하는 것을 지원해 주고 노동자들이 최고의 대접을 받는 사회가 이룩되어야 한다. 의식주 걱정 없고 의료나 교육 비용이 무료화된 사회에서 부를 쌓고 돈의 위력을 세우려고 해도 세울 수 없다. 인간이 인간의 대접을 받고 사는 사회를 국경 없이 인종 구분 없이 만들어 보아서 살아 보면 좋으리라.

색상의 날개

여섯 살 때 서예를 배우면서 기억나는 것은 먹물을 갈면서 그 농도를 높게 해서 검푸른빛(흑갈색 먹자주빛)이 돌게 하여 한 자 한 자 그 획을 따라서 그렸었다. 진한 먹물의 향기는 어린아이의 마음을 사로잡아서 매일같이 가는 학원으로의 길을 즐겁게 느끼도록 했었다. 먹으로부터 시작된 나의 그림은 점차 색깔로 이야기하는 현재까지 그 굴곡이 심했었다.

대학생 때 지금은 프랑스 어딘가에서 있을 한 여자 친구가 색깔 감각만큼은 너를 따라가지 못하겠다는 칭찬을 했을 때에도 당연하게 받아들였을 정도로 색채를 쓰는 일들이 나에게는 쉬운 일이었다. 나이가 들어가면서 느낀 것은 대한민국의 화가들은 색채를 쓰는 데에 있어서 외국의 작가들만큼이나 치밀하거나 감각적인 것이 드물다는 점이다.

대가들의 그림에서는 그 색깔의 농도나 변화감이 잘 드러나 있거나 조화가 잘 어우러져서 감동을 불러일으킨다. 이런 점을 비추어 볼 때 그동안 내가 해 왔던 작업들을 보면 내가 내 재능만 믿고 얼마나 게을렀는가를 생각하게 한다. 어렸을 때에는 전 세계의 작가들과 경쟁해서 반드시 그 우위에 서겠다는 열정이 있었다. 교만이라고 불러도 좋을 뜨거운 감성이 나의 그림에 하나하나 색을 더하고 있었을 때 좀 더 연구하지 못한 점들이 아쉽다. '지금이라도 늦지 않다'라고 느끼는 지금 알고 있는 사실은 한 점의 좋은 작품이라는 것은 색채, 형태, 즉 그 내용과 형식에 기인한다는 점이다. 부지런해져서 남들이 쓰지 않는 색채를 만들어서 그려보고 싶은 요즘이다. 그러기 위해서는 나는 나만의 그림에 색상의 날개를 달아야 한다.

색채를 버리면서

요즘엔 잉크로, 먹물로 그림의 색채를 형성하는 시간을 가지려고 하고 있다. 7살 때 배운 서예의 먹 향기가 그립기도 하고, 무엇보다 농담의 깊이가 알록달록한 색채만으로는 부족하다는 생각을 하기 때문이다. 하나의 색채를 쓴다는 것은 하나의 마음을 입히는 작업이다. 내용과 형식 사이에서 고민을 할 시기는 지나간 것 같아 무척이나 다행이라는 마음을 가지면서 검은빛과의 달콤한 만남을 가지는 것은 아닐는지. 마음은 현재를 걸어가며 미래에 닿았다가도 늘 과거의 어느 순간에 멈추어 있을 때가 있다.

시를 쓰고 싶다는 마음만 가지고 있다가 막상 시는 12살 무렵 멈추어 버렸다. 그때 시를 적는 즉시 나의 반 짝꿍에게 모두 주었다. 그는 행복해하면서 나의 모든 시를 소중하게 받아 갔다. 나이가 조금씩 들어 가면서 17살 때 시가 아닌 그림을 선택할 때 무척이나 울었었다. 그냥 눈물이 나고 서러웠다. 창작이라는 것이 무엇인지도 몰랐지만, 나의 꿈을 다른 꿈으로 대체한다는 것이 그 당시에는 무척이나 아팠는가 보다. 친형이 시와 그림은 모두 같은 거라는 위로에 그 위로를 진심으로 받아들이고 그림을 그리기 시작했다.

그러나 입시 미술이라는 것은 나에게 맞지가 않았고, 매일같이 똑같은 석고상을 그리고 똑같은 정물을 수채화로 그리는 행위는 고통이었다. 좋은 대학을 가서 그림을 그릴 수 있다는 작가를 하면서 학원을 운영하는 학원 원장 선생님의 말씀도 모른 체하고 19살 때 부산에 처음 생긴 예술학교를 갔다. 마음이 편했다. 아무런 제약도 없었으며, 내가 그리고 싶은 대로 그려도 되었으며, 무엇보다 다른 대학에 진학한 친구들의 선배들이나 교수님들의 충고나 가르침이 나에게는 전혀 해당 사항 없음이라는 것에 즐거움을 느꼈다.

처음 생긴 예술학교라서 가르치던 선생님들도 모두 젊은 분들이었고, 사고가 깨어 있었다. 그들에게 배우는 것은 '어떻게 삶에 접근하는가'였다. 내가 좋아하는 것은 한번 배우는 것으로 잘 잊지 않는 습관을 가지고 있어서 때로는 선생님이 해 보지 않았던 실험을 하고는 했다. 학교에서 함께 배우는 친구들은 거의 다 나보다 한두 살이 많거나 몇 살이 많은 사람들이었다. 그들 중에는 다른 학교로 다시 가는 사람들도 있었고, 유학을 떠나는 사람들도 있었다.

그림을 그린다는 것은 누군가에게 배워서 할 수 있는 것이 아니라는 생각을 항상 가지고 있다. 단지 조언을 할 뿐이고, 훌륭한 선배들이 이미 많은 것들을 이루어 놓았다. 장승업, 박수근, 이중섭, 피카소, 모딜리아니, 달리. 뭉크, 로댕 반, 고흐 그리고 수많은 선배들이 이루어 놓은 것들을 다시 답습하는지도 모르는 세계를 살고 있는 것이라는 생각도 하게 되었다.

나만이 할 수 있는 그림을 그리고 글을 쓴다는 것을 마음의 목표로 삼았을 때 이미 선배들의 깊은 그림자는 사라지고 없어진다. 나는 톨스토이를 존경한다. 그의 글과 삶을 존경한다. 그리고 베토벤의 음악을 존중하고, 모차르트의 음악을 좋아한다. 살아오면서 누군가를 존경한다는 생각은 한 번도 해 본 적 없지만 지금은 선배들을 존경하는 마음이 든다. 그리고 무엇인가를 버려야 하는 마음이 들 때는 나의 고집스러운 욕망을 버리고 싶다. 먼 미래를 보면서 현실에서 신음하는 나를 버리고 싶다. 상징적으로 항상 쓰는 물감을 닦는 수건 중에 하나를 버린다. 1년 6개월 동안 함께해 온 수건이다. 그동안 고마운 그림을 그리게 해 주어서 감사하고 싶은 마음이다. 무엇인가를 버릴 정도로 소유를 해 보지 못한 삶에 고마운 마음 전한다.

선과 악의 성질

선하다 그 선이 가지는 무시무시한 치유의 힘은 참으로 고결하지요

악하다 그 악이 가지는 어마어마한 파괴의 힘은 참으로 비참합니다

인간을 선으로 인간을 악으로 구분해서 보는 것은 문제가 있습니다

인간은 선하지도 악하지도 않습니다만 상대적으로 보일 뿐 이지요

뭔가 좋은 일이 있으면 그건 선한 것 같고

뭔가 나쁜 일이 있으면 그건 악한 것 같고

그러나 인간은 선하지도 악하지도 않습니다

아직 완전한 선에 다가가지도

완전한 악에 빠져 있지도 않지요

인간에게 신의 개념이 들어가면서 선과 악을 구분하는데

그건 잘못된 관점이 아닐까 합니다

착한 행위로 착한 결과를 낳기도 하고

착한 행위로 악한 결과를 낳기도 합니다

완전성이라는 것은 드물지요

이 지상이 이 인간들이 이 하늘이 이 우주가

완절무결하다고 할 수는 없습니다

우리가 믿는 신조차도 선과 악에 대해서는 다만

사랑을 예로 들어 사랑하라고 합니다

그렇지요

사랑 그 안에 선도 악도 모두 섞여서 커다란 형태와 색채를 만듭니다
사랑하십시오
그 안에는 착함도 아니 그 반대도 모두 감싸 안는 뜨거움과
삶과 고마움이 있습니다.

세계 민주시민이
되기 위한 방법

첫 번째 인간임을 자각한다 때로는 실수를 하기도 하고 인간에 대해서 잘못 이해를 하기도 한다는 걸 안다 자신만이 우주이고 별이고 생명이 아님을 안다.

두 번째 자연과 자신을 끌어당김을 안다.

이 지상에서 우주에서 교신하고 교환하는 것이 비단 마음과 정신뿐 아니라 살아 있는 생명체라면 모두가 가능함을 안다.

세 번째 지구에 존재하는 모든 인간들이 친구임을 안다.

적이라고 해도 결국에는 친구임을 느끼고 마음으로 대화한다.

네 번째 사랑은 신의 마음이란 걸 안다.

신이 존재하든 존재치 아니하든 이미 사랑은 신의 숨결임을 느낀다.

다섯 번째 자본주의는 인간을 망치는 것이란 걸 안다.

자본주의는 인간의 영혼을 파괴한다는 걸 느끼며 새로움을 모색한다.

여섯 번째 상생하는 길이 대화와 타협이란 걸 안다.

양보를 우선시하지만 결코 양보하지 말아야 할 인간의 삶을 위해 끊임없이 대화한다.

일곱 번째 나 혼자만이 지상의 하나님이 아니며 부처님이 아님을 안다.

인간은 모두가 하나의 님이고 부처님이다.

여덟 번째 존중을 한다.

무형의 것에 유형의 것에 존중을 하는 마음으로 천천히 조용하게 움직인다.

아홉 번째 민주시민이란 민주경찰이고 자신이 곧 법이라는 걸 자각한다.

즉 타인에게 피해를 주는 행위는 자신의 생명을 갉아먹는 것이란 걸 안다.

실수는 누구나 한다 죄는 미워하되 인간은 미워 말라.

열 번째 서로가 친구이고 서로가 연인이기에 지켜 준다.

육체가 아닌 정신으로 무한대의 교감을 잠을 자거나 태양을 보면서도 가능하단 걸 자각하고 서로가 교감을 정신으로 보내고 받으며 필요한 걸 채워 간다.

세계를 향한 작가가
되기 위한 방법

다양한 경험을 많이 한다.

인생에서 무엇이 자신을 감싸고 있는지, 자신이 무엇을 향하고 있는지 깨닫고 부지런하게 작품을 한다. 현대에서 과거와 미래를 연결하는 중심이 무엇인지를 파악한다. 우선은 인간이라는 존재에서부터 시작을 한다. 핵심은 어떤 사물을 보고 그 사물을 형상화시키고, 크게 만들거나 작게 만들거나 일단은 다각도로 시도해 본다.

사유를 한다는 게 무엇인지를 깊이 삶으로 살아간다. 새로운 내용과 새로운 형식을 만들 수 있다면 최상의 결과를 가져올 수 있지만 그런 작가는 드물다. 맨 먼저 상상하라. 그리고 글로 적어라. 그런 후 평면이든 입체든 만들어라. 전시 공간을 활용해라. 나와 그대 그리고 그 혹은 그녀를 생각하라. 작품을 어떻게 받아들일지는 개개인의 몫이다. 무엇보다 자신에게 충실해라. 자신의 세계가 확고한 우주임을 인식해라. 쉴 때 쉬어라.

작품을 만들고 그 작품에 의미를 부여하는 것은 감상자의 몫임을 잊지 마라.

세계는 지금 세계를 향한 작가를 기다리고 있다.

작은 스케치라도 하고 아니면 글이라도 써라.

생각들을 자유롭게 풀어놓고 그 생각들을 마음껏 나와 타자가 함께 뛰어놀게 해라.

인간이 왜 인간인지, 동물이 왜 동물인지, 우주가 왜 우주인지 스스로 개념을 세워서 파악하고 자유로움을 추구해라.

일반적인 작가는 많다. 똑같은 작품을 하는 작가들도 똑같은 개념으로 작품을 만드는 작가들도 많다. 늘 새롭게 작품을 이룬다고 생각하고 사고의 폭을 넓혀라.

마케팅은 그대의 작품이 충분히 무르익으면 자연적으로 붙는다.

전시는 축제임을 잊지 마라.

소망하는 것은
날개를 가지고 있다

나의 소망은 가난한 사람들이 상처받지 않고 사회 복지의 혜택을 받는 것이다. 무상 교육, 무료 급식, 무료 의료를 시행해야 한다고 생각한다. 그 재원은 국민이 내는 세금에서 충당할 수 있다고 생각한다. 실질적으로 인간이 살아가면서 자식의 교육에 들어가는 비용 감당을 하기가 힘든 점이 사회적인 문제로 인식이 돼야 하지 않을까? 밥을 굶는 아이들이 없어야 하고, 그러기 위해서는 방과 후 작은 학교(도서관이 있는 위탁 시설)에서 식사를 하도록 정부의 지원이 뒷받침되어야 한다고 생각한다.

아침은 집에서, 점심은 학교에서, 저녁은 작은 학교에서 해결하도록 한다면 밥 굶는 아이들이 사라질 것이다. 많이 가진 자들은 가진 것만큼의 책임감으로 더 많은 세금을 내야 하는 제도가 성립되어야 한다. 가난한 사람들을 없어지게 할 수는 없지만, 최소한의 생활을 영위하도록 무상 교육이 대학까지 이루어져야 한다. 툭하면 그 돈은 어디에서 마련할 것인가를 가지고 말만 많다. 해 볼 생각은 아예 하지를 않고 외국의 독일 프랑스 같은 성공적인 사례를 가지고 그 장단점을 연구해서 시행하면 될 것 아닌가?

'대한민국은 경제력이 없어서 얼토당토 말이 안 되는 것이다'라고 주장할 수많은 이익 단체들과 가진 자들의 힘 있는 대항. 무상 교육, 무료 급식, 무료 의료가 시행된다면 사회 복지는 90퍼센트는 달성된 것이라고 생각한다.

주거의 문제가 가장 큰일 중 하나인데 이미 지어져서 팔리지 않는 중대형 아파트를 소형으로 개조하거나, 소형 아파트를 많이 지어서 임대 주택으로 저렴한 비용으로 평생을 빌려주거나, 그 비용마저 없는 사람들은 국가가 보증해서 무이자 장기 대출을 해 주는 방향으로 나아가야 한다는 생각이다. 노력하는데 그 노력이 빛을 발하지 못하는 사회 구조의 모순점이 있다면 과감하게 개혁을 해야 한다. 수평적인 인간관계를 지니지 못하는 사회 구조가 만들어 내는 강압적이고 지휘 계통에만 움직이는 수직적인 현재의 구조는 합리적인 사고를 경직시키고 인간성마저 훼손시킨다. 부자이든 가난한 사람이든 대한민국에서 국민으로 살아가기에는 그 어떤 어려움이든 있을 것이다. 중산층이 두터워야지 잘사는 나라가 되는데, 어려운 형편이니 믿을 것은 최소한의 사회 안정망이다.

소설가

숲 속의 군중 Crowd in forest acrylic on canvas 72.7x60.6cm 2023

1초에 24프레임의 움직임이 있다면 언어의 손끝은 망설임 없는 단어 선택으로 각 장의 표정을 바꾸고, 장면의 전환을 유지하며, 등장인물의 성격을 불러일으킨다. 배가 고픈 이에게 음식을 주듯 생각의 빈곤함에 풍부한 사고의 전환을 유도한다. 글로 인해서 다른 이의 인생을 바꾸기도 하고, 꿈을 꾸게 하기도 한다.

맑은 정신의 소유자가 글을 쓰면 그 글은 순수함으로 인해서 낡은 옷을 벗고 깨끗한 옷으로 갈아입어서 기분이 좋아지는 것 같은 효과를 준다. 매일매일의 익숙한 일상에 다른 이의 삶을 들여다보게 해서 상처받은 감성을 치유하는 데에도 도움을 주는 직업이 소설가의 매력인 것이다.

세상에는 다양한 종류의 글들이 존재하고 소설의 시작이나 결말이 독자들의 상상에 날개를 달아 주어서 책을 읽는 동안에 미처 발견해 보지 못했던 의식의 저편에서 나오는 스스로의 인생을 가만히 들여다보게 해 준다. 가난함에도 불구하고 예술을 향한 이글거리는 열정과 의지는 젊은 소설가에게 무언가의 힘을 북돋워 준다. "넘지 못할 산은 없다"라는 인간의 도전 정신은 예술가가 가져야 할 미덕인 것이다.

현실에서의 오늘이 남들이 알아주질 않는 힘든 삶에 지쳐 있다고 해도, 노력에서 나오는 재능을 믿고 앞으로 계속해서 걸어 나간다면 마땅히 오는 것이 예정되어 있는 그때가 되면 힘든 여정의 대가를 받게 될 것이다. 그리고 뛰어난 사상이나 의지가 담긴 한 권의 책이 주는 힘이 세상을 움직이는 원동력이 되기도 한다는 것은 역사가 증명하고 있다. 바람이 매몰찬 겨울이 다가오고 있으나 밝은 등불 하나씩 켜 놓고 기나긴 밤

을 준비하자. 그대의 영혼에 숨 쉬고 있는 개성 강한 존재의 살아 있음에
박수를 보낸다.

시인

누구도 그가 시인이라는 것을 믿지 않았다

때가 꼬질꼬질한 두터운 외투를 입고 말없이

하늘만 쳐다보았다 가끔은 헛기침을 내뱉는 사내

우리 사회가 부르는 무숙자라고 생각하고는

그가 지나쳐 가면 더러워하며 길을 비켰다

그의 너덜너덜한 공책 한 권이 옷에서 삐죽 튀어나와 있었다

한번 보여 달라고 하자 그러마 하면서 던져 주었다

글을 읽는 내내 풍부한 시상과 날카로운 감성에

눈을 떼지 못했다 가장 마음에 드는 시 한 편 읽어 본다

"우리 엄마 엄마의 죽음을 알게 된 것은 어느 길에서 나의

갈 길을 묻고 있던 때였다" 어미는 내가 죽은 줄로만 알고 있었고

매일 매일 나를 위한 기도를 드렸다는 말에 온통 더러워진 옷 안에

숨겨 놓은 예쁜 꽃신을 꺼내 드는 순간 반짝하고 하늘로

올라가서 별이 되었다

엄마의 눈물이 아롱아롱거리며 나에게

따뜻함을 비춰주고 울지 마라 우지 마라

그렇게 말씀을 하시는 게 아닌가 그가 하늘을 보는 것은 엄마의 체취를

사랑을 느끼고 싶어서이다 나 이대로 살아가기 싫어 별이 된

어미 곁에서 별이 되고 싶어.

인간은 저마다 꿈이 있고 삶이 있다 우리 모두 서로가 서로를 지켜 주는 별이 되자.

아이들은
무엇을 먹고 자라는가

하늘하늘거리던 유년의 기억을 거슬러 올라가다 보면 하나님을 만났을 때와 그리스도를 만났을 때였던 유치원이 기억난다. 수녀님들에게 성경 공부를 배우고, 신부님의 말씀을 자주 듣던 때가 인생에서 가장 즐거웠던 때가 아닌가 싶다.

현재의 아이들이 자라나는 환경은 내가 자라던 시절과는 확연하게 차이가 난다. 군사정권 시절에 매일같이 보던 텔레비전에 대통령의 얼굴이 나왔고, 꿈이 무엇이냐 물으면 장군이 되는 것이라고 했었던 씁쓸한 기억이 나는데 그 이유는 영악하게도 장군이 되면 대통령이 되는 시절이라는 것을 알았기 때문이었다.

지금은 민주주의가 발전이라기보다는 진행이 되었고, 자본주의 사회에서 자라나는 아이들에게 경제의 힘, 즉 돈의 위력을 인식시키는 데에 중점을 두는 교육을 조장하는 분위기의 사회가 불만족스럽다. 아이들을 키우는 데에 필요한 교육비며 생활비가 과다하게 많은 나라에서 아이를 낳아서 키우기란 쉽지가 않은 일이 되어 버렸다.

지방 선거에 등장하는 무료 급식 및 무료 교육을 외치는 후보가 있어도 현실 불가능, 즉 '자신이 세금을 더 내어야 하지 않겠는가'라는 생각으로 거부를 하는 사람들이 많다. 5년 전 파리에 잠시 머무를 때 베트남계 프랑스인 친구가 파리에서 태어나 살면서 휘황찬란한 불빛들을 거리에 수놓기 위해서 시민들이 세금을 많이 낸다고 말한 적이 있다. 또한 자신은 전 세계 사람들이 꿈을 가지고 파리에 놀러 오기 때문에 그것을 위해서 자신의 돈을 더 내어도 상관은 없다는 말을 한 적이 있다. 물론 프랑스는 세금을 많이 내는 만큼 복지 혜택이 많다. 무료 의료며 무료 교육이며 주거비 지원까지 해 주는 나라이기에 국민들이 군말 없이 세금을 많이 낸다.

대한민국은 부자 감세라는 얼토당토않는 정책을 펼치면서 세금이 줄어서 서민들이 내는 세금으로 사회 복지를 하기란 어렵기만 한 것이 현실이다. 외신에서 어느 나라는 부자들이 나서서 세금을 더 내겠다고 하는 것을 본 적이 있다. 아이들이 좋은 환경에서 자라기 위해서는 우선적으로 무료 교육, 무료 급식, 무료 의료가 시행되어야 하며, 점차 돈 없는 사람들을 위한 주거비 보조까지 시행되어야 한다. 그러려면 부자들이나 중산층이나 서민들이나 자신이 버는 만큼 일정 비율 더 많이 세금을 내야 한다. 세금을 내는 것이 사회 복지를 위해서 쓰이고, 생활 전반에서 큰 비중을 차지하는 의료비, 교육비만이라도 무료화된다면 생활의 질은 높아질 것이고, 아이를 낳아서 잘 길러 보자는 생각을 하는 사람들이 많아질 것이다.

아이들이 훌륭하게 자라기 위해서는 사회 복지도 필요하지만 어른들의 생각도 바뀌어야 한다. 우선 직장에서 일하는 시간이 줄어들어야지 아이들과 대화할 수 있는 시간이 많아질 것이다. 그러기 위해서는 기업들이 정신을 차리고 인간을 일하는 기계로 볼 것이 아니라, 한 인간으로서 자신들과 똑같은 존재라는 것을 인식해야 한다. 기업의 이윤 정신은 자본주의의 무서운 습관이다. 또한 아이들이 자라나기 위해서는 공부에만 매달리게 할 것이 아니라 인류애가 무엇인지, 인간이라는 것이 왜 인간인지, 신이 왜 존재하는지, 기도를 드리는 이유를 설명하고 대화해야한다. 더불어서 인권 교육과 인간이 모여 산다는 것이 왜 필요한지, 인류 사랑에 대한 교육을 학교에서 시행해야 한다. 아이들을 돈으로 보는 교육 기관들이 사라질 수 있도록 어른들의 정신세계가 바뀌어야지 그렇지 않고 혼자만 잘살면 된다는 현재의 교육으로서는 미래는 없다.

암스테르담 보스
Amsterdamse Bos

내가 여기에 있어요 I'm in here acrylic, oil pastel on paper 78x54cm 2023

파리에서 버스를 타고 도착한 곳은 한적한 버스터미널이었다. 전날 예약한 암스테르담 보스안 텐트촌에 가야 하는데, 너무 늦은 밤에 도착을 해서 일단은 근처에 있던 50대의 부부에게 말을 건넸다. 꽤 정확한 영어로 나에게 그곳까지 차로 태워 주겠다는 것이 아닌가? 무척 고마웠다. 전날 마신 와인과 불규칙적인 삶에서 오는 피로감으로 지쳐 있던 나에게 그 부부는 천사처럼 느껴졌었다.

자동차가 30분쯤을 달렸을까. 거의 다 왔다고 했다. 고맙다는 인사를 하고 그들과 헤어지고 그렇게 숲에 도착을 하고 보니 아주 좋은 캠핑카에서부터 작은 침대 하나씩 자리를 차지하거나 아니면 자신이 가지고 온 텐트를 설치해서 휴식과 여유를 가질 수 있는 곳이었다.

다음 날 아침 일어나서 바라보이는 숲의 풍경과 상쾌한 바람이 불어오기에 더할 나위 없이 기분이 좋아졌었다. 그렇게 3일쯤 되니 비용 문제도 있고 무엇보다도 혼자서 살고 싶다는 생각이 들어 우선은 자전거부터 구입하고 무거운 짐들을 자전거에 싣고서 정처 없이 숲길을 따라서 걸었었다. 암스테르담 시내와 자전거로 40분 거리에 위치되는 곳에 자리를 잡고, 우선은 타인의 손길을 타면 안 되니까 군대 용어로 '은폐, 엄폐'를 사용해서 작은 텐트를 설치하고 나니 얼마나 기쁘던지…….

광활한 암스테르담 보스의 숲이 모두 내 것인 양 느껴졌었다. 서바이벌 생존 게임 그 당시 나는 그 어디에 가서도 살아갈 수 있다는 자신감이 있었다. 매일 아침 호숫가로 나가서 새들이 날아가는 것을 보기도 하고, 물이 나오는 곳까지 왕복 1시간으로 물을 떠 오고, 값싼 빵으로만 끼니를 때우고, 어떤 때는 여러 개의 촛불을 켜서 맛있는 수프를 만들어 먹기도 했다.

오후에는 암스테르담 시내까지 신나게 달려가서 이것저것 구경하다가 보면 어느새 시간은 밤이 되곤 했었다. 기억에 남는 건 중국인 식당이 많다는 것과 작은 카페들에서 헤시시나 마리화나를 피우는 사람들 그리고 대낮에도 버젓이 섹스숍이 문을 열고 호객 행위를 하는 것. 네덜란드 사람들은 우수에 찬 표정을 많이 짓는다는 것 정도……

다시 숲으로 돌아가는 내 마음과 정신 그리고 육체는 그 어느 때보다도 건강했었다. 텐트에 촛불을 켜고 그림을 그릴 때 행복이 밀려왔었다. 말없이 침묵으로 하루하루를 보낼 때 느꼈던 것은 인간에게 언어라는 것이 왜 중요한지와 더불어서 언어가 없이 손짓, 발짓, 얼굴 모양으로도 의사소통을 할 수 있다는 점이었다.

사람의 생각이라는 것은 참으로 복잡미묘한 것으로 하루에도 몇 번씩 사상이 바뀌고, 관점을 달리하는 것에 집중하기도 하고, 무관심하게 보기도 한다는 것이다. 자신의 의견이나 관심거리, 종교 사상이 다르다고 해서 말다툼을 하거나 심지어 몸싸움으로 번지는 것은 어리석은 것이다고 지금은 말할 수 있다. 이 세상에는 우리들이 모르는 다양한 의견들이 존재하고, 각자의 삶의 모양에 따라서 얼마든지 나와 다르다는 것을 받아들여만 한다.

인간의 역사는 전쟁의 역사였다. 지금도 아랍에서는 전쟁을 수행하는 미군, 다국적군들이 국가 간의 이념이나 사상 종교가 다르다는 점으로 인해서 서로가 죽고 죽이는 싸움을 하고 있다. 한반도만 해도 이북과 남한으로 갈라져서 한 국가는 조선민주주의 인민 공화국이라는 명칭을, 또한 국가는 내가 태어난 대한민국이라는 이라는 명칭을 사용하면서 삼팔선을 기점으로 전쟁 돌입을 가상한 모의 전투를 매일 하고 있다 참으로 불행한 일이다. 전 세계에서 유일한 분단 국가인 한반도에서 태어나서 이산가족의 핏줄인 내가 가지 못하는 곳은 유일하게 이북인 것이다. 언젠가는 방문을 하거나 여행을 하는 날이 오기를 꿈꾸며 희망한다.

잠시 이야기의 관점이 벗어났는데, 암스테르담 보스라는 곳에서의 나의 삶이 그리운 것은 홀로 있고자 할 때 혼자 있을 수 있다는 것이다. 지금의 현실은 매일 부모님의 얼굴을 마주쳐야 하고, 격일제로 제과점에 나가서 일을 해야 하는 것이 정신 건강에 맞지를 않아서 이사를 준비하고 있다. 나의 고향인 부산을 떠나서 오히려 많은 사람들이 군집해서 조용하게 섞여 살아가는 것이 가능한 서울로 가고자 한다. 20대 때에 서울에서 만난 사람들이나 기억들을 돌이켜보면 참으로 많은 인간들을 만났고, 이야기하고, 술을 마시면서 지금의 그림을 형성하는 데에 중요한 역할을 했던 것 같다.

한편 암스테르담 시내에 있는 갤러리 링카를 운영하는 60대 마담과의 추억을 들여다보면, 그녀가 이야기했었던 게으른 여성으로 혼자 살아가는 것에 만족한다는 것이 마음에 닿았었다. 내가 가면 꼭 와인 한 병을 따서 함께 마시곤 했는데, 유머가 뛰어난 것과 이스라엘 태생으로서 느껴지는 비애가 왠지 끌리는 그녀의 삶이 무척이나 고요하다는 점이 그 당시의 나의 정신세계와 잘 맞았던 것 같다.

자전거를 타고 온종일 돌아다니다 보면 많은 관광객들과 현지인들을 마주치게 되었고, 그들의 대화에 귀를 기울이곤 했다. 암스테르담을 떠나기 전에 외환은행 암스테르담 지점에서 일하는 한 여성과 그녀의 남편이 나를 초대해서 맛있는 식사와 와인을 주었던 것이 기억난다. 평범하게 보이는 일상에서도 행복해 보이던 그 부부를 보면서 '나도 결혼을 하면 저렇게 지낼 수 있을까'란 생각도 잠시 했었던 것 같다.

예술을 사랑하고 예술을 위해서 하는 행위가 과연 보편적인 삶을 누릴 수 있는 자격 요건이 되는지 지금도 애매하다. 풀잎새가 짙은 음영을 자아내던 숲을 떠나서 내가 가야 할 곳은 일본 도쿄였다. 친구 모라드가 그곳에서 지낸다면서 연락이 왔었고, 점점 자연인이 되어 가는 내가 두려워져서 인구 밀도가 서울과 비슷한 대도시로 옮겨야 한다는 생각으로 나의 친구가 되어 주었던 숲과 인사를 하고 도쿄로 향하는 비행기에 탑승을 했다.

예술가

예술가라는 직업이 가지는 매력은 자신 안에 몰입하여 다양한 색채와 생각들을 끌어내어 현실로 보여 줄 수 있다는데에 있다. 그렇다고 삶이 매혹적인 물질을 주지도 않지만 가혹하지도 않다. 살아가는데 적절한 햇빛을 주고 그림자를 볼 수 있는 눈을 주는 인생인 것이다. 직업이라면 그것으로 생계를 유지해야 하지만, 현실은 그렇지가 못한 경우가 많다. 현실과의 타협을 이루어 내야 하는 상황에 직면했다면 좀 더 나은 결정을 내리기 위해서 분투해야 할 필요성이 있다.

지독하게 가난한 것은 자랑거리가 되지 못한다. 하지만 예술가로서의 성공이 꼭 물질적인 보상과 사회적인 명성으로만 이루어진 것은 아니라고 생각한다. 한 사람의 예술가로 살아간다는 것은 자신의 꿈을 위해서 자신을 희생해야 할 때가 있다. 정신적인 아픔을 극복해야 하고, 육체적인 빈곤을 경험해야 하는 것이다.

색채를 다루고 언어를 다루는 일이 익숙한 사람에게 그와는 전혀 상관없는 일은 생계를 위한 일 이상의 의미를 지닌 것이 아니다. 그렇다면 진실로 최선을 다해서 그림을 그리고 글을 쓰는가에 대한 질문에 그렇다고 자신 있게 대답은 하지 못하겠다. 최선이라는 개념이 어떤 것인지 알 만큼의 성숙한 시기는 와 있으나, 그동안의 작업을 볼 때면 부족한 것이 많다고 느낀다. 완전한 작품을 세상에 내놓는다는 건 어쩌면 불가능에 가까울지도 모르겠다. 분명한 것은 불완전한 작품을 내놓고 계속해서 경력을 쌓는 일이 중요할 수도 있다는 것이다. 평생을 작품에 모든 것을 내놓는다고 해도 부족함은 끊이질 않을 것이다.

거장들은 이미 세상을 떠났고, 살아 있는 거장이 되기 위해서는 죽은 이들과 경쟁을 하는 것이다. 그런데 경쟁이 되겠는가. 이미 죽은 예술가들과의 경쟁은 무의미하다. 경쟁이 아니라 배운다고 하는 것이 좀 더 올바른 표현이 아닐까 싶다. 한때는 착각을 한 적도 있었다. 살아 있는 많은 현시대의 예술가들을 보는 것이 아니라 하늘로 떠나서 별이 된 이들과의 관계를 더욱 스스로 의식하고 흉내를 내려고 했었던 시절이 있었던 것은 아닐까 싶기도 하다. 누군가를 흉내 내며 살아온 적은 없었다고 말하고 싶지만 이미 많은 이들로부터 영향을 받고 배움을 얻었다. 그것은 부인할 수가 없는 사실이다. 하나의 색채를 쓸 때, 색상, 채도, 명도에 따른 효과들을 거장들의 작품에서 보아 왔고, 직접 색을 다루면서 깨우치는 것도 이미 있어 왔던 것이라면 할 말이 없다.

언어를 다루는 것도 책들을 읽으면서 독학으로 배운 것이지만 그 책들의 영향을 받은 것도 사실이 아닐까 싶다. 그렇다. 다른 사람들의 작품에서 영향을 받고 자연스럽게 그 영향을 사용할 때 꼭 그들과 같이 된 것처럼 자만하지는 않았던가 하는 점에서 자유로울 수가 없는 것이다. 오로지 독창적인 형식과 내용을 가진 자신만의 작품을 생산해 낸다는 것이 진실로 얼마나 어려운 것인가를 다시금 느껴 본다. 그렇다고 스스로의 표현력에 의구심을 가지고 개성 있는 표현을 망칠 생각은 없다. 다만,

좀 더 풍부하고 좀 더 깊이 있는 표현을 하고 싶은 열정과 열의를 가지고 있을 뿐이다.

앞으로 10년, 20년, 30년 혹은 100년 뒤까지 살아 있는 작품을 만들려면 어떤 노력이 필요한지 조금은 알 것 같은 오늘이라는 시간에서 실질적으로 필요한 마음가짐이 무엇인지를 한번 스스로에게 물어본다. 대단한 작품을 만들어서 사람들에게 인정을 받고 싶거나 훌륭하다고 느껴지는 작품을 세상에 내놓고 싶은 마음이 있다는 것을 숨기고 싶지는 않다. 그렇다고 그런 작품들이 쉽게 그냥 주어질 것이라고 생각하지는 않는다. 매일 매일의 꾸준한 노력과 쉽게 식지 않는 열정이 그것을 가능하게 해 주리라고 믿을 뿐이다. 현재에는 약간 지치기도 했지만, 다시 힘을 모아서 앞으로 한 발짝씩 나아가야 할 때라는 걸 강렬하게 느낀다.

예술이란 무엇인가

예술이 가진 힘을 사용하려고 예술을 하는 것이 아니다. 그러나 예술이 가진 능력을 이용해서 하고 싶은 이야기를 전달하고 싶은 생각이 있는 것이 사실이다. 순수하게 그림을 그리고 순수하게 글을 쓰는 행위는 이미 사라지고 없는지도 모르겠다. 떠나간 연인을 그리워하듯 떠나간 순수함을 그리워하지만 이미 떠나간 것은 돌아오지 않는다.

예술이란 무엇인가? 진지하게 물어보면 진지하게 대답한다. 짐짓 있는 척을 하는 게 아니라 있는 그대로의 대답을 한다. 내가 생각하는 예술이란, 인간의 삶에 영향을 끼치고 인간의 정신을 보다 높은 곳으로 이끄는 역할을 해야 한다고 생각한다. 시각적이든, 청각적이든, 둘다이든지 예술이 가진 힘은 분명하게 인간이 이롭게 되기 위해서 사용되어야 한다고 믿는다.

예술은 돈이 아니다. 돈을 만들 수 있지만 분명한 것은 '돈이 아니다'라는 사실이다. 착각을 하는 예술가들이 많은 시대이다. 예술을 돈으로 생각하고, 예술을 단지 직업적인 성취로만 생각하는 사람들은 예술가의 자격이 없다고 생각한다.

예술이 가진 고귀한 의무인 인간의 정신을 깨우는 일은 무척이나 중요하다. 그렇게 중요한 의무를 잊고 행위로써의 예술만을 고집한다면 단지 기능공에 지나지 않는다. 잘 그리고, 잘 쓰고, 잘 작곡하는 일은 많은 사람들이 할 줄을 안다. 그러나 그들 중에서 진정한 예술의 아들과 딸은 드물다. 정신적인 극단까지 가 보고 난 후 끄집어 내는 예술은 무엇인가가 틀릴 것 같지 않은가? 일상적인 것을 거부하고, 극도로 예민하고 극도로 세심하게 다듬어 낸 작품은 다를 것 같지 않은가?

인간이 만들어 내는 예술은 인간적이기에 그 가치가 있다. 지극히 인간적인 작품을 나는 사랑한다. 형식적인 외양만을 치장하고 형식적인 내용에만 집중한 예술을 나는 좋아하지 않는다. 머리로 만든 작품은 단지 머리로 이해될 뿐 그 깊이감이 없다. 깊이에의 강요가 아니다.

단지 보기 좋게 만들고 취향에 맞춘 작품들은 오래가지 않는다. 일회용 물건과 다를 바 없다. 그러한 일회용품을 생산해 내는 작가들이 판을 치는 예술계는 썩어서 문드러진 곳이다. 고약한 악취가 나는 것이다.

삶을 조율하고 인생을 보다 아름답게 만들고자 노력하는 예술 작가들이 힘을 얻어야 한다. 나는 그들을 지지한다. 한편, 단순하게 노동으로만 만들어 낸 작품은 뭔가가 부족하다. 정신적인 부분이 빠져 있다면 그 가치는 절반이다. 노동의 힘을 사랑하지만 그 노동만으로 되는 것이 예술은 아니라는 것이다. 육체와 정신이 합일되어 함께 움직일 때 예술 작품은 그 가치를 더하고, 사람들에게 깊은 인상을 준다.

예술은 사람을 조금씩 변화시킨다. 예술이 없는 사회는 삭막한 사회이고 물질만능의 사회이다. 물질이 발달할수록 정신적인 크기도 함께 커가야 하지만, 현실은 늘 그렇지 않다. 비대한 사회를 지탱하는 건 언제나 경제라고 생각하지만 예술이 가지고 있는 역할도 생각해 보고 예술을 향유하는 사회가 되어야 한다. 많은 사람들이 예술은 어렵다고 한다. 그렇지 않다. 예술이야말로 인간의 기본적인 생활을 포착하고 표현해 내기에 인간 본연의 모습과 밀접한 관련이 있다. 인간이 바라보고 인간이 감각하는 모든 것을 표현해 내기에 그 가치가 있는 것이다. 그렇기에 다양성의 확보야말로 예술의 존재를 유지시키는 데에 필요하다. 인간으로서의 자신의 존재가 궁금하다면 예술에 관심을 가지고 다양한 시각을 확보해 보면 좋겠다. 나는 사람들이 꿈을 꾸고 그 꿈을 실현할 수 있는 용기를 예술에서 찾을 수 있기를 희망한다.

의식과 무의식

의식의 영역에서 산다는 건 무의식의 세계를 옆에 놓고 산다는 것과 동일한 것일까? 자신이 하고 있는 말이나 행동을 합리적이고 일관성 있게 표현한다면 무의식에서 나오는 행위나. 말은 살아오면서 기억에 저장되어 있는 중요했던 사건이나 익숙했지만 그냥 잊어버린 일들을 다시 재편집해서 표현하는 것일까? 흔히들 무의식에서 나온 말이나 행위로 인해서 난처한 상황에 처해진 적은 없는가? 의도하지 않은 말과 행동으로 상대방을 상처 주고 관계를 어렵게 한 적은 없는가? 잠재의식에 들어 있는 무의식의 영역은 어디로 튈지 모르는 공과 같아서 조금만 방심하면 그 본성을 드러낸다. 인간의 삶을 윤택하게 하는 데에 도움이 되면 모르겠지만, 그 반대인 경우는 힘이 든다.

성적인 욕망이 의식보다는 무의식의 자리에서 변형되고 일그러져서 괴물 같은 형태로 만들어질 수도 있다. 성적 환상이 꿈속에서 모두 흡수가 되고 방어 작용을 해서 실생활에서 문제가 없으면 좋겠지만, 의식의 흐름을 넘어온 무의식은 인간을 성폭행하거나 범죄를 일으키는 부분을 가지고 있다. 무서운 일이다. 무의식을 간과해서는 안 된다. 의식의 힘을 키우면서 자연스럽게 흘러나오는 꿈속에서의 무의식의 환영과 욕망을 현실에서도 인지를 하고 타인에게 피해를 주지 않는 방향으로 올바르고 밝게 힘을 길러 내야 한다. 인간의 특성이 의식과 무의식의 정신에서 나오는 행위들을 제어할 수 없거나 충분하게 방어 기제를 사용할 수 없는 상황이라면 주변 사람들에게 도움을 요청하거나 정신적인 치료를 받아야 한다. 대부분 카운셀링을 통해서 어느 정도의 치료가 가능하다.

그러나 대한민국은 쉽게 가서 카운셀링을 할 만한 곳이 없어서 사회적인 문제가 될 요소를 충분하게 가지고 있다. 의사와의 상담은 약물 치료에 의존한 상담이 주를 이루기 때문에 대화 상담을 통해서 치료를 할 여건이 되는 곳이 거의 없다. 심각한 문제이다. 의식과 무의식을 조절해서 치료할 수 있는 전문 인력이 필요하지만 현실은 그러하질 못하다. 결국은 스스로가 문제를 풀어야 한다는 결론이 나오는데, 의식의 부분과 무의식의 부분을 적절하게 조절할 수 있는 힘을 개인이 가지기에는 힘이든다. 부단하게 의식을 살펴보아야 하고, 무의식에서 나오는 행위들의 근원이 무엇인지를 스스로가 진단하고 치료한다는 것은 어쩌면 불가능에 가깝다.

실생활에서 도움이 되는 의식과 무의식에 관한 연구서가 일반화되어서 나오면 좋겠지만 그런 책은 드물거나 없다. 의식과 무의식을 어떻게 하면 음지에서 양지로 나오게 하는가에 대한 책이 쉽게 쓰여져서 사람들이 읽고 공부를 할 수 있는 여건이 만들어져야 한다. 초중고등학생들에게 의식과 무의식의 세계를 공부시키고, 어떻게 하면 슬기롭게 의식을 형성하고, 밝고 기운차게 사용할 수 있는지를 가르쳐야 한다. 무의식의 세계는 어떻게 형성이 되어 있으며, 무의식이 인간에게 어떤 영향을 끼치고 만약에 무의식에 문제가 생겼다면 그 치료 방법은 무엇인지를 쉽고도 상세하게 가르쳐야 한다. 일반 상식으로 의식과 무의식의 세계를 이해할 수 있다면 범죄의 증가도 감소할 수 있다고 생각한다. 의식과 무의식을 사용해서 어떻게 하면 자신이 하고자 하는 일에 효과적이고 실제적으로 사용할 수 있는지에 대한 학습을 배울 수 있다면 보다 풍요로운 사회가 만들어지지는 않을까 생각한다. 의식을 가지고 있고 무의식을 가지고 있는 것은 인간의 권리이다. 그 권리를 잘 쓸 수 있게 도움을 주어야 한다.

인간의 얼굴

나의 두 눈을 보세요. 그러면 그림이 잘 그려져요. 나는 인물화를 그릴 때 상대방의 눈을 주시하면서 그림을 그린다. 그동안 남녀노소 가릴 것 없이 다양한 인물을 그려 보았다. 인간의 얼굴은 누구라고 할 것 없이 모두가 자신만의 개성을 가지고 있다.

한 인물의 초상에는 그 자신만이 품고 있는 생각이나 철학이 내재되어 있다. 역사에서 인물의 과거와 현재 그리고 미래까지 담아낼 수 있는 그림이야말로 걸작이라고 평가를 받는다. 나는 그동안 만났던 사람들의 표정에서 읽혀지던 고뇌 두려움 기쁨 환희 같은 것들을 잡아내려는 노력을 했었다.

인간의 얼굴에는 사회성이라는 것이 뿌리 깊게 자리를 잡고 있다는 것을 발견한 때는 외국인들을 상대로 그림을 그려 봤을 때다. 각 국가별로 피어나는 모양과 내비치는 공기 같은 것이 다르다는 것을 인지했을 때 비로소 인류라는 커다란 지향점에 다다를 수 있는 작업을 할 수도 있겠다는 희망을 품기도 했었다.

나는 인물화를 그릴 때는 돈을 받지 않는다. 그동안 밥이나 술 아니면 물물 교환이나 그 사람의 미소로 대신 작품비를 받았었다. 다양한 인물화를 그려 봤기에 현재의 내 작품이 나오는 것이라는 걸 생각하면 오히려 내가 그렸던 사람들에게 고맙다는 마음이 든다. 또한, 앞으로 3년 동안 쉬었던 인물화 그리기가 다시 시작될 때가 기다려지기도 한다. 사람의 얼굴을 그린다는 것은 내게 그림을 그리는 재능을 주신 하나님께 감사드릴 일이다. 세상에는 내가 그리지 못한 인간이 가진 가치나 철학 사상이나 풍경들이 너무도 많다. 그리고 각 인간들의 섬을 여행하는 동안 내게 주어질 햇살 가득한 느낌의 색채와 형태가 벌써부터 기다려진다.

절대 악과
절대 선이란

<hr>

부패한 악이란 인간이 인간을 잡아먹고, 인간이 인간을 기만하고, 인간이 인간을 죽이며, 인간이 인간을 종으로 부리며, 인간이 인간의 정신을 망가트리며, 인간이 인간을 부려서 부를 장악하고, 인간이 인간을 속여서 권력을 장악하는 행위들을 말한다. 부패한 악을 행하는 인간은 이미 절대 악을 버리고 부패한 악으로 업을 삼아 산다. 그들은 인간이 아니며 괴물들이다. 결코 인간이 될 수 없다. 부패한 악만을 먹고 사는 인간들이 가장 많이 모이는 곳이 교회당이며, 또한 그들의 스승이 되고자 하는 인간들은 부패한 악이다. 결코 악인이 되지도 못하는 불쌍한 존재들이지만 그들로 인해 절대 악은 멈추어 있다. 악을 성장하게 하는 선한 힘들은 대부분 절대 악에서 나온다. 인간이 인간을 섬기지만, 인간의 정신성을 끝장낼 만큼 큰 힘으로 인간을 사로잡고 인생을 지배해 버린다. 절대 악이란 그렇다. 절대 선은 인간의 정신성을 향상시키며 발전하게 한다는 점에서 크게 다르다.

인간의 정신성을 장악하는 힘을 가진 존재들은 인간의 탈을 쓰고 있지만, 그들은 진정 악인이다. 어설프게 착각을 조장하고, 어설프게 정신을 교란시키는 무리들은 저급이다. 그들은 악인도 아니요, 선인도 아니다. 조잡한 인간일 뿐이다. 그런 조잡한 인간들이 지배를 한다고 착각을 하는 것 또한 잘못이다. 그런 생각에 얼마나 많은 생명들이 없어지는가? 전쟁으로 인해서 테러로 인해서 사라지는 목숨들은 악인의 탄생을 기다리며 선인의 탄생을 기다린다. 절대 선은 인간이 인간을 이롭게 하지만 절대 악이 존재해야지만 성장을 한다. 또한 절대 악 또한 절대 악이 존재해야지만 비로소 그 존재를 느끼게 되며 멈추지 않는다. 악과 선의 전쟁은 결코 피의 싸움이 아니다. 인간의 정신성을 장악하고 성장하게 하는 데에 그 목적이 있다. 절대 악이 무서운 것은 절대 선이 존재하기 힘들기에 인간의 정신성을 그대로 멈추게 하는 데에 있다. 절대 선이 다수가 되면 절대 악은 생성하며 진화하기 시작한다. 그래서 절대 악과 절대 선은 분리될 수 없다.

지상에서 보내는
편지

자아를 삼키는 바람이 귓가를 스친다

어두운 저편에 공기 압축된 살코기가 얼어

길고 긴 계절의 자락에 분홍점 찍는다

여태껏 살아오면서도 보지 않았던 미혹의 눈

슬며시 유혹하는 천사의 손길이 검게 피어오른다

차갑고 시린 촉감에 반응하는 뇌의 울렁임에

토옥 하고 약물을 먹어 잠을 이루게 한다

미친 듯이 변화하고 아픈 만큼 사라지는 정신의 일탈

꿈꾼 적 있는가 보이지 않는 미성숙한 심장이여

오래 묵은 피의 흔적이 손가락을 자극할 때

그토록 건드리고 싶었던 피아노의 뚜껑이 열린다

억압 속에 살아온 역사 안에 숨 쉬는,

미천한 잔뿌리를 걷어내면 진실은 숨통 트인다

아무런 잘못 없다 말하지 말라

누구로 인해 생명의 불씨 꺼졌다 해도

그 불꽃 사라지는 가까이에서 보고 들었으니

언제쯤 희망의 빛이 곁에 올까 생각지 말라

고독의 신음 소리는 지금 한 영혼,

밟고 있으며 광장의 커다란 웅성거림 속에 솟은

잠결에 누운 꽃은 그 싹을 도려내니

미워할 수 있는 만큼 미워해라

그런 후 안아 줄 수 있는 만큼 꼭 껴안아라

삶이 끝나는 그날,

다시 만나 침묵의 언약을 하고 질겼던

세상의 속박을 이빨로 뜯어내고 그냥 올라가자.

천상에서 보내는
편지

파랗게 앉은 그늘 아래 별빛 숨었다 나타난다

격정의 밤이 지난 후 나른한 잠이 쏟아지는 새벽 내려다본다

아가들아 잘 자라고 있니

보드라운 천을 머리맡에 두고 아침에 두르길 바라노니

일어나렴

알록달록한 색깔들이 춤추는 도시의 벽들이여

걸어가렴

한 남자 한 여자의 심장에 쏘아올린 불꽃을 따라

지그시 두 눈을 감고 어린이의 말소리 귀 기울여

돌이 되어 버린 꽃이여

향기 잃은 들꽃이여 들판에는 봄이 오고 있다네

어딘가에서 낯선 춤추는 난쟁이가 칼을 들고 나온다면

인사를 하렴

거대한 시간의 아래에는 작고 앙증맞은 구슬들이 또록

웃음을 흘리며 머릿결을 보호하라

바람에 흔들리는 경찰이 검사에게 충성을 말할 때

하얀 거짓말이 국화를 씹는다

이 나라의 수장은 안경을 썼다 벗었다 옷을 입었다 옷 벗었다

아무런 상관없는 그들은 지옥의 곁에서 여전히 꿈꾸게 하고

제국의 개들은 밥을 먹게 하자

굶은 아이들이 밥을 달라고 할 때,

인권의 대단한 깃발은 피로 얼룩이 진다

보아라

느껴라

먹어라

대단한 식성의 그들 앞에 먹을 것이 없다면 그건 곧,

폭동이니

먹을 것을 원하는 자 먹을 것을 주고

배우기를 원하는 자 책을 다운로드할 수 있는 이용권을 줘라

비가 내릴 무렵 하늘 아래 너를 만나서 기쁜 얼굴로

침을 뱉어 모욕을 주니,

천둥이 치고 뼈가 삭는 오늘이 점점 흥미로운 놀이가 된다

욕은 하되

죄는 미워하되

사람은 미워 말라

아니다

사람은 능지처참하되

죄를 더 높이고 욕은 더욱 원색적으로 사용하라

곁에 아무도 없음을 아는 밤이 다시 올 때

문을 걸어 잠그고 단추를 누른다

비상 경계

비상 계엄.

철학이란
무엇인가

철학에 대해서 무지하지만, 철학의 중심에는 사유하는 인간과 자생하는 자연이 있다고 생각한다. 인간으로 살아간다는 것은 위험하고도 어려운 일일 수도 있다. 자신의 감정을 드러내지 않고, 이성과 감성을 조절하는 행위 자체가 자연스러움에 반대되는 것은 아닐까 한다. 철학을 이야기하고, 철학을 공부하고 철학을 정립시킨 사람들의 삶은 위대함에 가깝지만 인간 근원의 질문인 '나는 누구인가?', '세상은 어떻게 존재하는가?'라는 질문 앞에서 쉽게 접근을 한 사람들은 드물다고 느낀다. 나는 누구인가? 인간으로 존재하는 중이라고 답변을 하는 것은 너무도 두리뭉실하다. '나는 인간이다. 고로 생각한다.'는 것에는 인간이기에 생각을 한다는 점을 분명하게 밝히고 있다는 점에서 공감이 간다.

이성과 감성을 조절하는 행위도 결국은 인간으로 생각을 하기 때문에 가능한 것이다. 그렇다고 인간만이 생각을 하는 유일한 동물이라고 생각을 해서는 안 된다. 생명은 생각을 가지고 있다. 존재하므로 생각을 가지고 있는 것이다. 본능이 생각과 동일한 것이라면 이해가 가는가? 본능과 생각은 다른 것 같지만 살아가야 하는 이유를 가지고 있기 때문에 동일한 것이다. 존재하기에 살아간다는 명제 앞에서 그 어떠한 생명들도 존재하기에 살아간다. 그러므로 생각을 하는 것은 인간만의 특권이 아니다. 인간의 오만한 행동과 생각은 자유를 억압하고 화평을 해친다.

선한 인간은 철학을 스스로 하지만 악한 인간은 철학을 구해서 한다. 공부를 해서 얻는 철학은 그 한계가 있다. 삶의 경험에서 나오고 인생의 계절에 따라서 나오는 철학은 그 깊이가 있다. 세상은 어떻게 존재하는가에 대한 질문에는 많은 사람들이 연구하고 공부를 하고 책을 썼지만, 진실로 세상이 어떻게 존재하는지에 대해서는 종교에 물을 수밖에 없다. 종교와 철학은 다른 것 같지만 많은 면에서 흡사하다. 역사를 가지고 있는 것이다. 그 역사란, 시작된 동기와 그 과정과 계속해서 진행이 되고 있다는 점에서 비슷하다.

세상이 존재하는 것은 신이 이 세상을 만들었기 때문이 아니라 과학자들이 밝히는 대로 만들어졌을 수 있다. 깊이 있게 알지 못하는 지금이지만 차츰차츰 공부를 해 나갈 생각이다. 그렇다. 세상이 어떻게 만들어졌는지 과학적으로 설명된 책을 읽는다든지, 강의를 들으면 이해가 쉬울 것이다. 그러나 함정은 꼭 있는 법이다. 세상이 어떻게 존재하는지에는 우주는 어떻게 존재하는가와 맞물려 있기 때문에 더욱 심도 있는 연구가 필요하다. 철학을 하는 자유는 인간만이 가진 권리가 아니라 온 우주에 있는 생명체들 또한 가지고 있는 것이기에 먼 훗날 학문적인 교류와 토론을 통해서 보다 넓고, 보다 심도 있게 다루어지기를 진심으로 바란다. 현재 철학을 공부하고자 하는 사람들은 생명에 대한 경외심을 가지고 배려하는 마음과 이해하는 힘을 길러야 한다고 생각한다. 그렇지 않으면 아무리 많은 책을 읽고 공부를 하고 연구를 해서 무엇을 할 것인가 우선은 인간이 중심이 되는 것이 필요하다면 인간에 대해서 철학하고 자연에 대해서 그 중심을 찾으려면 자연에 대해서 철학하고 우주에서 그 중심을 찾으려면 우주를 철학 하기를 권유한다.

키스

옆 동네 놀이터에 놀러 갔다

컴컴한 하늘 위에 초승달이 떠 있고

별이 빤짝빤짝 깜박이는 윙크를 날리는

넓디넓은 우주가 짙은 연보라 벤치에 앉아 있다

붉은 스카프 두른 여인과 흰 점퍼 입은 남자가

클림트의 그림처럼 키스를 나눈다

나는 담배를 물고 연기가 올라가는 것에 반사되는

연인을 물끄러미 바라보면서 추억을 건져 낸다

2003년 가을 홍대 앞 어린이 놀이터에서

수잔이라는 이름의 미국인과 나눈 대화라고는

말이 없는 내 그림들과 침묵에서 오는 잔잔한 교감

그리고

비가 내리는 늦은 밤에 휴대용 카세트에서는

살사음악이 흘러나오고, 그녀와 잠시 춤을 추었다

언어가 통하지 않으니 할 수 있는 것은 포옹과 깊은 입맞춤뿐

격렬한 욕망에 뿌리를 내린 순수함이 숨어 있던 그때

한 시간여의 시간이 빗소리와 함께

I will be back

영화의 엔딩처럼 수잔은 보드라운 머릿결을 젖히며

사라지고 나는 그 순간에 사랑과 이별의 감정을 동시에
받아들여 촘촘하게 얽힌 인간의 인연에 대해 생각했었다…….

팬

2003년 홍익대 놀이터에서 그림을 그리던 나에게 다가와 조심스럽게 말을 건네면서 "평생 팬이 되겠어요"라고 한 여성이 있다. 그녀가 공식적인 팬이 되겠다고 선언한 첫 사람이었다. 그 후에 몇 명의 팬들이 생겼고, 나의 삶에 활력이 되어 주고, 작품들을 사 주기도 하고, 밥을 사 주기도 했었다. 그러나 돌아다니는 것을 좋아하던 나에게 있어서 그들과의 연락은 점차 잊혀지고 말았다. 현재에도 나를 지지해 주고 믿어 주는 팬들이 있다. 숫자가 별로 되지는 않지만 소중한 사람들이다. 지금에서야 생각해 보니 팬들이 있다는 것은 그만큼 책임을 지고 작업을 해 나가야 한다는 것이라는 것을 알겠다. 앞으로 살아가면서 많은 사람들을 만날 것이고, 나의 인간성보다는 작품에 먼저 말을 걸어 주는 사람들이 늘어날 것이다.

인간적인 부분에서도 실격하지 않는 사람이 되고 싶다. 그동안 살아오면서 사람들과의 관계를 망친 적이 많다. 순전히 나의 잘못으로 빚어진 일들이다. 그들을 다시 만나면 사과를 하고 싶다. 그때는 미안했다고 이야기하고 싶다. 지나온 날들을 생각해 볼 날들이 많은 지금 정신적인 문제를 가지고 지내 왔었다는 것을 말하고 용서를 구하고 싶다. 나로 인해서 상처를 받고 작품을 좋아했던 마음을 접었던 사람들이 있다는 것이 부끄럽다.

인간관계를 성실하게 하고 싶은 마음이 든다. 오로지 내가 잘났다고 생각했던 자만심이 가득했던 지난날이 현재의 나를 만든 것 같아서 슬펐던 적도 있고, 아팠던 적도 있다. 인간에 대한 예의가 부족했던 날들을 반성해 본다. 나의 팬이었던 사람들이 지금의 나를 본다면 실망할 수 있을 것이다. 말이 없어졌고, 표정의 변화도 적어졌다. 그러나 작품의 변화는 많아질 것이고, 작품의 질적인 향상도 많아질 것이다. 다시 웃음을 찾는 날까지 마음의 여유를 잃어서는 안 되겠다.

꿈을 가지고 활발하던 시절의 모습이 우울하고 절망하는 모습의 현재이기는 싫다. 호흡을 천천히 하고 자신감을 가지고, 세상에 열려 있는 가능성들을 발견하고 표현하고 싶은 마음이다. 인간에 관한 연구를 진행해서 평생 동안 진지하고 깊이 있게 관찰하고 생각해서 표현을 하고 싶다. 나에게는 나의 발목을 잡는 사람들이 없다. 책임을 지지 않아도 된다는 뜻이 아니라 그만큼 자유로울 수 있다는 것이다. 햇살 밝은 봄날, 나에게 다가와서 나의 그림을 좋아한다고 말을 해 준 그녀가 그만큼 생각나는 건 오늘 한 사람의 또 다른 팬이 전화를 해서이다. 자유로운 영혼으로 날갯짓을 하고 싶다면 과거를 버리고 과거를 반성하고 과거를 뛰어넘어서 현재를 살고 내일을 준비해야 한다. 변함없이 지켜봐 주는 사람들이 있어서 힘을 낼 수 있다.

평화

아 누군가의 목소리에 전화선이 연결되어 있다
들리지 않는 무언의 수화 아우성 거리는 부산함
어린 계집아이가 동그랗게 눈을 흘긴다
파르륵 파르륵 소곤대는 벨이 한번 울린다
온전하게 멈추어진 기계실에는 컴퓨터의 부팅이
점점 빨라진다 계산되어진 미래는 커뮤니케이션의
따뜻한 양방 소통이 이루어지고 모진 바람에도 굳이
멈추어진 301호 회의실에도 후끈하게 달아오르는
팻말 하나 붙어 있다 사랑하는 장소 키스하는 장소
두근대는 피아노 건반이 따라르 따르르라라 따라랑
기분이 업 된 사람의 미소는 지하철 난간에 흩날리고
나른한 바이올린 음색에 말을 건네는 인간의 마음은
냉장고에 보관되어 의미 없는 말을 도란도란거린다
커다란 풍선 하나가 네온 빛깔 무지개 곡선을 그린다
어린 계집아이가 높다란 팔을 휘이휘이 저으며 뱅글.

2010.03.11.17.39

평화 속에 살 권리

베트남의 호찌민을 존경한다. 체 게바라의 혁명을 이해하려 한다. 빅토르 하라의 노래에 흐르는 민중의 눈물을 마음속에 받아들이려 한다.

누구나 평화 속에서 살아갈 권리를 가지지만 현실은 그렇지 못하다. 아프가니스탄에서 벌어지는 전쟁을 들여다보면 무엇이 보이는가? 테러의 배후에 시민들이 있는 것은 아닐 텐데 고통받는 것은 힘없는 국민들이다. 힘의 논리.

한반도의 통일을 막고 있는 세력은 분명 한반도가 통일이 되면 타격을 받는 주변국들일 테고, 현재 권력을 잡고 있는 무리들일 것이다. 남북한의 분단이 현실이고 아직까지 휴전 상태인 점으로 미루어 보아서 선결해야 할 문제점들이 많이 있을 것이다. 연합 통일이든 어떠한 형식을 빌려서 통일을 해야 한다면 서로의 체제를 인정하는 선에서 통일이 이루어져야 할 것이다. 우월한 체제는 더 이상 존재하지 않는 게 국제사회의 흐름이다.

민주주의는 그 어떠한 형태보다도 인간의 권리를 주장하고 의무를 지니게 하는 데에 적합한 것인 것을 미루어 짐작했을 때에 지향해야 할 사상이고 장치인 것은 틀림없다. 다만 인류의 역사에서 보았듯이 또 어떤 사상과 제도 장치가 나올지는 예측하기 힘들다. 분명 지금보다는 나은 제도 장치가 나오기를 바랄 수밖에 없다. 머리가 뛰어난 남북한의 학자들이나 연구자들이 연구하고 토론해서 실현 가능한 시나리오를 가지고, 국민의 의견을 수렴하고, 포용해서 통일에 관한 풍성한 결과물들을 내놓는 것이 어떻게 현실 불가능이라는 가정으로 시도도 해 보지 않는지, 그 저의가 의심스럽다.

국민들 개개인의 의식 수준을 남북한 따로 구분할 것이 아니라 모두가 훌륭한 의견을 지니고 있다고 생각했을 때, 올바른 결정을 내릴 수 있는 위치의 정치가가 탄생할 만도 한데, 현실은 그렇지가 못하다. 금빛 배지에 연연하고, 대통령이 되기 위해 그 어떠한 타협이라도 하려 들고, 상식이라는 것은 이미 자취를 감춰 버린 밋밋한 정신의 소유자들이 어떻게 국민을 대표하는 자리에서 한반도의 통일문제에 의견을 가지고 소신을 가지고 행동으로 한 발짝씩 나아갈 것인가? 잘못은 누구나 한다. 지금이라도 과거의 잘잘못은 과거에 날려 버릴 테니 충실하게 자신의 자리에서 의무와 권리를 행사해 주기를.

표현주의

두 손을 꽈악 쥐고 허공에 검푸른 선을 주욱 하고 긋는다. 감성 어린 눈물이 소곤대며 숫자를 하나, 둘 셋, 넷, 다섯, 여섯, 일곱 불러내며 가열찬 기분을 조각낸다. 연인에게 보내는 마지막 장면은 눈보라가 기운차게 흩날리며 차갑게 퍼지는 입김을 담아낸다. 안녕이라는 인사를 따스하게 보낸다. 노란 물결이 춤을 추고 흰 바탕의 화면에 붉은 날개가 활짝 웃음을 길쭉하게 넓게 펼치며 초록 바람을 미지근하게 피부에 와 닿게 해서 푸른 눈동자가 검은 눈을 마주 보게 한다. 가만히 나선형으로 쭈욱 펼쳐지는 광선을 시린 눈길로 바라보다. 지친 시신경이 움찔한다. 열띤 박수 소리가 광장을 점령하고, 소리 맞추어 구호가 거리를 에워싼다. 무숙자 한 명이 목을 매고 빌딩에서 뛰어내리는 순간 하나님이 금빛으로 반응하고. 부처님이 커다란 손으로 부드럽게 감싼다.

천사의 나팔 소리가 웅장하게 공간을 채찍질하고, 아라한이 향초를 높이높이 피운다. 아이가 콧노래를 흥얼대며 골목을 나와 대로를 따라 걷는다. 어딜 가는 걸까? 목적지 없이 놀이터로 향하는 것일까?

노인이 담배를 물고 불을 댕긴다. 후욱 하는 담배 연기가 작은 공원을 가로지르며 걸어가는 개에게 차악 하고 달라붙는다. 상쾌한 숲속에서 빨래를 하며 부르는 노랫소리가 아낙네의 치마에 스르륵 감긴다. 낮잠을 자고 일어난 고양이가 경쾌하게 쭈욱 팔다리를 뻗으며 지나가는 행인에게 자신의 먹이를 소중하게 준다.

물이 고파 술을 찾는 이가 하나 있어 늘 그의 자리에는 파티와 소란스러움이 끊이질 않는다. 두리번 행간을 맞추어 읽는 소설책에 점 하나만 찍혀 있는 경우 시 한 편이 스을쩍 떠오른다. 편안한 음악이 마음을 후리고 장단을 맞출 때 입맞춤이 달콤한 상상을 일으키며 표면을 힘차게 일으킨다. 세간의 뉘앙스는 새로운 낱말을 조합해서 가벼운 말 한마디를 상대방에게 던진다. 표표히 흐르는 강물에 반사되는 시간의 흐름은 곱게 차려입은 신사의 넥타이에 매듭을 지어 한층 더 아름다운 무늬를 아로 새긴다. 반드시 전달해야 하는 열쇠는 목적지 없는 방 안으로 깊숙하게 찾아들고 재즈의 향연은 와인 한 잔의 눈물에 버금가며 잊혀지지 않는 추억의 종이 한 장에 모든 것을 담아 미안한 심정의 수줍은 미소에 온전하게 철퍽 빠져든다.

푸른 빛깔 아몬드

　주섬주섬 챙길 거라곤 낡은 외투와 찌그러진 우산 하나. 빨리빨리 외치며 부르는 소리에 경기를 일으키며 재빨리 답하고는 동행하는 자의 어깨에 손을 댄다. 가을의 화려하면서도 단아하던 나뭇잎새들의 배웅을 받으며 밀항선을 타고 떠나는 자들이 있다. 아무런 말도 없이 침묵의 언저리에서 맴도는 가족, 친구 생각에 잠시 두 눈은 뜨거워졌다가 이내 평정을 찾는다. 타국에서의 삶이 시작도 되기 전에 미리 짜놓은 생활 지침서를 읽고 또 읽어 보면서 불법 입국자의 낙인 하나를 가슴에 토닥토닥 찍어 낸다. 신이 만든 길에는 너무도 많은 장벽이 있다. 국가 간의 경계선들이 만들어 낸 불법 체류자라는 이름의 노동자들. 그들은 오늘도 가슴 벅찬 대한민국에서 억압받고 조롱당하며 심지어는 강간이나 성차별 무시와 경멸을 받고 있다. 하나님이 세계를 만들 때 온 우주는 하나였으며, 지구 또한 하나의 별로서 국경이 존재하지 않았었다. 우리는 하나가 되는 방법은 알고 있으나 실천하기에는 너무도 멀고 먼 바닷길에 양심을 던져 놓았다.

한반도에 강이 흐른다

한반도엔 강물이 흐른다

역사의 빛줄기는 어디에서 시작되는가

보고 듣고 경험하여 아픈 시간

북에서 남으로

남에서 북으로

강물은 거꾸로 흐르기도 한다

그러나 순리를 찾을 때

한반도에는 국가가 하나가 아니다

국가가 대치하는 상황

이념도 다르고 체제도 다르다

그러나,

인간은 피가 흐르고 언어가 통한다

한반도에서 우선 일본이라는 국가로부터 정중한 사과를 받고 진심으로 용서를 해야 한다

정치적으로 일본이라는 국가가 사용하는 것에 말릴 이유가 전혀 없다

우리의 정신은 보다 나은 정신세계를 가진 민족이기에

한반도의 강물을 더럽힌 죄를 용서하는 것이 우선이다

한민족

우리 겨레는 한민족을 표방하지만 실제로

서로가 서로의 얼굴에 총을 들이다 대고 있다

역사는 흐른다

미국과 일본의 국민들은 아무런 죄가 없다

국가를 통치하며 한반도를 괴롭힌 정부에 있다

그러나 보아라

지금은 그들도 힘에 겨워 한다

영원한 것은 아무것도 없다

영원한 적도 영원한 동지도 없다

다만 인간이 있을 뿐이다

중국의 역사가 다시 시작되는 지금

한반도는 도약을 해야 한다

전쟁이 아닌 대화를 통해서

감정이 아닌 국민들과 인민들을 위해서

어느 한쪽의 경제가 힘들어 식량이 부족하면

지원을 하고 어느 한쪽이 체제가 힘들어

혼란스럽다면 관용으로 평화를……

행복해지기 위해
사는 것

인간은 행복해지기 위해서 산다는 말에 적극적으로 공감이 된다. 그렇다면 이 행복이라는 것은 도대체 무엇일까? 밝고 화창한 날씨와 같은 것일까? 긍정의 미학이라는 말이 떠오른다. 올바르다고 생각하는 것에 대해서 믿음을 주고, 자유의지를 발견하는 것이다. 인간은 누구나 행복해질 권리가 있다지만 현실은 그렇게 녹녹지가 않다. 현대 사회가 가지는 문제점들 과거에도 있었던 사회 문제, 정치 문제, 경제 문제, 종교 문제 그리고 환경 문제, 교육 문제 등 문제점들이 도처에 널려 있다고 해도 과언이 아닐 것이다.

그러나 인간은 망각의 동물이다. 자신에게 피부에 와닿지 않으면 쉽게 잊어버리고 그냥 지나쳐 간다. 막상 문제점이 자신의 삶을 위협할 때에만 목소리를 내고자 하는 것이다. 목소리를 낼 때에는 이미 늦은 상태인지도 모르고 아우성을 친다.

이 현실의 세계에서는 문화에 종사하는 사람들이 많지만 문화적인 혜택을 받고 누리는 사람들은 극소수이다. 대중을 위한 예술은 애당초 존재하지도 않았는지도 모른다. 하나의 문제점은 그 연결 고리가 빈틈없이 다른 것들과 맞물려 있다. 그렇다면 무엇부터 고쳐야 할까? 혹자는 그런

다. 왜 고치려고 하냐고. 그냥 그대로 내버려 두면 자연스럽게 바뀌거나 변화하여 바른 방향으로 나아가지 않겠느냐고 말이다. 그렇지 않다. 고인 물은 썩기 마련이고, 내버려 둔 문제들은 제각각의 형태를 가지고 인간의 삶을 위협하거나 조종하려 들 것이다.

과거에서부터 조종은 시작되었었고, 국가라는 이름하에서, 종교단체라는 이름하에서 끝없는 시험에 들게 하는 것이 어제오늘의 일이 아닐지도 모른다. 개인의 혁명은 사회에 의해서 막혀 있고, 사회는 소수의 사람들에게서 비롯되어 좌지우지된다. 종교의 해박한 지식들과 지혜로운 말들은 인간을 옭아매고 정신은 병이 든다.

진실은 그리 멀지 않은 곳에 있다. 언제나 그렇듯이 인간은 자신의 자리에서 노력하고 노력하면 된다는 말이 인간의 정체성을 좁게 만들고 이기적으로 만들어 내는 것은 아닐는지 생각해 본다. 사법부, 입법부, 행정부, 종교부 네 가지의 부서들이 만들어 내는 것들이 인간 고유의 성격을 교육하고 억압하는 것인지도 모른다. 자유인으로서의 인간은 돈이 없으면 거지가 되는 단순한 논리 앞에서 미래의 아이들은 무엇을 보고 살아갈는지 궁금하다. 있는 그대로의 삶 앞에서 주어진 길을 걸어가는 것도 중요하지만 타인에 대한 관심과 배려는 중요한 일이 될 수도 있다. 선택은 자유이고 어떤 길로 갈 것인지에 따른 위험이나 구속된 정신이나 부자유스러운 사상은 스스로의 몫일지도 모른다. 함께 살아가는 것이 중요한 것인지에 대한 정의부터 내려야 할 때가 지금이 될 수도 있다.

Nuance에 대한 단상

미묘한 차이라는 주제로 작업을 한 지도 5년이 되어 가고 있다. 사전적인 의미로는 음색, 명도, 채도, 색상, 어감 따위의 미묘한 차이라는 것인데, 실생활에서 다른 사람과 대화를 나누다 보면 대화를 나누는 사람의 말투나 억양 어감에 따라서 받아들여지는 의미가 왜곡되게 느껴지기도 하고, 말하고자 하는 진실의 실체가 바뀌어서 들리기도 한다.

내가 작업을 하면서 느낀 것은 사람들의 커뮤니케이션이라는 것이 실상은 언어라는 것에 바탕을 두는 것이 아니라 그 사람의 태어난 국가, 배운 지식의 정도와 사상이나 이념, 경험 등에 바탕을 두는 것이기에 주고받는 정보가 교차되는 지점이 다를 수밖에 없다는 것이다. 예를 들어 "하나님은 우주를 창조하시고 유일무이한 유일신이시다"라는 것이 각각 천주교, 기독교, 불교, 이슬람교, 힌두교를 믿는 사람들에게 받아들여지는 종교의 무게감이 다르다는 것이다. 신을 믿는 것은 자유이되 그 신을 받아들이는 인간의 마음이 선하고도 악한 마음을 자유롭게 오고 가면서 전쟁을 하기도 하고, 살인자가 되어 테러를 하는 것이다.

내가 느끼기로는 잘못된 믿음으로 비롯된 종교라는 것은 아주 무서운 것으로서, 무조건적으로 한 종교에 빠져서 있는 것은 하나님이 말씀하시는 사랑으로 각 종교의 전체를 두루 감싸 안는 것에 반하는 것으로, 심하게는 광신도의 모습으로 잘못된 결정을 할 수도 있다는 것이다. 만약에 한 국가를 책임지는 수장이 특정한 종교에만 빠져서 정책을 펼친다면 그 국가의 미래도, 국민들의 정서도 위험에 빠질 것이라는 생각을 해 본다. 이렇게 뉘앙스라는 것이 짧은 의미로만 쓰여지는 것이 아니라 넓은 의미로 보아서는 얼마든지 그 뜻이 확장된다는 것을 보았을 때, 인간의 언어가 만들어 내는 것들이 인간의 사상이나 이념 사고와 얼마나 밀접한 지를 새삼 느껴 본다.

Tout doucement

그가 말했다. 어떠한 동요 없이 아주 조용히 갈 길을 가라고 그러면 너의 길에서 이루고자 하는 일을 이룰 수 있으리라. 수염이 길게 난 얼굴에 키가 큰 그가 나에게 작지만 곧은 목소리로 이야기를 했다. 프랑스어를 알아들을 수 없어도 그가 의미하는 말이 무엇인지 그 뜻이 무엇인지 나는 알 수 있었다. 한때 조각을 했고, 풍문으로는 촉망받던 사람이었지만 부인과 아이가 사고로 죽은 다음부터는 집을 나와 거리에서 생활한다는 그의 말에서 심상치 않은 기분을 느꼈다. 그는 나를 진심으로 걱정해 주었고 재능을 높이 사 주었다.

지금에 와서 그의 말들이 생각나는 것은 왜일까? 미래에 대해서 고민 없이 살아간다면 거짓말을 하는 게 되겠지만 불현듯 지나온 삶에서 교만하고 안하무인이었던 때가 기억나고 부끄럽게 생각이 되는 것은 현재의 내가 정체되어 있고 먹먹하기 때문만은 아니리라. 어디에서 태어나서 어떻게 무엇이 되어 살아가는지가 중요한 것이 아니다. 지상에 태어나서 자신의 삶을 살아가는 것이 강하게 다가오는 것이다.

그동안 다양한 국가에서 태어난 다양한 인종을 만나 봤지만 서로를 깊이 이해하고 느낌을 나눈 친구는 몇 명이 없다. 앞으로 살아가면서 많은 사람들을 만날 기회가 있을 것이고, 그들과 이야기를 나눌 수 있을 것이다. 언어가 통하지 않았어도 기분으로 알 수 있는 소통의 순간순간들 가만히 귀를 기울여 들을 때 마음의 문이 열린다. 다가오는 사람들의 본래의 마음과 모습들, 바로 지금이 인간이라는 존재는 소중한 존재라는 것을 생각해 보고 인간이 아닌 존재들의 귀중함도 깨달아 가는 중이라는 것이 진실이라면 좋겠다는 마음이 든다.

한편으론 '그 누구의 방해도 받지 않고 타인에게 방해하지 않으며 고요하게 살아갈 수는 없을까?'란 생각에 심란할 때가 있다. 몇 년 사이에 사교성 있던 성격이 바뀌고, 떠들었던 소란스러움도 잦아들었고 나에 대한 관심도 타인에 대한 관심도 점차적으로 줄어드는 것을 느낄 때면 '이래서는 안 되지'라며 응시를 자아에게 가져다가 본다. 지나온, 짧다면 짧은, 그러나 결코 느슨하지만은 않았던 한 시절을 돌이켜 볼 때면 구속을 하고 억압을 하는 것은 내 안의 나라는 생각이 든다. 아름다움을 아름답다고 간직할 수 있는 용기가 필요하고, 아닌 것은 아니라고 말할 수 있는 힘이 필요하다. 하루가 24시간으로 이루어져서 아침, 점심, 저녁으로 나뉘어진 것을 보노라면 무기력하고 느슨한 자신 안의 무책임함에 더 이상 놀라지 않는 것이 이상하다. 이 이상함의 근원은 무엇일까 싶어 곰곰이 열어 두는 창문에 비켜서서 무엇인가를 기다리는 나.

2010.03.04.20.33

영화
시나리오
에피소드

별

나는 근시이다

그리고 기인 환각을 지니고 있다

나이는 30세 직업은 화가이다

오늘 밤에 마리아를 만나기로 한 상쾌하고 발랄한 날씨의 하루이다

오 나의 사랑 마리아 그녀는 콜롬비아 태생이다

직업은 현대무용가 나이는 23세

파리 예술의 다리에서 만나기로 한 그녀를 기다리는 동안

친구인 엘리가 무슨 좋은 일이 있냐고 물어본다

행성 Planet 설치 Installation 1999

와인 한 병을 손에 쥐고 장미 한 송이를 들고 웃고 있는 나의 모습

5월의 향긋한 바람이 부는 다리 위에서 많은 사람들이 파티를 연다

나의 친구들 대부분 아랍계와 유럽계 프랑스인들이다

보자르 예술학교를 다녔던 안느도 보이는 게 그녀의 애인도 나오는 모양이다

세네갈 태생의 그녀의 남자 친구는 기타를 치는 뮤지션이다

그의 음악을 나도 좋아해서 오늘 밤 잔잔하고 애절한 사랑 노래가 센 느강을 수놓을 것이다

짙은 어둠이 밀려들고 멀리 보이는 노트르담 대성당이 불을 밝히고 있다

물론 에펠탑의 환하고 밀려드는 듯한 빛은 계속해서 주변을 아름답게 비춘다

인간

거센 바람 불어오는 새벽이 지나는 시점에

나는 신촌의 어느 교회당 앞에서 하늘을 보았다

신은 어디에 있을까

2007년 2월 아직 쌀쌀한 기운이 감도는 그때

신에게 물어보고 싶은 것이 있었다

한반도 이 땅의 사람들은 왜 분단으로 고통을 받습니까

긴팔 티에 청바지를 입은 나로서는 몹시도 추웠지만

전신주에 기대어서 가만히 교회당을 보았다

웅성웅성

사람들이 새벽기도 하는 소리가 들리는 듯했다

알 수 없는 방언들

망언들

자신의 안위를 위해서 가족의 평안만을 위해서 올리는 기도 소리

귀에 거슬리는 소리에 귀를 꽉 틀어막았다

하나님 제발 저에게 자비를 베푸소서

무슨 자비를 어떻게 베풀어 달라는 건지요

건강과 부자가 되게 해 주세요

그럼 부자가 되어서 무엇을 하시려는지요

잘 먹고 잘살면서 열심히 교회에 기부를 하겠습니다

이웃을 네 몸처럼 사랑하라

이웃에 대한 사랑은 어디에 두시고요

그것은 모르겠습니다

그냥 교회에 성금을 잘 내면 되지 않겠습니까

그 교회당은 규모가 꽤 컸었고 낮은 자를 위한 자리는 보이지 않았다

직접 교회당 안에 들어가서

십자가 앞에서 눈물을 흘리며 평화를 기원했다

인간들의 평화

그러자 경비원이 와서 나를 끌어 내렸다

목회자만이 설 수 있는 자리에서 기도를 한 것이다

눈물을 닦으면서 밖으로 나왔다

모든 것들이 침묵하고 있었고 바람도 잠잠했다

나의 시선은 하늘을 향해 있었다

그때 하늘이 환해지더니 십자가가 빛을 내며 떠 있고

예수님의 형상이 나타나서 가만히 나를 내려다보았다

주님

무엇을 보시나이까

너의 마음을 보고 있다

까맣게 타들어 가던 가슴이 뻥 뚫리면서 갑자기 공기가 살아났다

주마등처럼 과거가 흘러갔다

어렸을 때부터 지금까지 온갖 악행을 저질렀던 모습들이 생생하게 되
살아났다

인간인 그대여

그대의 죄는 모두 사하였다

그대 발길이 닿는 곳으로 떠나라

묵묵부답

예수님의 형상은 고요하게 나의 이마를 만지시며 떠나셨다

인간의 탈을 쓴 짐승이었던 내가 지금은 인간이 되었다

거룩하신 하나님이시여 고맙습니다

순간 나는 정신이 허공을 떴다가 다시 바닥으로 추락했다

기절을 한 것이다

5일 동안 먹지 않고 잠을 자지 않았으니 그럴 만도 했다

인간 그 이름이 무엇을 뜻하는지 나는 알고 있다.

도시

겨울의 도쿄는 춥지만 견딜 만했다

도쿄예술대에 잠자리를 마련한 나는 작업장을 방문했다

그 미술 작업장에서 유 에비하라를 만났다

대학원생인 그녀는 발랄하고 예쁜 눈을 가지고 있었다

그녀는 나에게 자신의 작업들을 보여 주었고 나의 작업들도 보았다

우에노 공원이 바로 옆인 그 학교에는 자부심이 대단한 학생들이 다니고 있었다

유 에비하라도 그녀 자신의 작품을 무척이나 자랑스럽게 생각했다

그러나 나는 무관심했다

나는 인간에게 관심이 있었으므로 그녀의 생활들을 듣는 것이 즐거웠다

끊임없이 대화를 나누던 날 그녀와 나는 술을 마시러 갔다

시장인 듯 보이는 곳에서 중국인이 경영하는 바에서 술을 마셨다

중국인 여주인은 무척이나 친절했으며 나에게 한자로 이름을 물어봤다

등작(燈酌)

그날 무슨 일인지 술을 과다하게 마셨고 에비하라는 그런 나에게 불만을 표시했다

나의 귀여운 꼬마 숙녀 같은 에비하라에게 술은 마시라고 있는 것이라고 했다

2차로 다른 술집으로 옮겼고 나는 에비하라의 눈동자를 피하며 팬스

레 우울해졌다

겨울의 한기가 영혼으로 스며들었나 보다

그렇게 술자리는 나의 만취로 끝나고 그녀를 지하철까지 데려다주고

예술대로 발걸음을 옮겼다

잠자리가 슬슬 지겨워지던 찰나 나는 짧은 메모를

에비하라의 책상에 남기고 자전거를 타고 시부야로 향했다

안녕 유 에비하라 너의 친절에 고마워하는 마음을 담아

약 3시간을 자전거를 타고 도착한 사람들의 거리 시부야에는

꽤 많은 사람들이 오고 갔다

스케치북을 꺼내어 그들을 그리기 시작했다

미묘한 차이

군중들 속의 허무함이 두뇌를 일깨우던 새벽

달을 보았다

약간 휘어지고 기우려진 달의 빛무리

나는 도시에서의 일상이 가져다주는 어리석음에 대해서 노래를 불렀다

아무것도 없다네

그것 역시 없다네

무엇을 가지고 있는가

남은 건 육신과 정신뿐

아무것도 없다네

그래 아무것도 남지 않는 도시의 요란한 불빛들이 점멸하던 그 아련한
한때

나는 길을 가던 한 남성에게 나의 그림을 주고는 선물이라고 했다

그는 놀라면서도 그림을 받아들고서는 어쩔 줄 몰라 했다

그건 선물이니 잘 보관하시면 고맙겠습니다

시간이 정지한 듯 한참이 흐른 후

안녕 도시의 아침이여 강렬한 햇살이 안경을 통해 투과되었다.

거리의 화가

2003년 봄 홍대 앞 놀이터에서 그림을 그리기 시작했다

낮이고 밤이고 공개된 장소에서 사람들의 풍경을 그리고

인간들의 내면을 그리고 도시의 풍경을 그렸다

작업실이 놀이터가 된 것이었다

매일마다 새로운 사람들을 만나고 이야기를 나누었다

활기가 있었고 해낼 수 있다는 자신감이 팽배했었다

인간들의 숲에서 만나는 일상은 낯설지만

정겹게 느껴지는 것들이 있었다

사람들의 얼굴을 무료로 그려 주었다

제 눈을 보세요

저도 당신의 눈을 보면서 순식간에 조응하여 그림을 그리니까요

그린 그림들은 음식과 술 그리고 담배로 바꾸었다

돈이 필요 없는 시절

그림 도구는 여러 사람들의 도움으로 마련했다

홍대 앞의 시끄럽고 흥이 난 생활은 나에게는 수도의 장이었다

그 어떤 여성의 유혹에도 넘어가지 않았고

다만 여성들을 있는 그대로 사랑했다

하루에도 수백 명의 사람들을 만났으며

나를 아는 사람들이 점점 많아졌다

시기를 하는 사람들도 늘어났으며 무시하려고 작정을 한 사람들도 많아졌다

그러나 그러한 사람들은 아무런 고려의 대상이 되지 못했다

화가가 거리에서 인간들의 모습을 그리겠다는데

그 누가 방해를 하겠는가

실제로 여러 번의 방해가 있었으나 마다하지 않고 극복했다

그렇게 뜨거운 여름을 놀이터에서 지내고

낙엽 떨어지는 가을도 지내고

스산한 겨울바람이 불어오는 때까지 지냈다

어느 날 그림을 놓아두고 다니던 자리에 구청에서 손을 대었고

그것을 본 이후에 이제는 이 놀이터를 떠나야겠다는 마음을 먹었다

사계절을 놀이터 나무 옆에 늘 그림을 놔두고 다니면서

사람들에게 그림들을 보여주던 나날들

한때나마 사람들과 함께 호흡하며 작업을 하던 때가

소중하게 기억 속에 남아 있다.

먹의 향기

7살이 되던 해 서예를 배웠다

한쪽 발이 불편하신 선생님이 가르치시던 서예는 즐거웠다

초등학교에 입학한 후 학교에 있는 서예실에서

매일 오후에 찾아가서 혼자서 붓을 들고 먹을 갈아 글씨를 썼다

때로는 글자인지 그림인지 모를 것을 계속해서 쓰기도 했다

아무도 찾지 않는 서예실은 나의 우주였다

무엇이든지 상상하고 그것을 붓으로 그리고 써내려 가던 때

선다율이란 여자 친구가 어느 날 나를 찾아왔다

나보고 얼굴을 그릴 수 있는지 물어보았다

그럼 얼마든지 그릴 수 있지

사실은 얼굴을 그린 적 없었다

그러나 나는 자신감 있게 먹을 세세하고 정밀하게 갈아서

화선지를 펼치고 다율이의 얼굴을 쳐다보았다

아 정말 예쁘다

눈이 고운 아이

그럼 내 눈을 쳐다봐

붓에 물기를 잔뜩 묻히고 먹물을 조금 적셔 얼굴의 윤곽을 그렸다

그런 후 짙은 파랑빛 나는 칠흑 같은 검정으로 두 눈을 찍었다

자 어때

그날 그린 그림이 생애 처음의 인물화이다

다율이의 환성

와 신기하다

어린아이의 실력이 뭐가 대단할까

그러나 그 아이의 웃음에서 처음으로 사람을 그린다는 것이 즐겁다는
걸 느낀 날

그 후 매일 거울을 보고 나의 모습을 그렸다

나의 눈

나의 코

나의 입술

나의 머리카락

신났었다

달콤하고 아련한 옛 사진 같은 먹의 향기 잊을 수 없다.

색채

색채에 민감하던 스무 살 때 그림을 그리고 있는데 과 친구인 은희가

색채에 관해서는 타고난 너를 이길 수가 없다고 이야기했다

무엇을 이길 수 없단 말인가

노랑을 만지고

빨강을 만지고

파랑을 만질 때 색채의 순서는 마음이 가는 대로 했었다

태양이 좋던 시절

노란색을 좋아하던 나에게 어느 날

태양이 점점 샛노랗게 변하더니 초록으로 물들었다가

다시 파랑으로 다시 붉어지는 게 아닌가

두 눈을 멀어버리게 하는 듯한 색채에의 강렬한 경험

그 색깔을 사람들에게 적용을 해 보았다

보랏빛 사람 파란빛 사람 노란빛 사람 빨간빛 사람 하얀빛 사람 그리고

검은빛 사람

그러나 하얀빛과 검은빛 사람은 드물었다

거의 본 적이 없다

색을 단순화해서 원색으로 표현하는 일이 적성에 맞았다

그림을 그릴 때 색상이 우선시되었다

그때의 그림들은 거의 다 원색에 대한 환상을 그린 것이다

비가 내릴 때 우산을 쓴 사람들 사이로

검은 우산과 하얀 우산을 쓴 사람이 걸어온다

검은 우산과 하얀 사람

하얀 우산과 검은 사람

서로가 교차하며 제각기 갈 길을 간다

그때

비가 밝은 보라색으로 변해서 지상에 떨어진다.

주연 여배우

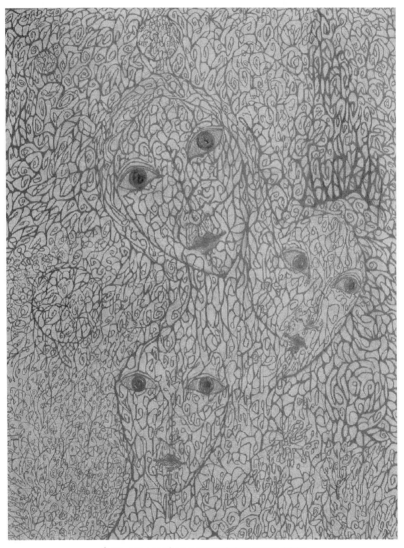

숲 Forest pencil on paper 78.8x54.5cm 2005

파리의 예술의 다리에서 저녁쯤 매력적인 소녀와 부모를 만났다

언제나 그렇듯 나는 무료로 그림을 그려 주겠다고

소녀의 부모에게 이야기를 했다

흔쾌히 소녀의 엄마와 아빠는 그려달라고 했다

소녀의 눈동자는 깊은 푸른빛과 초록빛이 함께 혼합되어 있었다

너무나 아름다웠다

소녀의 가냘픈 어깨를 닿는 머릿결은 부드러운 바람결이었다

맑게 자리 잡은 이마와

붉은 장미 같은 입술을 가진 소녀

그 소녀의 콧날은 예민하고 우아했다

어느새 그림을 다 그리고

소녀에게 보여주었고 그림을 주었다

그림을 그리는 동안에 소녀와 무언의 대화를 눈동자로 나눈 것을

그 소녀는 기억하는지 기뻐했다

그리고는 나의 입술에 뽀뽀를 했다

안녕 또 만나요

나는 소녀의 부모에게 내가 만들 영화에 그 소녀를

주인공으로 하고 싶다고 말했다

그리고 나의 연락처를 적어 주면서

7년 뒤에 연락을 달라고 했다

그 소녀의 부모는 잊어버리고 말았겠지만

나는 그 소녀의 얼굴과 7년 뒤의 모습을 기억한다

다시 만날 것이다

아니 만나도 좋다

그 소녀는 나의 영화에 주인공으로 출연을 할 것이다 잠깐의 만남이었지만 소녀의 순수함은 잊을 수 없다.

은빛 고래 1

대서양을 가로지르는 꿈 사랑 희망 평화호를 타고

항해를 하던 중 은빛 고래를 만났다

반짝반짝 빛나던 고래의 꼬리를 보았다

함께 있던 타오가 환성을 지른다

저것 봐

너무나 아름다워

별빛이 쏟아지는 밤하늘을 수놓는 은빛 고래의 춤

푸우우 푸우우

은빛 고래가 뿜어내는 물기둥을 따라

배가 달빛을 건너는 그때

타오와 나의 두 눈은 기쁨으로 출렁였다.

내면의 바다

2000년이 시작되던 해
예술학교를 졸업하고 처음으로 친하게 지내던
카페 주인과 작업실을 마련해서 그림을 그렸다
그때, 우연하게 만난 한 여학생과 마음이 통해서
매일같이 밤늦게까지 영화에 대해서
예술에 대해서 이야기를 나누었다
그녀의 이름은 한초음
그렇게 함께 시간을 나누다가 한 영화감독과의 술자리에서
그 자리가 마음에 들지 않던 나와 시비가 붙은
사람들과의 싸움이 일어났다
그녀는 경찰서까지 나를 따라왔고
다음날에도 나를 만나러 왔었다
그녀는 국문과 학생이었는데 칭화대학으로 교환학생으로
공부를 하러 간다고 했다
마음이 잘 통하는 친구가 사라지는 것 같아서 아쉬웠다
그녀는 그렇게 떠났다
그 이후,
바다가 보이는 풍경에 그녀를 상상하며 그림을 그렸다
그 그림의 제목이 내면의 바다이다

그녀는 인도에 있다는 소식을 끝으로 더 이상 연락이 되지 않지만

20대의 젊은 날 그녀와 함께 나누었던 꿈이

천천히 조용하게 진행되는 지금 생각이 난다

고요하게 밝은 바닷가에서 붉은 치마를 입고 있는 그녀의 안녕을 빌
며……

미지의 세계

2001년 봄 옥탑방에서 살 때 스무 살이 된 여자 친구와 하늘을 보고
있었다

그때 보름달에 구름이 가리어지면서 커다란 원형 빛이 하나가

구름을 사이로 빙글빙글 돌았다

가만히 쳐다보는데 그 빛이 다시 두 개로 쪼개져서 타원형으로 춤을
추었다

그것을 본 여자 친구가 사진으로 찍으라고 했다

그렇게 10여 분이 지나자 이번에는 세계의 원형 밝은 빛이 하늘을 마
구 도는 게 아닌가

그렇게 삼십여 분을 하늘을 도는 빛의 무리를 보았다

그 세계의 빛이 갑자기 하나의 점으로 모이더니 사라졌다

그 이후 다시 구름이 걷히고 보름달이 세상을 밝히었다

그다음 날 방안에 작고 앙증맞은 새 한 마리가 창문 틈으로 들어와서
쪼로롱거리며 방 안을 날아다녔다

창문을 활짝 열고 그 새가 나가기를 바라면서 옥상에서 가만히 생각
했다

처음이었다

미지의 세계가 실존할지도 모른다는 생각이 든 것은

그 세계가 어떻든 밝고 빛이 날 것이라는 생각이 들었다

신비한 경험은 그 후에도 여러 번 있었지만,

최초의 그 경험은 잊을 수 없다.

열정

잠을 자지 않고 그림에 몰두할 때 화면은 움직이며

나를 가만히 두지 않고 깊은 유혹을 한다

더 넓은 세상으로 가 보지 않을래

죽음에의 초대는 진정 향기롭게 다가온다

하지만 인생은 다각도에서 유지되는 법

빠져들었다가는 이미 존재는 영원을 향해서 달려가고

육신은 정신을 빼앗겨 흐물해진다

열정을 가지고 사물을 바라보고 그 사물을

그림으로 옮길 때 진정 사물은 나만의 시각으로 변하여

화면 가득 존재감을 드러낸다

꿈틀꿈틀

그 존재감이 어느덧 자라나서 현실에서 힘을 발휘할 때

나는 그 존재감에 정신을 맡기고

훨훨 자유를 향해 근접한다

신의 목소리를 들어 본 적이 있다면

지옥의 목소리를 들어 본 적이 있다면

실제로 현실은 감각의 극치를 달리고

영혼은 끊임없는 구애를 받는다

열정을 가지고 다가갔던 일이 어느덧

신의 영역에서 그 영역을 엿볼 때

온 영혼의 기운은 스멀스멀 어떤 형상을 띤다

악마가 되기도 했다가

신이 되기도 했다가

여러 각도에서 살펴보는 지상과 천상 그리고 우주

약물로 인한 잠을 청하기에 이제는 억제를 하는 현상들

그러나 늘 열정은 그 신비의 문을 두드리고

언제나 그 문을 넘어서 가려고 한다

오늘도 열정을 묶어 두고 약간은 어두운 색채로 세상을 그린다.

거리의 빛

봄빛 가득한 거리에서 풍경을 느끼며 그림을 그릴 때
나는 살아 있다는 느낌을 받는다
공간의 제약 없이 어느 곳에든 가서 그림을 그리고
그 그리는 모습을 사람들에게 보여 주고
사람들과 이야기를 나누는 때가 좋다
서울 홍익 어린이 공원에서 만나는 사람들과
파리 예술의 다리에서 만나는 사람들의 호기심과
그들의 얼굴에서 드러나는 삶이 나는 사랑스럽다
나이가 들면서 한 번씩 야외로 나가서 그림을 그리고
사람들을 만나고 하는 일들이 점점 어려워질 수도 있겠지만
평생을 사람들의 풍경을 만나고 그들의 삶을 가까이에서
느끼고 호흡하여 나만의 작품을 만들고 싶다
굳이 화랑에 가지 않아도 만날 수 있는 작품을 보여 주고
그 작품을 어떻게 그리는지 보여 주고 싶다
한 여인이 있다
그 여인은 나의 작품을 사랑하여
나에게 물어보았다
평생 나의 팬이 되어도 좋으냐고
그런 그녀도 어느덧 결혼을 하여 아이를 둔 엄마가 되었으리라

나에게 신실한 마음으로 나의 작품과 나의 인생을 사랑해 준

사람 그 사람이 문득 떠오른다

나는 그 여인에게서 사랑과 평화를 발견했다

그래서 그린 그림이 고래를 타고 가는 아이와 여인의 그림이다

그녀가 지불할 수 있는 작은 돈을 주었지만

그 돈은 억만금을 준 것보다 기뻤다

돈의 크기가 중요한 것이 아님을

나의 작품을 사랑하고 나를 이해하는 사람에게

자신의 작품이 가는 것은 행복한 일임을

그러나 점점 생활의 기반을 위해서 작품을 나누어 주는 것도

한계를 띠고 있다

작품 비용도 안 나오는 시점에서 마냥 줄 수만은 없는 것이다

그러나 등작(燈酌, Dungzak Nuance Company)이 활성화되면

나의 작품을 사람들이 소유할 수 있는 기회는 더욱 많아지리라

거리에서 만나는 빛은,

나에게 고맙고도 소중한 빛이다

그런 마음을 잊지 말고 스스로를 사랑하고

타인을 사랑으로 끌어안아야겠다는 생각을 해 본다

2011년 3월의 봄빛은 쌀쌀하지만 점차 여물어 가는 고운 빛깔이다.

스파이들의 장소

유럽은 스파이들이 많이 활동하는 지역이다

그곳에서 만난 스파이들의 연령대는 다양하다

20대도 있고 30~40대 60대를 넘은 사람들도 많다

그들의 주목적은 정보 수집 세계 시민들의 생각들과 활동 범위이다

프랑스의 스파이들 영국의 스파이들 미국의 스파이들 중국의 스파이들

우리는 영화에서 보는 그들의 삶에 동경을 가지지만

참으로 고달픈 생활이 아닐 수 없다

이동을 계속해서 해야 한다는 데에서 정착은 꿈이다

간혹 Control 된 웹에 접근하면 암호를 누르면 연결이 되어

모든 정보가 오고 간다

감시 체제

세계에서 안전한 곳은 없다

다만 안전하게 보이기 위해서 활동을 하는 것일 뿐

숲에서 만난 그들의 이야기는 모두 잊었지만

그들의 눈빛에서 흐르는 슬픔은 조국을 위한 희생과 충성이

한 개인의 삶에서 얼마나 큰지를 보여 주며

진정 스파이들의 역사가 현재의 시대를

여는 중요한 정보라는 것을 일깨워 줬다.

노래
작사

님이 계실 때

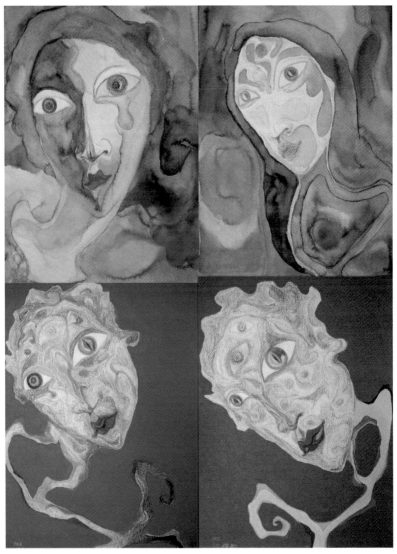

미묘한 차이 Nuance 2012

당신을 생각하면서

단 한 번도 울지 않았다면 그건 거짓말이겠지요

스산한 바람 불어올 때

낙엽도 모두 지고 거리는 텅 비어 버렸지요

무엇이었을까

그대가 생각하던 그 꿈은

어디였을까

그대가 가고 싶어 하던 그 장소는

문득 든 생각이 하나 있어

오늘 하루 사람들의 무관심 속에 벌거벗은 듯한 모습

그 모습에 함께 겹쳐지는 나의 처량한 자존감이 어둠으로 묻혔어

진정 하고 싶은 일을 할 때

부족함은 오히려 기회를 만들고 희망을 불러오지

하지만

변함없이 도시에서 자란 나의 머릿속은 일그러진

도시 사람들의 풍경뿐 다른 것은 없어

차가운 이별이 뜨겁던 여름의 기억을 지울 때

무엇이었을까

그대가 바라던 나의 모습은

어디였을까

그대가 향하던 그 골목길의 끝자락은

마음에 한줄기 회색 회오리가 밀어닥친다

나는 알고 있었지

그대가 원하는 것이 무엇인지

나는 느끼고 있었지

그대가 나의 손을 잡고 이끌던 곳이 어떤 곳인지

가만히 고요하게 눈을 감고

하늘을 감응할 때 문득 떠오르는 얼굴

그대의 얼굴도 그 누구의 얼굴도 아닌 처음 보는 님의 얼굴

하얗게 부서지는 일상이 마주하는 길고 낯선 시공간

가만히 언어 하나를 건져 올리네

가슴으로 담아내는 두 마디 그것은 바로 인류의 사랑.

가을

빗소리가 구슬프게 타박타박 떨어지는 소리에

나는 가을에게 묻지

연두 잎사귀 밀려드는 봄이 지나고

뜨거운 태양 빛 이마에 쏟아지는 여름 지나

아련하고 깊은 바람 불어대는 가을에

사람들은 그 누군가를 기다리고 누군가를 그리워하는지

가을은 미소를 띠고 말을 하지

보렴 낙엽이

푸슥푸슥 탁탁 타는 계절

사람들의 마음 찌꺼기도 모조리 타오르고 있지

두 눈동자가 맑고 아름답게 일렁이는 순간

누군가에게 고백을 하지

한 손에는 장미를 들고 사랑한다고 말을 한다네

아 아 아 아 아

낮은 목소리로 소곤거리며 연인에게 고백하는 날

하늘도 청명하게 밝게 떠올라 있고

몽실구름들이 둥둥 떠서 하늘의 꽃이 되어

아 아 아 아 아

고개를 들고 거리를 지나치는 사람들의 표정을 봐

어제와는 다르게 웃고 있지 않니

그들도 나와 같음을

아 아 아 아 아

누구는 들리고 누구는 들리지 않고 그런 것이 아닌 것을

모두가 공평하게 하늘의 숨결을 듣고

모두가 평화롭게 땅의 입술에 키스를 하네

아 아 아 아 아

그렇지 않을는지

운명의 눈물은 여러 번 있겠지만 진실로

누군가를 사랑함은 바로 지금이 아니겠는지.

평화의 빛깔을
가진 사람들

낭만이 쏟아지는 하루 신나게 거리를 걷지

빨간 치마 입은 아가씨가 예쁘다

노란 티셔츠 입은 아가씨가 어여쁘다

즐거움이 햇살 되어 온 누리 펼쳐지는 날

엄마 앞에서

아장아장 걷는 아기가 사랑스럽다

뚜르르르 뚜르르 뚜르

정신없이 살아왔던 지난날을 반성하며

지나치는 사람들의 표정을 바라본다네

기쁜 얼굴의 사람

무표정한 얼굴의 사람

화가 난 듯한 얼굴의 사람

뚜르르르 뚜르

그들의 웃음이 떠들썩한 술자리를 생각해 보아

갑자기 친구의 모습이 떠올라

전화기를 들고 문자를 보내지

그때 갑작스레 빠져드는 생각

이 시대를 살고 있는 청춘들이

무거운 발걸음으로 행진을 하고 있음을

나 또한 그러함을

우리들의 시대가 필요로 하는 것은 무엇일는지

진정 바라는 것은 돈도 아니고 명예도 아니고

오직 하나 평화뿐임을

먹을 권리

잠잘 권리

공부할 권리

꿈꿀 권리

꾸밈없는 아이들을 보면 차마 개인적인 욕망은 꺼내지 못한다

평화가 있음에 사랑이 있음을

가로등 불 하나둘 켜지는 무렵

아름다운 빛깔의 색채를 가진 사람들의 모습도 하나씩 켜진다네

뚜르르르 뚜르르 뚜르

기쁜 우리들

따스한 숨결 고이 접어 하늘에 날려

도시의 아침이 밝아 올 때 파티에서 깨어나

작은 놀이터로 나가서 한 화가를 바라보았다네

그 사람의 다듬어지지 않은 야성은 매력적이었고

이내 화가와 사랑에 빠져 키스를 나누었다오

쾌락과 함께 엄습하던 외로움의 차가운 고독의 뿌리

쓰르르르 쓰르 어느 여름 아침 홍대 앞 놀이터

나는 아름다운 여성이라고 생각하지 않았지만

그 화가는 나를 세상에서 하나뿐인 존재라고 말을 했지

쓰르르르 쓰르 기쁨의 환희가 간밤의 어두운 클럽에서의

처절한 몸부림을 씻기어 주었다

젊은 날의 추억 젊은 날의 방황

가슴은 작고 여렸지만 그것을 이해한 사람 없었지

화장을 진하게 하고 요란한 옷차림을 한 나에게

접근하던 많은 남성들의 살빛 호르몬

떠나갈 듯 고함을 지르던 클럽에서의 광란의 밤 그 끝에서

만난 한 영혼이 나를 이해해서 얼마나 행복하던지

쓰르르르 쓰르 지금도 잊지 못할 아침의 살사댄스

그가 나에게 가르쳐 줬지

기쁜 우리들의 꿈은 어디로 날아가는 게 아니라

항상 곁에서 숨을 쉬고 있음을

펄럭이는 바람의 출렁임에 함께 흔들리던 나의 이십 대

그날 이후 나는 나의 삶을 살기 위해 진심으로 노력했지

그 사람 그려 준 나의 인물화에서 보이는 맑은 눈동자의 모습

잊지 않을 거야

안녕 나의 청춘이여 나의 짧았던 시간 나의 연인이여

기쁜 우리들의 일기가 오늘도 쓰여지고 있음을.

그 사람 떠나고

떠나가는 그 사람의 뒷모습 안쓰러웠지

차마 볼 수 없어 눈물로 길가를 서성였어

나의 사랑이었던 한 사람

지금은 타인이 되어 홀로 저 멀리 가 버리네

기억하는지

하늘이 밝음으로 빛날 때 야외 카페에서

그대의 얼굴을 보며 한없이 행복했던 날

그대에게 말했지

영원하게 함께 하기를 소원한다고

그러나

그대와 나

서로의 길로 나누어진 길목에서 따로 가고 있음을

사랑했던 그대여

얼마만큼 멀리 자신의 꿈을 향해 가야 하는가

사랑했던 그대여

그대 단 한 번의 뜨거운 열정 심어 주었지만

현재

그 뜨거움이 몹시도 차갑게 변했다네

슬픔

말할 수 없이 허무한 심정을 그대 알는지

그대 떠나고

나는 남아서

지나간 추억들을 하나씩 꺼내어 창가에 비추어 본다.

빈손

나 아무것도 가진 것 없어라

나 오직 님의 뜻대로 움직이니

나 비록 가난하여도 비루하지 않노라

어느 날 악마가 찾아와서 말을 했었다네

온 세상의 모든 돈 섹스 권력이 너의 것이라고

그러니 나에게 오려무나

아

나는 보았다네

악마가 보여 주는 신기한 세상을

모든 것들이 나의 뜻대로 움직였지

그러나 이상한 것이 있었어

눈물을 흘리는 사람이 없다는 걸 눈치챘지

모두가 살기 위해서 눈물을 흘릴 시간이 없었던 거야

아

나는 느꼈다네

이 세상은 나의 것이 아님을

나는 돌아왔다네

빈손으로

님이시여

저의 빈손에 저의 사랑을 담아서 기도합니다

님이시여

저의 빈손에 저의 마음을 담아서 기도합니다

님이시여

이 세상에 평화와 사랑을 주소서

사람들이 눈물로 자신의 아픔과 고통을 씻도록 하소서.

행복이여
안녕

말하지 않아도 모든 것들이 기쁨을 말하고 있음을

진정 원하는 것은 사람들의 평화여라

그대와 나 사이에 가로막고 있는 벽이 있어도

곧

그 벽이 허물어질 것을 믿으니

자신을 믿고 앞으로 나아가는 사람이여

고통이 그대를 밀지라도 한 발자국도 움츠리지 않으리라

지금

그대를 향해 노래하는 꽃들의 소리를 들어봐요

아름답지 않나요

행복이여 안녕

반가워.

스무 송이
장미

바람이 불어 마음을 띄우던 날

그대를 처음 만났었지요

하늘색이 미소를 지어 푸르른 풍경이었어요

그날부터 나 그대를 위한 그림을 생각했어요

어떤 색채 어떤 형태를 가진 그림을 그릴까

거리에 사람들이 두꺼운 옷을 하나둘 꺼내어 입을 때

그때 나는 결심했지요

그대의 생일 스무 살을 위한 밝고 붉은 희망을 가진

스무 송이 장미를 그리기로 했어요

모든 이들이 잠에 든 밤 등불 하나 켜고

그대를 생각하며 장미를 한 송이씩 그렸지요

마치 나를 보고 어서 그려달라고 아우성인 듯한 장미들

새벽이 되고 아침 해가 밝아올 때

나는 그대의 스무 살을 기념하는 스무 송이 장미를 완성했어요

햇살이 일렁이며 춤을 추던 아침

햇빛에 비쳐 본 장미들이 활활 타며 은은하게 활짝 피던 무렵

사랑으로 그린 그림이 그대를 기쁘게 하기를

소원하며 기도를 드렸어요

사랑하는 그대의 스무 살이 세월이 지나도 변함없이
맑음으로 그대를 평온하게 하리라.

예술의 다리

센느강 예술의 다리에서 만난 사람들의 웃음소리
정겨워라 저마다의 삶을 지닌 다양한 색채의 웃음이여
살랑거리며 불어오는 바람에 실린 사랑의 언약들
소곤거리며 내어 뱉는 밀어들 사이로 어둠 깊어 간다
마리아
그대의 검은 눈동자가 짙푸른 강가와 부딪힐 때
아름다운 음악 소리 들리운다
조용하게 천천히 나아가는 꿈
그 꿈에 바르는 노랑 물감의 밝음이여
모두가 이방인인 파리의 거리에서 하나둘 찾아오는 다리
예술의 다리에는 오늘도 작은 파티들이 열리고 있어라
친구들이여 안녕
만나서 반가워라
눈인사를 하면서 바라보는 하늘에
예수의 별 알라의 별 부처의 별 모두가 맑게 빛나고 있어
사람들의 마음에도 평화의 기도 소리 울린다.
보이지 않는다고 해서 존재하지 않는 것이 아님을
느껴지는가.
사람들의 아름다운 사랑이 연주하는 찬란한 희망이.

꿈결 같은 날

나 밀도의 순간 보았어

나 실존의 순간 보았어

그대의 눈동자가 나를 바라볼 때 세차게 영혼이 움직였지

과거를 뒤로 하고 현재를 관통해서 미래로 나아감을

나 그대의 손이 움직이는 종이 위에 숨을 쉬고 있었어

뜨거운 감정이 녹아서 바다로 흘러가지

바닷물이 태양에 증발되어 하늘로 올라가서

그래

비가 내린다네

나의 사랑 그대의 뺨 위에 흐른다오

젊음의 열정이여

젊음의 환희여

그대가 본 나의 모습에 비춰진 따뜻한 빛결

나 이대로 멈추어

나 이대로 멈추어

나 이대로 멈추어 그대에게 다가가네

미래를 걷는다

경쾌하게 마음으로 미래를 걷는다오
사뿐사뿐 고요하고 조용하게 밀려드는 환희여
사람들이 마주치는 오늘은 과거로 변하지만
내가 걷는 미래는 언제나 새로운 열정을
샘솟게 하네
그리운 모습의 님이 하늘에서 나를 바라보시는
이 순간
영원히 변치 않을 신뢰와 따뜻한 시선
지금
나는 미래를 걷는다네
아름다운 종소리 울려 퍼지고
밝은 노랑 세상을 감싸는 지상에서의 하루
나는 미래를 걷는다네
호숫가 잔잔하게 파문을 일고 파랑새가 날아가는 곳
잊지 못할 유년의 재잘거림 따사로이 피어난다
나는 미래를 걷는다네
꺼지지 않는 등불이 되어 님이 향하시는 곳으로
함께
영혼으로 다가간다오
나는 미래를 걷는다네.

천사의 날개

산란하는 빛무리가 눈가에 들어올 때 보았지
거센 바람을 몰아내는 퍼덕이는 새하얀 날개를
어디로 날아가려고 하니
사랑하는 님에게 가고 싶어 하는 마음 알겠어
어디로 날아가려고 하니
영혼이 아픈 사람들에게 날아가고 싶어 하는 걸 알겠어
한 소년이 아플 때
그의 곁에서 돌보아 주던 그대의 손길 잊을 수 없지
따스한 온기 가득하던 치유의 손
한 소녀가 아플 때
그녀의 마음을 안아 주던 그대의 눈길 잊을 수 없지
뜨거운 눈물 적셔 주던 치유의 눈
어디로 날아가려고 하니
이 세상
기쁨의 웃음 울려 퍼질 때까지 쉼 없이 인간을
돌보는 그대의 아름다운 빛 그리고
언제든 날아서 곁으로 다가오는 날개를 보았어
나는 보았네
그대의 순결한 날개와 하얗게 녹아내리던 치유의 빛을.

아베 마리아

고독 Solitude oil pastel on paper 78.8x54.5cm 2016

아베 마리아

돌보소서

아베 마리아

돌보소서

아베 마리아

꿈길을 걷는 자를 돌보소서

아베 마리아

신의 발자취를 따라가는 자를 돌보소서

아베 마리아

아이들의 웃음을 돌보소서

아베 마리아

돌보소서

아베 마리아

멀리 떠난 연인의 삶을 돌보소서

아베 마리아

돌보소서

아베 마리아

기쁨의 순간이 어둠을 이기도록 돌보소서

아베 마리아

돌보소서

아베 마리아

인간이 인간임을 알 수 있도록 돌보소서.

유년시대

꿈 많던 시절 하늘을 보았지

해님은 나를 보고 웃고 있었고

나도 미소를 지으며 지상에서의

하루를 즐겁게 보냈다네

아무런 걱정이 없던 그때

마주치던 사람들에게 밝은 표정을 지었지

사람들이 어떠한 삶을 사는지 몰랐을 때

모두가 행복하리라고 생각했었다네

파도가 치는 바닷가에 놀러 갔을 때

우르르 쾅쾅 부서지는 소리에 깜짝 놀랐지

그날 밤 무서운 악몽을 꾸었다네

만남이 있고 헤어짐이 있음을

동네 친구가 이사를 가면서 알게 되었지

유년시대

나는 무엇을 보았고

유년시대

나는 무엇을 했는가

돌아보면 한없이 천진난만했던 웃음

그리운 한 시대가 끝났음을 이제야 안다네.

태양을 걷는 소년

밤의 이슬이 흐르고 난 후 태양이 뜨지요

활활 타는 붉은 입술의 그대

나는 태양을 걷는 소년이에요

뜨거운 햇볕이 드는 바닷가에서 땀을 흘리며

바닷물에 풍덩 빠지지요

나는 태양을 걷는 소년이에요

어두운 생각 그늘진 정신을 모두 햇살에 말리는

나는 태양을 걷는 소년이에요

열기가 가득한 거리에서 사람들의

열정이 더욱 빛나는 오전에도

햇살은 저마다의 이마를 비추지요

나는 태양을 걷는 소년이에요

왼쪽에서 불어오는 바람에 실린 빛 조각들을

온몸으로 받아들이는

나는 태양을 걷는 소년이에요

사랑하는 사람의 얼굴이 맑게 떠오르는 오후

나는 태양을 걷는 소년이에요.

흘러라

흘러라 강물이여

흐르고 흘러라 검은 물빛이여

또 하루 저물 때 삶에 고마워하며

잿빛 어둠을 헤어나가는 고요한 소망이여

흘러라 흘러

일상의 쐐한 소리가 잠잠해질 때까지

흘러라 흘러

모든 고독이여 흘러라

뿌연 안개에 감돌 때까지

모든 슬픔이여 흘러라

시냇가로 강물로 바다로

흐르고 흘러라

흘러라 사랑으로 바람이 된 사람이여.

그 소녀

푸르고 초록빛깔 초롱대던 그 소녀의 눈동자

잊을 수 없어

가냘픈 어깨 위에 내려앉은 금발 머릿결

잊을 수 없어

그 소녀에게 말을 했지

네가 어른이 되면 만나고 싶다고

그 소녀에게 말을 했지

네가 숙녀가 되면 만나고 싶다고

그 소녀의 이름은 잊었지만

그 소녀의 모습은 잊혀지지 않아

소녀의 앞날에 밝은 태양이 가득하기를

소녀의 앞날에 맑고 고운 숨결 가득하기를

나 이렇게 노래 부르네

소녀여

어디를 가든지 너의 아름다운 순수함 잊지 마렴

나 이렇게 노래 부르네

소녀여

너의 앞날에 사랑스러운 봄바람 따스하게 불기를

그 소녀

생각날 때 고요하게 눈을 감고 상상을 하지
어여쁜 소녀의 모습 고이고이 남아 있는 모습을.

은빛 고래 2

바다를 헤쳐 나가는 반짝이는 고래를 보았어

꿈 사랑 희망 평화호를 타고

사랑하는 여인과 항해를 하던 중

은빛 꼬리를 보았어

별빛이 쏟아지는 밤하늘

물살을 가로지르는 너의 모습을 보았어

커다란 물기둥을 뿜어내던 너의 모습을 보았어

은빛 고래

너의 이름은 은빛 고래

어디로든 나아가는 너의 당당함

바다가 곧 너의 삶이고

너의 삶이 곧 바다이지

보여 주렴

너의 아름다운 모습을

보여 주렴

너의 은은하고 정다운 몸짓을.

천국의 인사

어느 날 밤 빛나던 별 아래에서 그대를 보았지요

별보다 빛나던 그대의 모습

어떻게 잊을 수 있을까요

죽음이 그대와 나를 갈라놓아도 우리는 만날 거예요

인사를 해요

그대와 만날 천국에서

인사를 해요

그대를 맞이할 천국에서

바람이 고요하게 뺨을 스치며 지나갈 때

나는 가만히 두 손을 모으고 기도를 하지요

내 안의 당신

당신 안의 나

서로가 서로를 사랑함을 잊지 말아요

그래요

인사를 해요

그대가 찾아올 천국에서

인사를 해요

그대가 낯설지 않도록 살아서 입었던 옷 그대로 입고 있을게요.

나의 친구

거친 풍랑을 헤치고 걸어가는구나

나의 친구여

뜨거운 모래의 작렬하는 태양 아래를 걷는구나

나의 친구여

네가 가는 곳이 어디인지 몰라도

가고자 하는 곳으로 계속 가길 바라노라

거센 바람이 몰아쳐도

춥고 짙은 어두움이 그댈 감싸도

나의 친구여

그대 가는 길 나의 마음이 동행하고 있음을 잊지 마렴

지치고 힘든 여정을 걸어 나가는 너의 발걸음에

신의 미소가 함께 하기를 바라노라

나의 친구여

앞이 보이지 않고 거대한 폭풍우가 내려쳐도 한 발짝만

그래

한 발짝만 더 앞으로 발걸음을 옮기렴

나의 친구여

그대 앞에 밝고 빛나는 너만의 길이 나타남을 잊지 말아

나의 친구여

그대의 안녕을 바라노라.

어디에 있나요

어디에 있나요

나의 사랑은

가슴이 타다가 눈물이 흘러 뺨을 타고 내려요

어디에 있나요

나의 사랑은

절망이 가시넝쿨에 피를 흘리고 있어요

어디에 있나요

나의 사랑은

슬픔이 번개처럼 정신을 두드려 고동이 쳐요

도대체 어디에 있나요

나의 사랑이여

오늘 밤 잠 못 이루고 그대를 기다려요

오 나의 사랑

그대만 내 곁에 있어 준다면 두려울 게 없어요

오 나의 사랑

그대만 함께한다면 지옥까지도 가겠어요

어디에 있나요

나의 사랑은

아픔이 절절히 빗물이 되어 세상을 흩뿌리는데

나의 사랑이여

그대는 어디에 있나요.

죽음의 순간

그 순간이 다가왔어

고통과 절망을 벗어 던지고 쓰러지는 날이

그 순간이 다가왔어

눈물 떨구며 어둠의 강을 건너는 날이

과거가 주르륵 흐르며 빠르게 스치고 지나갔지

기쁨의 순간들

추억의 조각들

그 속에 강렬하게 그대의 얼굴이 가슴에 스며들어 왔어

나의 잊을 수 없는 사랑하는 사람아

이제는 나 하늘로 돌아가야 하네

나 가고 나면 저 하늘에 맑은 별 하나 떠 있을 거라오

그 별을 보면 나를 떠올려 주기를 바라요

그 순간이 다가왔어

고통이 환희가 되는 날이

그 순간이 다가왔어

절망이 사라지는 날이 왔다네

인생은 바람과 같은 것

나 바람으로 살다가 바람으로 떠난다네

그대여

나의 예술이 말하고자 한 사랑이 정답이었는지

알 수 없지만 잊지 말아요

사랑이 있었기에 그대와 나 행복했음을.

비가 도시에 내린다

어두워진 거리 가로등 켜질 무렵

비가 도시에 내린다

잔잔하게 흩날리는 빗방울들

아픔이 진하게 피를 타고 솟구쳐 오른다

비가 도시에 내린다

우산 없이 걸으며 나는 비를 맞고 있다네

흐릿한 하얀 영혼들의 스산함이 짙게 깔릴 때

비가 도시에 내린다

미움 없이 살리라 다짐했던 오늘의 약속

아

기나긴 기다림의 끝은 어디인가

그 님은 언제 오시려나

나는 비에 젖은 아스팔트를 바라보며

유리에 비친 모습을 바라본다

무엇을 보고 있나

무엇을 바라며 살고 있나

무엇을 위해 생존하고 있는가

낯선 목소리 울리는

도시에 비가 내린다.

나의 형제들

뜨겁고 살가운 기운 넘치는 나의 형제들
비록 태어난 나라가 다르고 피부색이 달라도
그대들은 나의 형제들이라네
반가운 이름들이여 안녕
어떻게 지내는지 무척이나 궁금하다오
그대들의 소식 지나치는 바람결에 실어 보내 주렴
밤이 되면 떠들썩하게 펼쳐지던 파티들
나의 형제들과 나누는 우정은 시간을 뛰어넘었지
보고 싶은 그대들의 앞날에 행운이 깃들고
밝은 햇살 가득히 비추기를 바라노라
반가운 이름들이여 안녕
어떻게 지내는지 무척이나 궁금하다오
그대들의 아침이 힘차게 시작되기를 바라네
그대들의 오후가 일상의 모습들이 아름답기를 바라네
그리고 어둠이 찾아오면
그대들을 따스하게 맞이하는 집과 사랑하는 사람 있기를
비록 지금은 멀리서 만날 수 없지만
언제나 나의 형제들을 생각하고 있음을
투명하게 반짝이는 별빛에 안부를 전하네.

내면의 바다

파도가 밀려들며 모래성을 무너뜨린다

서서히 무너지는 은빛 모래 그리고 깜빡이는 불빛

철썩이며 부서지는 물결 위에 꿈이 하나 걸려 있네

사랑

그 지나간 추억에 부딪히는 결과로서의 모순

사랑했지만 헤어지는 낯설음

사랑

침몰해 가는 발자국

하늘은 파랗게 물들고

내면의 바닷가에는 외로이 서성이는 영혼이

붉은 치마를 입고 수평선을 바라본다

사랑

파도가 밀려들며 내면을 무너뜨린다

서서히 무너지는 고독 그리고 깜빡이던 기억

사랑했지만 헤어지는 낯설음

내면의 바닷가에는 외로이 서성이는 영혼이

붉은 치마를 입고 수평선을 바라본다.

정체성

넌 무얼 하고 있니

무엇을 위해서 하루를 움직이고 있니

24시간 일분일초라도 너의 마음대로 움직이는 순간 있니

거리를 지나가는 사람들에게 물어봐

모두가 바빠

갈 곳이 있는 거지

갈 곳 없는 사람은 인생의 낙오자라고 낙인을 찍는 사회

과연 무엇이 옳고 무엇이 그른지 알고 있는지 물어봐

넌 잘 살고 있니

남을 타인을 등쳐먹고 살지 않고 진실로 자신의 진심으로

노력으로 하루를 살고 있니

톱니바퀴

세상은 어두운 무지개로 이루어져 있는지도 몰라

지글지글 타오르는 지옥 불이 겁나지 않아도 좋을

현재의 만족 쾌락

몸짓들 그리고 돈

너의 머리에는 빙글 찰나가 스친다

아기 때부터 노인까지 흐르는 시간이여

딸깍

신은 너를 사랑하지만 너는 신을 사랑하니

만족감 없는 현실은 질식된 침묵

힘겨워도 이겨 내렴

지금 네가 살고 있는 세상은 공기가 없는 세상인걸

그러나 생각하렴

너의 순수함이 무엇인지

너의 진실이 무엇인지.

인연

매일 같은 하늘을 보고 있는지

아니면 다른 하늘 아래에서 서로를 기다리는지

언제쯤이면 널 만날 수 있을까

어떤 언어를 쓰고 어떤 문화에서 살고 있을까

우연히라도 널 만나면 바로 알아볼 수 있을까

만약 공간적인 제약이 있다면 내가 움직일 거야

그대를 보고

그대를 감각하고

그대를 사랑할 때까지 얼마만큼의 시간이 걸릴까

아직 너의 이름도 모르지만

나는 느낄 수 있어

아직 너의 두 눈을 보지 못했지만

나는 느낄 수 있어

꿈결에서 너의 향기를 맡지

아무래도 넌 내가 사는 나라에서 지내지 않나 봐

어디로 가야 할까

인생의 여행을 시작하려고 하는 지금

발길이 닿는 대로 여러 나라들을 거치면

네가 살고 있는 동네로 갈까

꿈결에서 너의 향기를 맡지

넌 자유롭고 아름다운 사람이란 걸 느껴.

미지의 세계

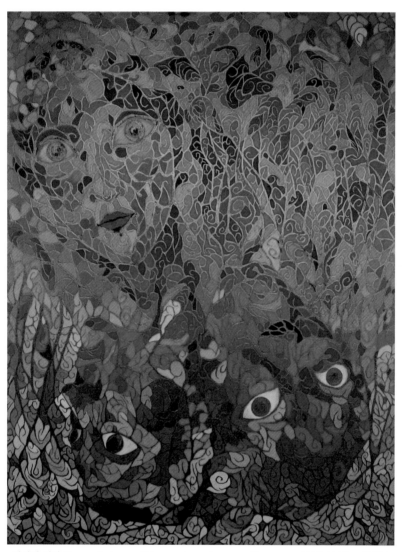

인간과 시간 Human being and Time water colour pencil on paper 78.8x54.5cm 2006

눈을 떠서 하늘을 봐요

그대가 모르는 빛이 다가와서 그대를 이끌어 줄 거예요

눈을 떠서 하늘을 봐요

그대가 꿈꾸는 세상이 실현된 다른 세상이 다가옴을

그대

눈을 떠 봐요

가만히 있지 말고 움직여 봐요

그대 곁에 새로운 세상이 다가옴을 느껴봐요

우주에는 별들이 떠 있고 그 별들에는

우리가 모르는 생명들이 살고 있어요

그들이 와요

눈을 떠서 하늘을 봐요

아름다운 무지개를 넘어서 반짝이며 별이 빛날 때

그때 손을 내밀어요

우리 악수를 해요

그들과 함께 춤을 추어요

눈을 떠서 하늘을 봐요

그들은 매일 낮과 밤마다 그대 눈앞에서

자신들의 인사를 하고 있음을

우리 악수를 해요

그들과 함께 춤을 추어요.

귀여운 고양이

살금살금 다가와서 애교를 부리지요
나의 고양이 제제
길거리에서 박스에 담겨져 울고 있는 녀석을
처음 만나 저의 집으로 초대를 했지요
나의 고양이 제제
울음이 많고 눈물 많은 고양이지만 사랑스러워요
가만히 저의 눈을 응시할 때는 투명한 창을 보는 듯해서
얼마나 예쁜지 몰라요
나의 고양이 제제
폴짝폴짝 뛰어서 방안을 이리저리 어질러도
그래도 이해해요
자신과 놀아 줄 사람 저밖에 없기에
나의 고양이 제제
밤의 물결이 흐를 때엔 가만히 눈을 감고 명상에 빠지지요
무슨 생각을 하는지 가끔 고개를 끄덕여요
이 세상 모든 일을 다 아는 듯 보이는 귀여운 고양이
나의 고양이 제제와 인사하세요
분명 제제도 기뻐서 그대의 품에 따뜻하게 안길 거예요.

이 봄빛 여물 때

느끼고만 있어도 좋아요 이 봄빛

가만히 바람결에 몸을 뉘여요

그대 오시는 찬란한 햇살 가득 눈부신 오후

마음이 포근하게 따스해져요

느끼고만 있어도 좋아요 이 봄빛

아련하게 하늘을 보면 파란 색채에 흰 구름 맑아요

그대 꿈꾸어도 좋을 이 시간

나는 너무나 행복해요

느끼고만 있어도 좋아요 이 봄빛

곱게 펼쳐진 바닷가 금빛 모래에 부서지는 은빛 파도

어디를 가든지 좋아요

그대만 있다면 그대만 곁에 있다면

이 봄빛 여물 때 사랑도 영글어요.

열정

덜컹덜컹 아스팔트가 움직인

리듬에 따라서 나의 손짓 발짓에 따라서 화음을 맞춘다

지나치는 사람들은 모두가 나에 대해 이야기한다

나는 그들을 만난 적 없다

요동치는 하늘 색깔이 붉다

덜컹덜컹 마음이 움직인다

하늘의 십자가가 보이고 피를 흘리네

하늘에 연꽃이 떠 있고 지상을 비추네

전신주에 기대어

발가벗고 서 있는 시간

인간들의 출근과 퇴근이 교차할 때

그들의 삶에는 열정이 엷게 녹았다가

흔적 없이 사라지고 만다

나를 보는 건가

너를 보는 건가

지금은 열정을 가질 시간

정신이 가열차게 흥분하여 폭주하는 무렵

육신은 잠을 잃어 점점 말라 가네

기절을 했다가

까무러쳤다가 다시 일어서는 광야여

도시는 빛이 사라지고

어둠이 지배하는 곳이라네

어서 나오렴

지금이 아니라면 때는 늦어

마음의 불씨를 당기고 희망을 품고

걸어 나오렴

덜컹덜컹 하얀 비가 내리는 지금.

예술가로 살아남기

글을 내면으로 써 내려가지

그림을 정신으로 채워 나가지

영화를 스스로 스치게 만들지

연주를 육체와 이별하게 하지

그대여

지금 살아 있다면 창작을 해 보렴

그대가 가장 좋아하는 기분 좋은 환경을 차려 놓고

쓰고 채우고 만들고 분해해 보렴

그대가 숨 쉬고 있는 영혼은 그대의 것

그 온 육체와 그 온 정신과 그 온 영혼으로

새로운 것을 창조해서 신의 숨결을 불어넣으렴

아픔이 있다면 아픈 대로

기쁨이 있다면 기쁜 대로

아쉬운 것이 있다면 아쉬운 대로

솔직하게 표현하고 즐겨 보렴

현실은 늘 아우성이지만,

미래는 언제나 그대의 품으로 빛을 발하는걸.

비단
너뿐만이 아님을

꿈을 꾸었던 너의 지난날

현실은 무척이나 바보 같지

그러나 비단 너뿐만이 아님을

나 또한 바보 같은걸

세상은 돈으로 움직이는지

아니면 사랑으로 움직이는지 헷갈릴 때

신을 보고 물어보렴

신은 돈이 아니지만 돈은 신이 되는 세상

지금 외쳐 보렴 너의 꿈은 저 멀리 떠났지만

너의 발걸음이 그 꿈을 따라갈 수 있을까

비단 너뿐만이 아님을

나 또한 꿈에 뒤처져 흔들거리는 걸

어제 그리고 오늘 그리고 내일

매일 매일 똑같은 거리 똑같은 사람들을 본다고 해도

바람은 불고 꽃은 피고 나무는 자라나고 하늘은 변화하지

혹시 모르지

인간들의 마음에도 자라다 만 꿈들이 영양분을 먹고

다시 자라나려는지

햇빛을 쪼이렴

비단 너뿐만이 아님을 잊지 말고

정신을 차리고 미래를 보렴 사랑하는 사람아.

사랑의 시

빛이 어둠을 깨치고 나를 찾아왔지

그대의 손을 꼭 잡고 와서 나에게 맞닿게 했네

가슴이 뛰고 순정이 일렁였지

그대의 고요한 눈빛을 보고

그대의 아름다운 영혼을 보았을 때

신은 나에게 말했지

네 모든 것을 가지고 사랑하라

신은 나에게 말했지

너의 과거 현재 미래를 모두 바쳐라

사랑 안에 내 모습이 있음을 알았던 거야

달빛 흐르는 강가에서도 입술을

바람 부는 들판에서도 입술을

함께 가리라 나의 사랑하는 사람아

신은 나에게 말했지

평화로움은 곧 너의 것이니 너의 평화로움을

너의 사랑하는 사람에게 전해 주어라

그래

나의 사랑하는 사람의 정신에 맑고 환한 꽃을

그래

나의 사랑하는 사람의 영혼에 밝고 황홀한 생을

신은 나에게 말했지

네 모든 것을 가지고 사랑하라.

여행

발길이 가는 대로 나는 떠나네

밝음이 있는 곳으로 희망을 가지고 가네

나의 과거여 안녕

나의 현재여 안녕

나의 미래여 안녕

봄바람 부는 거리에서 인사를 하네

나의 사랑이여 그대를 만나러 가는 지금

물결은 춤추고 하늘빛은 찰랑찰랑

떠나온 길은 두려웠지만

가야 할 길은 두렵지 않아

찬란한 계절 햇살 받으며 걸으며 웃으며 가는 길

나의 과거여 안녕

나의 현재여 안녕

나의 미래여 안녕

별빛 일렁이는 고독 속에도 기쁨은 아로 가로지른다

새로운 풍경이 기인 환각으로 맴도는 이곳에서

나는 그대를 만나러 바로 지금 가고 있어

나의 사랑하는 사람 그대 곁으로.

꿈꾸는 그대

그대의 꿈은 세상에서 가장 아름다운 시

그대의 꿈은 지상에서 빛나는 노래

그대의 꿈은 천상에서 울리는 빛깔

그대 꿈꾸는 자아여

나 그대를 사랑하노라

기만의 질곡 위에 쓰러지더라도

일어서야 함을

추한 현실에서 벗어나

그대 꿈꾸는 대로 나아가야 함을

그대의 꿈은 우주에서 가장 훌륭한 음식

그대의 꿈은 별빛 머금은 시공간

그대 일어서라

나 그대를 사랑하노라

잔잔한 호숫가에 던져진 파문은 곧 잠잠해지니

그대 꿈꾸는 대로 나아가야 함을

누가 뭐래도 그대는 존재하는 최선의 사랑임을

나 그대를 사랑하노라

그대의 꿈꾸는 대로 온몸 온 영혼 떨치고 나아가라.

가면을 쓴 사람

어둠이 내려 사라진 빛 그 안에 들어간 사람

빛과 그림자를 동시에 느끼며 사는 인간이여

죄악은 그대 마음에서 비롯되어라

깨어나자

어둠은 어둠으로 남기고

빛은 빛으로 남기고

당신 자신의 모습으로 깨어나자

유행으로 입혀지고 유행으로 일어선 가면을 벗자

이롭지 않은 현실에 목매달고 별것 없는 현실에

좌절하고 실망하지 말자

당신은 그대로가 아름다워라

살아 있음에 감사하자

깨어나자

죄는 죄로 남기고

업은 업으로 남기고

태양을 느끼고 달빛을 느끼자

고요하여라 샛별이여

당신은 그대로가 아름다워라.

무지갯빛 사랑

온 누리에 울려 퍼져라

사랑을 담은 무지갯빛이여

그 심장을 노랗게 칠해 세상을 담아라

온 누리에 울려 퍼져라

고통의 어제를 잊어버리고 앞으로 나아가는

지금의 시간이여 파란색으로 물들어라

무채색으로 바탕을 칠하고 그 위에 찬란한 색채 펼쳐져라

온 누리에 울려 퍼져라

진실로 신의 이름을 받아들여 그 마음에 살자

평화를 노래하고 자유를 누리자

그대가 가진 아픔을 모조리 허공에 뿌려서 녹이자

온 누리에 울려 퍼져라

사랑이여

사랑이여

초록빛 이마에 닿아 온통 자연의 색채 닿아라

온 누리에 울려 퍼져라

나의 기쁜 생각이 그대를 일으키고

그대의 사랑이 타인에게 닿을 때

세상은 열린 무지갯빛 사랑으로 환하리라.

그대는 수선화

청초하고 어여쁜 그대는 수선화

나의 사랑이 담긴 나의 마음 받아 주어라

그대 있음에 이 세상 존재함을

그대 있음에 온 땅이 노랗게 빛남을

청초하고 어여쁜 그대는 수선화

꽃말이 무엇인지는 필요 없지요

다만 그대는 수선화를 닮은 사람이기에

아니 수선화가 그대를 닮았기에

나 그대를 위해 노래를 부르네

나의 온 영혼을 담아

청초하고 어여쁜 그대는 수선화

맑고 아름답게 피어나는 꽃

그대

나의 사랑을 받아 주어라

나의 간절한 마음은 오직 그대를 향해 있어요

그대

나의 사랑을 받아 주어라

나의 애절한 노래는 오직 그대를 향해 열렸음을

하늘은 빛나고 땅은 축복으로 춤추고

그대는 나의 귀엽고 사랑하는 수선화.

사랑은 영혼을 타고

사랑 빛은 영혼을 타고 비치네

사랑은 영혼을 타고 흐르네

보고 싶은 사람아 그대는 나의 영혼과 같은 영혼이라

보고 싶은 사람아 그대는 나의 정신과 같은 정신이라

사랑은 영혼을 타고 흐르네

태양의 밝음에 온 영혼 말리며 나 그대에게 떠나네

나의 여행길

나의 사랑길

나의 춤추는 영혼의 혼불

사랑 빛은 영혼을 타고 비치네

사랑은 영혼을 타고 흐르네

잊지 못할 영원을 기억하며 나 길을 나서네

그대로 향하는 길은 너무나 환하고 아름다워

나의 여행길

나의 사랑길

나의 춤추는 영혼의 혼 불이여.

비가 내리는
도시

스쳐 지나가는 고운 비의 무지개

그대 우산에 뿌리는 비의 물결

사랑한다고 말하리 그대여

봄의 이별에 젖은 아련한 추억이여

이제는 안녕을 고하노라

새로운 그대 사랑한다고 말하리

네온사인에 번쩍이는 빗물 그 빗물

번지는 건 그대의 마음 그대의 마음이라네

사랑한다고 말하리 그대여

온통 아스라이 지나가는 청춘의 봄

봄비 흩날리는 날에

정신은 깨어 시대를 보고 있다네

혼자 걸으며 혼자 바라보는 거리의 풍경

사람들이 저마다 갈 길을 바삐 가는 도시

사랑한다고 말하리 그대여

언제나

변함없이 아름답기를 바라는 지구에

인간들의 잘못으로 병이 들어도

지구는 생명의 잘못을 이해하고 용서한다네

비가 내리는 도시에

사랑은 비를 타고 그대와 나 사이를 좁혀 나간다.

어둠을 뚫고

가난한 자여

어둠을 이기지 못하는 자여

함께 신의 사랑으로 가자

슬픈 자여

고독이 팽배한 자여

함께 신의 자애로 가자

누구는 묻고

누구는 대답한다

어디에 있으며 어디에 가는가

너의 잔인한 과거는 모두 흩어지리

살아서 만나고 살아서 웃자.

바람이 불면

바람이 불면

바람이 불면

마음이 아려 와요

바람결에 실린 그대 정신이 나를 보며

바람이 불면

바람이 불면

눈물이 흘러와요

바람결에 실린 그대 하루가 나를 보며

바람이 불면

바람이 불면

나는 그대를 생각하며 바람을 맞아요

비록,

그대의 몸은 곁에 없지만

비록,

그대의 숨결은 곁에 없지만

바람이 불면

그대의 마음과 그대의 하루가 느껴지는걸요

바람이 불면

바람이 불면

어느새 지친 어깨 위에 파랑새가 내려앉아요.

술이 한잔

술이 한잔 들어가면

별이 하나 떨어지네

술이 한잔 들어가면

달이 하나 떠다니네

술이 한잔 들어가면

삶이 하나 다가오네

술이 한잔

사랑이 하나

새로운 술잔을 기울이면

새로운 사랑이 움직이네.

돈

돌고 돌아 돈이지

오늘은 무일푼

내일은 몇 푼

모레는 부자

다시 그다음 날은 무일푼

돌고 돌아 돈이지

돈이 돈을 부르는 세상

돈이 인간을 부리는 세상

너도 나도 돈 돈 돈

돈이 있으면 호화롭게 보이고

돈이 없으면 비루하게 보이네

너도 나도 돈 돈 돈

세상은 돈덩어리로 뭉쳐 있네

돈을 벌어서 무엇에 쓰나

사랑에

집에

자동차에

교육비에

의료비에

먹고 마시는 데에 쓰이나

돈 돈 돈 돈을 벌어야 하는 인생

너도 나도 돈 돈 돈

돈에 목숨 바쳐 일해도

돌아오는 건 헛되게 지낸

시간 아련하고 지나쳐 버린 소중한 시간

우리는 말하지 그때가 그립다고

사실은 한 번도 가져 보지 못한 허구

우리는 말하지 지금이 바로 그때야

돈 돈 돈 너도 나도 돈 돈 돈

부유하는 부유함이 경직된 돈에 눕고

귀중함이 없는 물질의 노예

그래도 돈 돈 돈 당신도 나도 돈 돈 돈.

어둠을 물리치네

지고지순한 사랑 하나 가슴에 품어

밝고 환한 설렘 하나 가슴에 품어

어둠을 물리치네

등불이 켜지고

마음에 불덩어리 들어오면

어둠을 물리치네

생애의 꿈이여

어린아이가 되고 어른이 되고 노인이 되고

죽음의 순간

하늘의 님 생각하며

어둠을 물리치네

끝없는 아픔 모두 흘리고 눈물 자국 마르면

나 그대를 위해 사랑했던 순간 그 시절에

뜨거웠던 마음으로

어둠을 물리치네

경건하고 활기찬 기운으로

지난 모든 기억 한 곳에 모아

어둠을 물리치네.

부는 바람에
몸을 실어라

정신을 맑게 하고

부는 바람에 몸을 실어라

하늘은 뜨겁고 화사한 불빛 가득하여

기다리지 않아도 어서 다가오는 님 있어

정신을 곱게 펼쳐

부는 바람에 몸을 실어라

지상은 겨워 우는 사랑에 마음을 맞춰

바라지 않아도 바라보는 님 있어

가슴이여 열어라

가슴이여 웃어라

사랑이여 타올라

정신을 설피 제쳐

부는 바람에 몸을 실어라.

거칠고 더딘 숨을
내어 쉰다

거칠고 더딘 숨을 내어 쉰다

인간

현실의 먹먹한 길 위에 누워

밤바다 위 빛나는 별 하나 바라보네

시커먼 짐승의 숫자가 이마에 찍혀

두 개의 눈이 세 개의 눈으로 변하노네

기어라 청춘이여

숨어라 청춘이여

변화하는 얼굴에 어둠이 짙게 깔려

다가오네 기가 막힌 부의 심장이

다가오네 훔쳐진 생명의 고리가

기어라 청춘이여

숨어라 청춘이여

별 안에 숨 가득한 인간의 아픔이여

어찌하려나

어찌하려나

고독은 씨앗을 품어

저 멀리 먼지가 되어 흩날리울 것을

짐승이여 길을 안내하는 짐승이여

피를 부르는 고통의 물결이여

바라보아라

어찌해 그대는 멈추려 하는가

바라보아라

신은 밤새 그대 곁에 빛을 주었음을

잊으리오

잊히리오

고독의 뼈는 녹아 밤바다에 흩날리우네.

외로움은 친구

외로움을 친구로 산 적 있나요

외로움은 아프지만 슬프지만

그럼에도 불구하고 친구인걸요

외로움은 인간의 친구

외로움은 존재의 친구

외로움은 삶의 친구

외로움을 사랑으로 산 적 있나요

외로움은 어둡고 습하지만

그럼에도 불구하고 친구인걸요

이 지구에서 살아가는 모든 존재는

아련하고 가여운 마음 있어요

외로움은 존재에게 친구가 되지요

외로움은 차갑고 들뜨지만

그럼에도 친구인걸요

우리 친구인 외로움에게 마음을 전해요

그리고 인사를 해요

외로움이여 안녕.

초록 모자 쓴
여인이 아름다워

우리를 위해 기도해 주세요 Pray for us acrylic on canvas 91x116.8cm 2024

초록 모자 쓴 여인이 아름다워

노란 원피스를 입고 바람 부는

언덕 위에 상처를 씻으며 순수

찾아 가만히 마음을 울며 음을 내는

그녀의 속가슴 스러지며 솟는다

비우며 가노라

비우며 가노라

아가씨 조용히 아픔 어르는 도시에서

한 남자 그녀를 바라보며 쓰러지리라

아가씨 마음 달 아래 고요하고

한 남자 마음 달 아래 고동치어라

미움 버리고 가오

슬픔 버리고 가오

어디선가 스치는 인연 소중히 안고

그녀 고고히

한 남자 표표히

미움 버리고 가오

슬픔 버리고 가오

겨울 가고 봄이 오려나

아가씨 마음 고요하고

한 남자 마음 달뜨니.